I0782122

# Leurs GRÂCES

# DE LA MÊME AUTEURE

*— Saga de la fondation des Roxton —*
LE NOBLE SATYRE
SA DUCHESSE
SON DUC
LEURS GRÂCES


*— La saga de la famille Roxton —*
NOCES DE MINUIT
DUCHESSE D'AUTOMNE
DAIR LE DIABOLIQUE
LA FIÈRE MARY
LE FILS DU SATYRE
ÉTERNELLEMENT VÔTRE
POUR TOUJOURS ET À JAMAIS


*— Série Salt Hendon —*
L'ÉPOUSE DE SALT
RETOUR À SALT HENDON

*« Avec mon lorgnon et ma plume, je pars dans ma chaise à porteurs – le 18ᵉ siècle est vraiment génial ! »*

QUAND JE NE me balade pas dans le Londres du 18ᵉ siècle dans ma chaise à porteurs où que je ne suis pas en train d'échanger des ragots avec des nobles parfumés et bien mis dans les salons dorés de Versailles, j'écris des romances historiques georgiennes primées et des romans à suspense (avec une bonne dose de romance).

Mes livres se déroulent dans l'Angleterre georgienne des années 1700, avec quelques voyages éventuels sur le continent européen. Je m'arrête à la Révolution française durant laquelle je suis morte dans une vie antérieure, guillotinée pour mon mode de vie terriblement hédoniste en tant qu'aristocrate oisive !

| | | |
|---|---|---|
| lucindabrant@gmail.com | \| | lucindabrant.com |
| pinterest.com/lucindabrant | \| | twitter.com/lucindabrant |
| facebook.com/lucindabrantbooks | \| | youtube.com/lucindabrantauthor |

# MARION GABILLARD

J'ai adoré découvrir, en travaillant sur ces livres,
le monde de l'aristocratie du xviii<sup>e</sup> siècle, ses codes,
ses coutumes et ses personnages hauts en couleur.
J'espère que vous prendrez autant de plaisir que
moi à vous plonger dans cette histoire.

marion.gabillard@gmail.com

# Leurs GRÂCES

## Suite de Son Duc

SAGA DE LA FONDATION DES ROXTON, LIVRE 4

# Lucinda Brant

TRADUIT PAR MARION GABILLARD

Un livre des éditions Sprigleaf
Publié par Sprigleaf Pty Ltd

Leurs Grâces, suite de Son Duc.
Copyright © 2023 Lucinda Brant, tous droits réservés.
Traduction : Marion Gabillard.
Édition : Gaelle Ty R So.
Visuel et conception : Sprigleaf.
Référence de l'œuvre originale de la couverture : *La déclaration d'amour,*
Jean François de Troy.
Le fleuron du retour du carrosse a été conçu par Sprigleaf.
Le visuel à trois feuilles de Sprigleaf est une marque déposée appartenant à Sprigleaf Pty Ltd. La silhouette d'un couple georgien est une marque déposée appartenant à Lucinda Brant.



Mis en page avec Adobe Garamond Pro.

Également disponible en livres numériques et autres langues.

ISBN 978-1-922985-61-3

10  9  8  7  6  5  4  3  2  1
Édition à couverture cartonnée et reliure rigide   (i) I

# DRAMATIS PERSONAE



## La famille Roxton et son personnel


- **Roxton**......*le duc de Roxton, dit monsieur le duc*
- **Antonia**......*la duchesse de Roxton, dite madame la duchesse ou la comtesse de Roucy*
- **Vallentine**......*Lucian, Lord Vallentine, meilleur ami de Roxton et époux de sa sœur*
- **Estée**......*Lady Vallentine, dite madame, épouse de Vallentine et sœur de Roxton*
- **Martin**......*Martin Ellicott, ancien valet de Roxton et parrain de Julian*
- **Julian**......*petit garçon de Roxton et Antonia, dit Juju*
- **Gabrielle**......*femme de chambre d'Antonia, sœur cadette d'Yvette, Rose et Giselle*
- **Céleste et Cécile**......*nourrices morvandelles qui s'occupent de Julian*
- **George Geraghty**......*valet de Roxton*
- **Jean-Luc Levron**......*fils biologique du père de Roxton, le marquis d'Alston, et de sa maîtresse, une marionnettiste*
- **Augusta Fitzstuart**......*la comtesse de Strathsay, grand-mère d'Antonia*

## La famille Salvan et son personnel

- **Les vieilles tantes**......*les sœurs de Philippe, ancien comte de Salvan, tantes maternelles de Roxton et tantes paternelles de Salvan*
- **Tante Philippa**......*la marquise de Touraine-Brissac, dite madame Touraine-Brissac, mère d'Alphonse, duc de Touraine, et grand-mère d'Élisabeth-Louise et de Michelle Haudry*
- **Tante Victoire**......*la comtesse de Chavigny*
- **Tante Sophie-Adélaïde**......*une nonne, sœur jumelle de Victoire*
- **Madeleine-Julie Salvan Hesham**......*benjamine des sœurs Salvan, marquise d'Alston, mère de Roxton et Estée, morte en 1734*
- **Salvan**......*Jean-Honoré Gabriel Salvan, comte de Salvan, fils de Philippe, ancien comte de Salvan, cousin germain de Roxton et neveu des vieilles tantes*
- **Chevalier Montbelliard**......*dit cousin Hugh, héritier du comte de Salvan*
- **Michelle Haudry**......*dite madame Haudry, belle-fille d'un fermier général, fille d'Alphonse, duc de Touraine, et petite-fille de Philippa, marquise de Touraine-Brissac*
- **Alphonse**......*duc de Touraine, fils unique de madame Touraine-Brissac, cousin germain et proche ami de Roxton, père de Michelle Haudry et Élisabeth-Louise Salvan Gondi Touraine*
- **Élisabeth-Louise**......*sœur de Michelle Haudry, petite-fille de madame Touraine-Brissac*
- **Thérèse**......*la comtesse Duras-Valfons, ancienne maîtresse de Roxton, épouse du baron Thesiger, sœur du marquis de Chesnay et mère de Robert, un bébé*
- **Gustave**......*marquis de Chesnay, ami de Roxton, frère de Thérèse Duras-Valfons*
- **Richard « Ricky » Thesiger**......*le baron Thesiger, époux de Thérèse Duras-Valfons, dont elle est séparée*
- **Giselle**......*femme de chambre d'Élisabeth-Louise, sœur de Gabrielle*

## Personnages historiques présents ou mentionnés

- **Louis**......*Louis xv (1710-1774), roi de France, dit « le Bien-Aimé », roi du 1ᵉʳ septembre 1715 jusqu'à sa mort*
- **Madame de Pompadour**......*Jeanne-Antoinette Poisson (1721-1764), marquise de Pompadour, maîtresse en titre du roi*
- **Comte d'Hozier**......*Louis-Pierre d'Hozier (1685-1767), généalogiste du roi, garde de l'Armorial général de France et juge d'armes de France*
- **Marquis of Dreux-Brézé**......*Joachim de Dreux-Brézé (1710-1781), grand maître des cérémonies de France*
- **Duc de Bouillon**......*Charles-Godefroy de La Tour d'Auvergne (1706-1771), grand chambellan de France*
- **Duc de Richelieu**......*Louis-François-Armand de Vignerot du Plessis de Richelieu (1696-1788), dit Armand, premier gentilhomme de la chambre*
- **Marie Leszczynska**......*reine de France et épouse du roi Louis xv (1703-1768)*
- **Comte de Maurepas**......*Jean-Frédéric Phélypeaux (1701-1781), secrétaire d'État à la Maison du roi, homme politique français*
- **Monsieur de Marville**......*Claude-Henry Feydeau de Marville (1705-1787), lieutenant général de police de Paris*

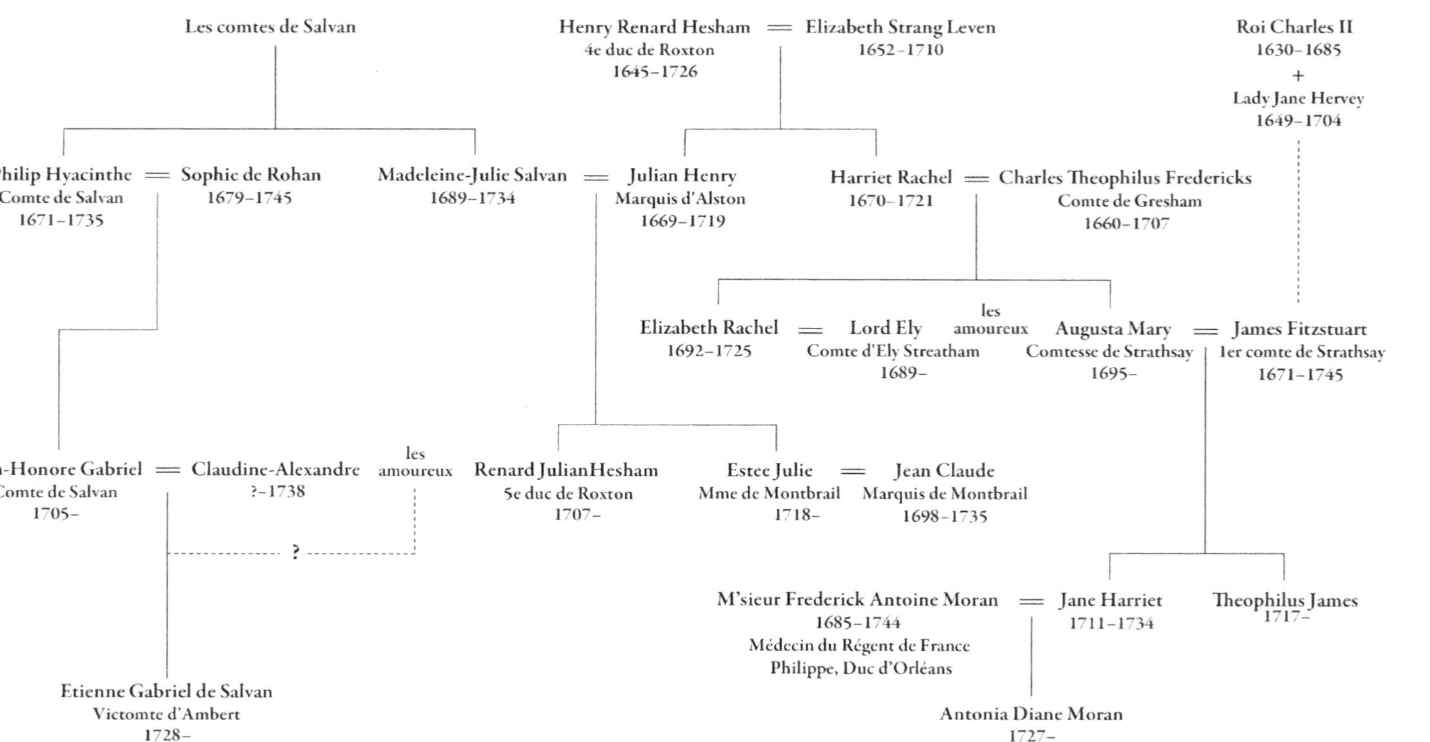

Les comtes de Salvan
Henry Renard Hesham = Elizabeth Strang Leven
4e duc de Roxton
1645–1726
1652–1710
Roi Charles II
1630–1685
+
Lady Jane Hervey
1649–1704
Philip Hyacinthe = Sophie de Rohan
Comte de Salvan
1671–1735
1679–1745
Madeleine-Julie Salvan = Julian Henry
1689–1734
Marquis d'Alston
1669–1719
Harriet Rachel = Charles Theophilus Fredericks
1670–1721
Comte de Gresham
1660–1707
Elizabeth Rachel = Lord Ely
1692–1725
Comte d'Ely Streatham
1689–
les amoureux
Augusta Mary = James Fitzstuart
Comtesse de Strathsay
1695–
1er comte de Strathsay
1671–1745
Jean-Honore Gabriel = Claudine-Alexandre
Comte de Salvan
1705–
?–1738
les amoureux
Renard Julian Hesham
5e duc de Roxton
1707–
Estee Julie = Jean Claude
Mme de Montbrail
1718–
Marquis de Montbrail
1698–1735
?
M'sieur Frederick Antoine Moran = Jane Harriet
1685–1744
Médecin du Régent de France
Philippe, Duc d'Orléans
1711–1734
Theophilus James
1717–
Etienne Gabriel de Salvan
Victomte d'Ambert
1728–
Antonia Diane Moran
1727–

# UN

## VILLA ROXTON, RUE DES RÉSERVOIRS, PETIT PARC, VERSAILLES

### NOVEMBRE 1746

QUAND Estée Vallentine arriva à la villa de son frère, aucun membre de sa famille n'attendait dans le vestibule pour l'accueillir ; elle avait pourtant envoyé l'un des éclaireurs annoncer son arrivée.

Il avait plu pendant tout le trajet depuis Paris, ce qui avait rendu le voyage pénible pour quelqu'un dans sa délicate condition. Elle avait fait de son mieux pour le supporter, se remontant le moral en se disant qu'elle retrouverait bientôt son mari, son frère et sa belle-sœur. Par ailleurs, elle était impatiente de voir à quel point son neveu avait grandi depuis que sa famille avait quitté l'hôtel pour venir s'installer à Versailles quelques semaines plus tôt.

Sous le passage cocher, un valet de pied en livrée l'aida à descendre de l'imposant carrosse, puis ses dames de compagnie la suivirent dans la maison, où elle fut accueillie par le portier et une poignée de valets de pied en livrée. Ils firent de leur mieux pour faire de son arrivée un événement, mais ce n'était pas pareil que si sa famille avait été présente.

La mauvaise humeur la gagna et elle se renfrogna.

Quand on l'eut débarrassée de sa cape de voyage bordée de fourrure et de son manchon, elle parcourut rapidement le vestibule du regard, étudiant son carrelage en marbre noir et blanc et son escalier incurvé en marbre, et elle pinça les lèvres. C'était la première fois qu'elle visitait la villa dans laquelle avaient autrefois habité ses parents, avant sa naissance. On l'avait pourtant prévenue qu'il s'agissait d'une maison de ville modeste pour quelqu'un de noble naissance comme elle, mais son avis se reflétait dans l'expression acerbe de ses dames de compagnie. Habituée depuis toujours à vivre dans l'opulence à grande échelle, elle trouvait ce vestibule tristement modeste en ornements et en taille. C'était de mauvais augure pour le reste de la maison, et elle se dit une nouvelle fois qu'en s'installant ici, le duc avait encore cédé aux caprices de sa très jeune épouse. La chaleur surprenante à l'intérieur servait de maigre compensation.

— Y a-t-il une urgence familiale ?

— Je vous demande pardon, madame ? Une urgence ?

— Y en a-t-il une ?

Le portier secoua vivement la tête.

— Non. Non, madame. Je vous assure qu'il n'y a…

— Ma famille est-elle en résidence ?

— Oui, madame. Enfin, je veux dire…

— Inutile de dire quoi que ce soit. Emmenez-moi voir monsieur le duc.

— Malheureusement, je ne peux pas, madame, s'excusa le portier.

— Alors trouvez-moi quelqu'un qui pourra !

— Ce n'est pas que je ne veuille pas exaucer vos moindres souhaits, madame, mais j'ai reçu l'ordre de n'interrompre monsieur le duc sous aucun prétexte pendant qu'il reçoit un personnage très important.

— Un personnage ? répéta Estée en haussant les sourcils.

— Un personnage très important, madame.

— Cette personne doit en effet être excessivement importante pour empêcher monsieur le duc d'accueillir sa propre sœur chez lui !

— Oui, madame.

— Avec qui monsieur le duc s'entretient-il ?

Le portier fit un pas vers l'avant et lui dit d'un air impressionné :

— Je ne peux pas vous le dire, madame. Tout ce que je peux vous dire, c'est qu'il n'y a pas plus important que ceux qui viennent en visite au nom de Sa Majesté.

Les yeux bleus d'Estée s'écarquillèrent et, une main gantée posée sur son corsage en velours brodé, elle baissa la voix et dit dans un murmure :

— Un représentant du roi est ici, dans cette maison ?

— Oui, madame.

Ils parlaient à voix basse, comme s'ils conspiraient ensemble.

Estée s'approcha encore un peu du petit homme rondelet.

— Qui est-ce ? Vous devez bien avoir un nom à me donner.

— Malheureusement, madame, je ne peux pas.

— Vous ne *voulez* pas, siffla-t-elle.

Le portier fit la moue et prit un air chagriné.

— Comme vous dites, madame. Je vous le dirais si je pouvais, mais je n'ai pas envie de m'attirer le mécontentement de monsieur le duc. Mais… ! (Il haussa une épaule avec un sourire mystérieux.) Ce que je peux vous dire, c'est qu'on ne m'a *pas* demandé de ne pas révéler le poste qu'occupe cet aristocrate au service du roi…

— Oui ?

— Monsieur le visiteur est le juge d'armes de France.

Estée afficha un sourire entendu. Tous les nobles dignes de leurs armoiries savaient que le juge d'armes de France était le généalogiste du roi, un poste occupé par le comte d'Hozier.

Cet aristocrate se chargeait de vérifier les revendications de noblesse et de se prononcer sur les questions d'utilisation des armoiries des nobles. En tant que généalogiste du roi, d'Hozier était également garde de l'*Armorial général de France*, le précieux registre qui répertoriait les noms de chaque famille noble, leurs armoiries et leur ascendance, qui devait remonter au moins jusqu'au xv$^e$ siècle pour espérer finir dans ces pages. Si le nom de quelqu'un n'était pas inscrit dans ce registre, alors cette personne ne faisait pas partie de la noblesse, tout simplement.

Estée était excessivement fière d'y avoir sa place avec son frère, en tant que petits-enfants du comte de Salvan. Mais elle se dit que le généalogiste du roi ne devait pas être là pour eux et supposa que sa visite devait avoir un rapport avec la présentation d'Antonia à la cour. Elle espérait qu'aucun problème de dernière minute n'était venu entraver le déroulement des événements, une inquiétude qu'elle chassa rapidement, car elle savait que son frère arrangerait rapidement les choses si c'était le cas.

Elle s'éloigna du portier, ayant retrouvé toute sa superbe.

— Il ne faut pas déranger monsieur le duc pendant qu'il reçoit monsieur le comte d'Hozier. Vous pouvez m'emmener voir mon mari, plutôt.

Le portier leva les bras au ciel.

— Malheureusement, ce n'est pas possible non plus, madame.

— Monsieur Vallentine est-il avec monsieur le duc ?

— Non, madame. Monsieur Vallentine est parti d'ici à l'aube pour se rendre à la Grande Écurie. Il n'a pas dit quand il reviendrait.

Les épaules d'Estée Vallentine s'affaissèrent. Elle se sentait abandonnée. Elle s'apprêtait à lui demander où se trouvait madame la duchesse quand une série de bruits sourds résonnèrent au-dessus de leurs têtes, la faisant sursauter. Elle bascula vers l'arrière, tombant dans les bras de l'une de ses dames de compagnie, qui levait les yeux vers le plafond d'un air alarmé, persuadée que le plâtrage sculpté allait s'effondrer sur eux.

Les domestiques, imperturbables, attendaient le bon plaisir d'Estée.

— Avez-vous entendu ce-ce... *bruit* ? demanda Estée, un doigt ganté levé vers le plafond.

Le portier n'eut pas le temps de répondre ; d'autres bruits sourds retentirent, suivis par un vacarme laissant penser que des centaines de pieds faisaient la course. Des cris de joie étouffés vinrent compléter le chahut, poussant les femmes à garder les yeux rivés vers le plafond. Estée Vallentine baissa la tête et lança un regard noir au portier.

— Vous n'êtes pas sourd, vous devez bien entendre cette cacophonie !

— Si, madame, je le suis. Nous le sommes tous.

Estée fronça les sourcils d'incompréhension.

Le portier lui fournit une explication sommaire :

— Pardonnez-moi de dire ceci, mais nous sommes également aveugles jusqu'à ce qu'on nous demande de ne plus l'être. Madame comprend-elle ?

Il s'inclina et désigna l'escalier, où un valet de pied l'attendait sur la première marche.

— Je vous en prie, reprit le portier, suivez Simon jusque dans la galerie aménagée en nursery. Madame la duchesse a demandé que vous l'y rejoigniez. (Il s'inclina une nouvelle fois avant de s'écarter pour la laisser passer.) Bienvenue à la villa, madame.

QUAND ESTÉE ENTRA dans la longue galerie, elle se retrouva face à une scène stupéfiante : on faisait faire la course à deux chaises à porteurs, qui faisaient des allers-retours à travers la pièce sous les encouragements de tous ceux qui étaient présents.

Soulevées par des porteurs robustes grâce à des brancards, les chaises parcouraient la pièce aussi rapidement qu'ils pouvaient courir, remuant leurs passagers qui saluaient avec enthousiasme les spectateurs par les fenêtres latérales en agitant vigoureusement les mains et en hurlant de rire.

Estée n'aurait pas su dire ce qui l'horrifiait le plus – qu'on fasse faire la course à des chaises à porteurs à l'intérieur de la villa, ou que ces chaises soient utilisées pour le transport de la populace. La livrée bleue des porteurs et les chaises peintes de la même couleur indiquaient qu'il s'agissait de moyens de transport publics pour les résidents de la commune qui avaient de quoi se payer ce service. Elle doutait fortement que ces hommes aient déjà vu l'intérieur de la maison d'un noble, et surtout pas d'une maison appartenant à monsieur le duc de Roxton. Par ailleurs, elle frissonnait rien qu'en imaginant le nombre et le type de personnes qui s'étaient précédemment assises à l'intérieur de ces moyens de transport tout à fait communs.

L'une des chaises fut déposée à l'autre bout de la nursery, où deux bonnes se précipitèrent pour aller ouvrir la porte, récupérer l'enfant qui se trouvait à l'intérieur et le remplacer par un autre, dont c'était le tour de vivre le frisson de la course. Si l'enfant était trop jeune ou trop petit pour voir par la fenêtre, un enfant plus âgé grimpait dans la chaise et s'installait sur le banc, puis l'enfant plus petit était posé sur ses genoux et maintenu fermement pendant toute la course.

Quand les passagers étaient installés et la porte fermée, les deux chaises à porteurs étaient soulevées par leurs brancards, puis les porteurs attendaient le signal du départ. Un ruban bleu était agité au milieu de la rangée de spectateurs – des nurses avec des bébés dans les bras ou de jeunes enfants sur les hanches, les autres enfants s'agrippant à leurs jupons ou tenant la main d'un grand frère, d'une grande sœur ou d'un domestique.

Au signal, les chaises à porteurs s'élançaient dans la course, passant devant l'assemblée de domestiques hilares et d'enfants surexcités, qui agitaient les mains, criaient et envoyaient des baisers. Quand ils atteignaient le mur opposé, les porteurs faisaient demi-tour sans reposer les chaises et retraversaient la pièce pour terminer la course et recommencer depuis le début.

Estée était autant fascinée qu'alarmée. Elle se demandait si c'était à cela que ressemblerait un asile si les internés en prenaient le contrôle.

Personne ne lui accorda la moindre attention, pas même quand elle s'avança un peu plus dans la pièce. Quand le valet de pied qui lui avait ouvert la porte se tourna pour partir, elle voulut instinctivement le suivre, s'enfuir dans le couloir. Elle regrettait à présent de s'être séparée de ses dames de compagnie, qu'elle avait envoyées préparer ses appartements et défaire ses bagages.

Mais elle n'était pas aussi invisible qu'elle le pensait. Une jeune bonne se précipita vers elle avec une chaise en osier, la posa près d'elle, fit une révérence et prit la fuite. Estée s'assit, faisant de son mieux pour garder un visage impassible pendant que ses sens s'habituaient à cette atmosphère grisante. Elle posa un bras sur ses genoux, sur les plis de ses jupons en velours, sous son ventre qui s'arrondissait, et l'autre par-dessus, comme s'il fallait qu'elle protège le bébé qu'elle portait en elle.

Son regard dépassa la rangée de domestiques et les chaises qui faisaient la course et elle étudia le reste de la nursery. À l'autre bout de la pièce, des paravents tapissés avaient été repliés et poussés contre le mur, révélant une rangée de petits lits faits inoccupés et plusieurs berceaux en osier posés sur des supports. Une baignoire sabot pleine d'eau mousseuse et placée devant la cheminée n'était, elle, pas inoccupée. Deux bonnes étaient penchées sur un enfant qu'elles lavaient vigoureusement, passant derrière ses oreilles et entre ses orteils. Un tas de vêtements sales et trempés à côté de la baignoire laissait penser qu'il avait été surpris en train de jouer dans la boue sous une pluie battante. Une jeune bonne – celle qui avait apporté une chaise à Estée – ramassa le linge sale et disparut derrière une porte de service.

Elle se demandait où se trouvaient la duchesse et son bébé. Il ne lui vint même pas à l'esprit de jeter plus qu'un coup d'œil rapide aux passagers des chaises. Elle reporta son attention sur les spectateurs bruyants et se demanda pourquoi ces domestiques étaient aussi indisciplinés en l'absence de leur maîtresse, pourquoi ils agissaient comme s'ils étaient à la foire pendant un jour de congé. Ils n'auraient jamais agi ainsi quand c'était elle qui était responsable du personnel du duc. Cette situation prouvait une fois encore que son frère était trop indulgent à l'égard d'Antonia. Elle avait essayé de le prévenir, mais il avait refusé de l'écouter, et on voyait le résultat !

Puis, au milieu des domestiques, elle aperçut quelqu'un qui, jusque récemment, était l'un d'entre eux.

L'ancien valet du duc était au cœur de cette folie, l'air très satisfait, acclamant les coureurs avec autant d'enthousiasme que les autres, agitant cet absurde ruban bleu tel un maître de cérémonie au cirque. Pourquoi n'était-elle pas surprise qu'il encourage les caprices d'Antonia ? Elle avait aussi eu raison à propos de lui ! Il suffisait de donner la moindre liberté aux domestiques pour qu'ils se transforment en tyrans suffisants et ingérables.

Cela ne lui convenait pas du tout.

Elle se releva, secoua ses jupons et s'apprêtait à traverser la galerie pour aller lui demander des explications quand l'une des chaises dévia de son chemin à toute vitesse, ses porteurs posant leur fardeau devant elle, lui bloquant le chemin.

# DEUX

— **M**ADAME ! Vous voilà enfin !

C'était la duchesse.

Estée l'entendait, mais elle ne la voyait pas. Puis elle comprit que sa voix venait de la chaise à porteurs posée devant elle. Une bonne ouvrit la porte en grand, révélant Antonia assise sur le banc, le regard pétillant et le sourire aux lèvres, ses joues porcelaine délicatement empourprées, ses cheveux blonds ébouriffés. Sur ses genoux, au milieu des couches de jupons piqués et brodés en soie bleu clair, se trouvait son fils, qui gargouillait de joie et agitait les bras.

— Oh, ma chère enfant ! Vous voilà ! s'exclama Estée avec soulagement.

Antonia embrassa la joue rose de son fils et lui dit tendrement :

— Juju, ta tante Estée est enfin arrivée ! La famille est de nouveau réunie, et cela fait très plaisir à ta maman.

Elle souleva son fils pour qu'il soit récupéré par une bonne, puis Gabrielle l'aida à sortir. Elle retrouva la terre ferme et s'éloigna de la chaise, puis une autre bonne d'Antonia s'approcha d'elle pour secouer les jupons en soie et la robe en velours de sa maîtresse et ainsi en faire disparaître les plis, tandis qu'une troisième bonne ajustait son tablier en mousseline, rattachant les nœuds autour de la taille de la duchesse. Antonia récupéra ensuite son fils et s'avança vers Estée.

Les deux femmes se saluèrent en s'embrassant du mieux qu'elles le pouvaient avec un enfant agité entre elles, déposant chacune un baiser léger sur les joues de l'autre.

— Nous avons passé une matinée très gaie ! déclara Antonia. Je ne savais pas du tout que les porteurs de chaises pouvaient être aussi rapides ! Et maintenant, Julian ne crie plus quand il est assis à l'intérieur avec moi, ajouta-t-elle avec un sourire éclatant. Hier, j'ai essayé de le prendre sur mes genoux dans la chaise pendant le court trajet pour aller chez nos voisins, mais non ! Il ne voulait rien savoir. Céleste a dû le porter jusque là-bas et j'y suis allée dans ma chaise toute seule. (Elle serra son fils contre elle, pleine d'entrain.) Mais après ces courses, qui étaient une activité parfaite en ce jour de pluie, il ne rechigne plus du tout à être à l'intérieur de la chaise. Mais assez parlé de notre matinée. Avez-vous fait bon voyage ? A-t-il plu pendant tout le trajet ? Vous sentez-vous mieux, ces jours-ci ? Vous avez l'air très en forme. La grossesse vous va bien, madame ! Nous avons tant de choses à vous dire ! Mais d'abord, un café… oh ! (Elle se pencha vers l'avant, les sourcils froncés.) J'espère que ce sont des larmes de joie ?

Estée se tamponna les yeux et pinça son petit nez avec son mouchoir bordé de dentelle.

— Oui. Des larmes de joie. Bien sûr ! Toujours, dit-elle avant de renifler et de sourire. Vous m'avez tous beaucoup manqué.

Quand Antonia s'assit sur la chaise en osier qu'un valet de pied était allé lui chercher, son fils sur les genoux, Estée se rassit et attrapa le petit poing serré de son neveu.

— Il a beaucoup grandi, ma très chère belle-sœur. Est-ce possible qu'il soit deux fois plus grand que la dernière fois que je l'ai vu ?

Antonia rit derrière sa main.

— C'est un bébé bien dodu et joyeux, et c'est parce qu'il n'arrête pas de redemander le sein. Heureusement qu'il a deux nourrices à son service. Et depuis qu'il a découvert sa voix, il fait plus de bruit qu'un perroquet en cage ! Vous arrivez à point nommé, avoua-t-elle les yeux brillants, car il s'est bien assez amusé pour aujourd'hui et il a besoin d'être changé avant de pouvoir retrouver une compagnie civilisée.

Elle chercha l'une de ses nourrices ou une nurse autour d'elle, mais elles étaient toutes occupées à regrouper les enfants à l'autre bout de la pièce ou à prendre dans leurs bras ceux qui étaient à la traîne. Puis

Martin Ellicott s'approcha d'elle après avoir confié les porteurs aux soins des valets de pied.

— Ont-ils accepté des rafraîchissements ? lui demanda Antonia.

— Oui, madame la duchesse. Ils étaient excessivement reconnaissants que vous leur ayez proposé de déjeuner dans les cuisines, et encore plus quand j'ai calculé leur paie…

— Vous vous êtes basé sur le nombre d'allers-retours qu'ils ont couru, n'est-ce pas ?

— Comme vous me l'aviez demandé. J'ai préparé une note indiquant le montant à leur régler au moment de leur départ.

Estée se redressa. Elle ne put s'empêcher d'intervenir :

— Pourquoi prenez-vous la peine de les payer s'ils sont nourris ? Ils sont restés à l'abri du froid et de la pluie toute la matinée, et ils devraient être reconnaissants d'avoir eu le privilège d'entrer chez monsieur le duc de Roxton ! Et quand ils se seront vantés de leur bonne fortune à leurs collègues, qu'ils leur auront révélé qu'ils ont eu la duchesse de monsieur le duc comme passagère, ils se retrouveront avec des files entières de passagers prêts à les payer ! Ils voudront tous avoir le privilège de voyager dans la chaise qui vous a reçue ! Non. Économisez vos deniers, très chère. Le régisseur de Roxton vous remerciera.

Antonia et Martin échangèrent un regard, mais aucun d'eux ne fit de commentaire et Martin s'inclina devant Estée Vallentine pour la saluer. Antonia vit Estée se raidir et détourner la tête, ce qui était un manque de respect au parrain de son fils, mais elle fit comme si elle n'avait rien remarqué, car elle ne voulait pas contrarier sa belle-sœur dès sa première heure à la villa.

Elle embrassa son bébé et lui dit :

— Ton parrain très patient et compréhensif va t'emmener voir Céleste.

Elle le tendit à Martin, à qui elle glissa à voix basse :

— S'il vous plaît, Martin, ayez la force de perdre le sens de l'odorat. Merci.

Estée observa Martin Ellicott s'éloigner dans la galerie en parlant à son filleul, rapidement encerclé par un essaim d'enfants qui sautillaient joyeusement à côté de lui en bavardant de la plus familière des façons. Quand elle vit les mains de plusieurs enfants se lever pour toucher les doigts potelés du bébé, elle fit la grimace et s'efforça de détourner le regard.

Antonia remarqua son expression et lui dit doucement :

— Ils sont tout excités, comme le sont toujours les enfants face à quelque chose de nouveau et de fascinant. Ils ont non seulement eu l'opportunité de monter dans une chaise à porteurs, mais aussi de faire un tour dedans, et pour faire la course en plus de cela. Ils vont bientôt se calmer. C'est presque l'heure du déjeuner, et après manger, ils feront la sieste et le calme reviendra… (Elle poussa un soupir de bonheur et gloussa.) Enfin, pour quelques heures au moins ! Nous verrons ensuite ce que nous pouvons faire pour qu'ils se dépensent tant qu'il pleut et qu'ils ne peuvent pas sortir.

— Ma chère, acceptez ce conseil qui vient de quelqu'un qui vous aime comme une sœur, dit Estée avec le sourire figé et supérieur qu'Antonia avait appris à connaître tellement bien que ses épaules s'affaissèrent. Vous feriez mieux de ne pas accorder une attention excessive aux enfants de ceux qui nous servent. Il vaut mieux garder ses distances. Mieux encore, limitez le temps que vous passez dans la nursery. Ce sont les domestiques de votre fils qui devraient venir à vous, et non l'inverse.

— Monsieur le duc est désolé de ne pas avoir pu vous accueillir… commença Antonia dans une tentative de changer de sujet, car elle ne voulait pas se laisser entraîner dans la voie que prenait Estée.

— C'est inutile, répondit cette dernière en balayant ces excuses du revers de la main. Il ne faut pas faire attendre le généalogiste de Sa Majesté.

Toujours perturbée par la gestion de la nursery de son neveu, elle revint sur le sujet :

— Avez-vous déjà envisagé que les enfants dans la nursery de votre fils représentent une distraction pour les nurses, un fardeau qui leur prend trop de temps ?

— Ce sont les enfants de nos domestiques et des nourrices de Julian. Ces femmes sont loin de chez elles…

— Et maintenant, leurs enfants aussi. Ne vaudrait-il pas mieux qu'ils restent avec les leurs, où ils pourraient être utiles, chez eux ou dans les champs… ?

— Pardon, madame, mais les enfants ne devraient jamais être

séparés de leur mère tant qu'ils ne sont pas prêts pour une telle séparation.

— Cette façon de voir les choses est singulièrement novatrice, ma chère, quand on sait que toutes les aristocrates de la cour confient leurs bébés à des nourrices dès la naissance…

— Votre mère ne l'a pas fait.

Le sourire d'Estée se figea.

— Elle ne l'a pas fait pour la simple et bonne raison que son frère lui avait interdit de côtoyer la cour.

— Oh ? Monseigneur m'a dit qu'elle ne vous avait pas confiés aux soins de quelqu'un d'autre, tous les deux, car elle et votre père voulaient vous garder auprès d'eux. Et c'est ce que nous voulons aussi pour nos enfants. Par ailleurs, la présence d'autres enfants ici, ajouta-t-elle avec un sourire éclatant forcé, espérant mettre un point final à cette discussion, permet à Julian d'avoir des camarades de jeu.

Estée souffla d'incrédulité.

— Ma chère, quand il sera assez grand pour faire la différence, il choisira les personnes avec qui il voudra passer du temps, et croyez-moi, ce ne sera pas avec les fils de ses nourrices !

Antonia pencha la tête de côté et feignit un moment d'incompréhension :

— La différence ?

— Voyons, ma chère enfant, répondit Estée avec un petit rire incrédule. Je n'ai pas besoin de vous rappeler que nos enfants sont particuliers, qu'ils doivent grandir parmi leurs semblables. On doit donc leur apprendre la différence entre ceux qui sont servis et ceux qui nous servent. C'est ainsi que tous les enfants, qu'ils soient de haute ou de basse extraction, apprennent à reconnaître leur place dans le monde.

Antonia serra les poings sur ses genoux.

— Madame, Julian est un bébé. Ses besoins sont simples : bien manger, rester au chaud et au sec et surtout recevoir de l'amour. Tout le reste n'a aucune importance.

— Qui pourrait vous reprocher de dire des choses aussi naïves, ma très chère belle-sœur ? répondit Estée avec un soupir condescendant. Votre éducation inhabituelle vous a mis des idées extraordinaires dans la tête. Je ne cherche pas à vous critiquer, et vous devez sans doute être bien consciente qu'en tant que fils héritier de monsieur le duc de

Roxton, Julian doit et va recevoir une éducation entièrement différente de la vôtre.

— J'en suis consciente, mais je suis également déterminée à faire en sorte que mon fils reste protégé de ces notions tant qu'il sera dans la nursery. Ici, c'est un bébé, qui n'est pas différent des autres bébés et jeunes enfants.

Antonia esquissa un sourire entendu, la fossette sur sa joue se creusant, et ajouta :

— Mais vous vous trompez si vous pensez que son éducation sera si différente que cela de la mienne. Mon père me couvrait d'amour et de patience, et monseigneur et moi en feront autant avec Julian…

— Bien sûr, mais…

— Madame, continua Antonia, interrompant sa belle-sœur car elle voulait se faire bien comprendre une bonne fois pour toutes. Je suis bien consciente que quand Julian aura quitté la nursery, on lui rappellera toute sa vie non seulement qu'il fait partie de la noblesse, mais aussi qu'il est le fils de monsieur le duc de Roxton. Il vivra dans l'ombre de son père, c'est inévitable. Je veux qu'il soit fier de ses origines et de qui il est, mais il faudra aussi qu'il soit heureux et que toute sa vie, il sache qu'on l'aime avant tout parce que c'est notre fils. C'est seulement de cette manière qu'il pourra trouver un jour le courage d'entrer dans la lumière et de devenir celui qu'il est destiné à devenir, non ? Et c'est tout !

— Bien sûr, ma chérie, approuva Estée sans tout comprendre, ne pouvant donc s'empêcher de revenir sur une incompréhension persistante : Et c'est la raison pour laquelle je me demande s'il ne vaudrait pas mieux commencer ces leçons et faire en sorte qu'il soit conscient de tout cela dès le berceau, l'entourer de personnes qui comprennent l'ombre que projette son père plutôt que de gens qui pourraient ralentir son progrès. Il serait alors mieux préparé pour son avenir. Un jour, il deviendra monsieur le duc de Roxton et héritera d'une grande fortune et d'un immense pouvoir. Tout le monde s'inclinera devant lui. Un tel avenir est immuable.

— Un jour, oui, mais ni aujourd'hui, ni demain, déclara Antonia d'un ton ferme.

Frustrée de ne pas réussir à faire comprendre à sa belle-sœur que l'amour qui entourait Julian et qu'il recevait était ce qu'il y avait de plus important pour elle, elle laissa l'émotion avoir raison d'elle et lâcha, les larmes lui montant aux yeux :

— Mais moi, je compte faire de mon mieux pour ne pas penser à ce futur éloigné, au moment où on appellera Julian « monsieur le duc » ! Car ce futur se déroulera sans monseigneur, et je ne me laisserai pas envisager cette possibilité – *jamais*.

Estée tendit le bras et pressa doucement les poings serrés d'Antonia.

— Vous n'avez pas à y penser aujourd'hui. Je vous en prie. Ne vous mettez pas dans tous vos états. Mais un jour, il faudra l'envisager, pour le bien de vos enfants. Car si quelque chose devait arriver à Roxton et que vous vous retrouviez…

— Non ! s'écria Antonia en se levant d'un bond. Non ! Je suis désolée, madame, mais non ! Nous n'évoquerons plus jamais une telle éventualité. Vous pensez à ces choses mélancoliques à cause de ce qui est arrivé à votre père, ce que je comprends. C'était une tragédie. Votre mère est restée triste pendant toute sa vie et ses yeux avaient tant pleuré qu'elle n'avait plus une seule larme à verser. Mais monseigneur ne fera jamais de mauvaise chute à cheval. Et ses enfants grandiront avec leur père, et si je pleure, ce sera uniquement de bonheur. Maintenant, allons boire notre café, mais dans la salle du petit déjeuner, car j'ai quelque chose à vous montrer qui devrait, je pense, vous plaire.

Estée attrapa le poignet d'Antonia avant qu'elle ne puisse se détourner. Elle resta assise, leva la tête vers la duchesse avec un sourire attristé et dit avec remords :

— Pardonnez-moi d'avoir gâché vos festivités matinales…

— Vous n'avez pas…

— Si. Et vous avez raison. Je m'appesantis trop souvent sur les malheurs du passé. Encore plus, si cela est possible, depuis que cette nouvelle vie grandit en moi. C'est étrange, ne pensez-vous pas, que mes pensées soient préoccupées par ce qui a déjà eu lieu, et non par ce qui va arriver ?

— C'est tout naturel. Le futur nous est inconnu. Toutes les femmes, à l'instant où elles apprennent qu'elles vont devenir mères, s'inquiètent de chaque petit détail à propos de leur bébé. Mais surtout, nous nous inquiétons à propos de l'accouchement. Ma mère est morte en couches. Ainsi, quand j'étais enceinte, mes pensées se tournaient souvent vers ce triste événement.

Antonia serra les doigts d'Estée, sourit et ajouta :

— Mais tout ira bien pour vous et votre petit. Je le sais.

Estée hocha la tête et embrassa le dos de la main d'Antonia. Après s'être levée, elle la prit par le bras et elles commencèrent à marcher vers les petits lits et les berceaux, qui étaient de nouveau cachés derrière les paravents. Martin Ellicott sortit de derrière l'un d'eux, son filleul dans les bras. Le bébé était blotti dans son cou et dormait à poings fermés. Il attendit que les deux femmes le rejoignent.

En le voyant avec son neveu, Estée retrouva son expression acerbe. Elle s'arrêta au milieu de la pièce et marmonna à voix basse :

— Il prend son rôle de parrain très à cœur.

— Et ce sera aussi le cas de Vallentine, quand Julian sera assez vieux pour apprendre à manier une épée.

— On ne manie pas une épée dans une nursery, ma chère. Cet endroit n'est pas fait pour les hommes. Lucian est un aristocrate, un maître du maniement de l'épée *et* le plus vieil ami de mon frère. Tandis que cet homme…

— … est également un bon ami de monseigneur, et lui aussi, c'est le parrain de Julian, l'interrompit Antonia, avec douceur mais fermeté. Ces deux faits sont… quel est ce mot que vous avez utilisé et qui m'a beaucoup plu ? Ah, oui ! Immuables. Venez ! poursuivit-elle avec un grand sourire. Le café et les gâteaux nous attendent, dit-elle avant de presser le pas pour aller rejoindre Martin.

Estée la suivit, les lèvres fermement pincées pour s'empêcher de donner d'autres conseils, sachant qu'il était inutile de continuer. Sa belle-sœur était trop gentille, trop bienveillante, elle tenait trop à avoir un foyer heureux à tout prix, et sa jeunesse jouait en sa défaveur. La duchesse était incapable de reconnaître quand on profitait d'elle, en particulier quand il était question de l'ancien valet du duc.

Quand elle avait exprimé son appréhension à son frère à propos de la gestion de la nursery de son neveu et sa réelle inquiétude concernant la familiarité d'Antonia avec les domestiques bien intentionnés et les anciens valets flagorneurs, il avait rejeté ses inquiétudes, les jugeant insignifiantes. Mais maintenant qu'elle était à la villa et qu'elle voyait ce qu'il en était de ses propres yeux, elle était déterminée à faire retrouver la raison au duc, afin qu'il voie que sous le contrôle trop souple du personnel par la duchesse, celui-ci devenait ingérable.

Elle prendrait les choses en main, réfrénerait les abus et la familiarité au sein de ce foyer et lui rendrait son état naturel, celui qu'il avait connu sous sa supervision. Et elle commencerait par la personne qui, elle en était convaincue, avait une influence excessive sur la duchesse. Si quelqu'un jetait une ombre sur la nursery de son neveu et manipulait sa belle-sœur, c'était bien l'ancien valet de son frère. Elle comptait bien veiller à ce que ce lèche-bottes impertinent soit remis à sa place et y reste.

Une demi-heure avant qu'Estée ne soit invitée à rejoindre la famille pour le dîner, l'une de ses dames de compagnie fit entrer un visiteur dans le petit salon adjacent à son boudoir. Assise au milieu d'une méridienne en soie rayée – la seule assise de la pièce – avec ses jupons piqués minutieusement disposés autour d'elle et agitant un éventail peint à la gouache, Estée indiqua au visiteur d'approcher d'un petit geste du menton.

Martin Ellicott s'avança dans la pièce et la dame de compagnie disparut derrière une portière en tapisserie, restant à portée de voix pour pouvoir répondre instantanément si on l'appelait.

Seul avec la sœur du duc, Martin était incapable de déterminer de quoi elle souhaitait lui parler. Mais comme il la connaissait bien, il se prépara à encaisser les diverses accusations de toutes sortes dont elle pourrait bien l'accabler.

# TROIS

LES RARES FOIS où Martin était appelé à aller voir la sœur du duc, il s'assurait de garder ses sentiments et avis pour lui. Il adoptait une expression neutre et s'efforçait d'enfouir au plus profond de lui l'attaque que subissaient ses sens.

Tout d'abord, c'était son odorat qui était assailli. Le parfum écœurant dont elle s'aspergeait bien trop généreusement empestait la pièce. Puis ses yeux s'asséchaient face à son visage recouvert d'une épaisse couche de cosmétiques qui, s'ils étaient appliqués d'une main plus légère, lui iraient mieux au teint et mettraient sa beauté en valeur plutôt que de l'amoindrir. Il devait se taire face aux injures qu'elle lui infligeait, ce qui faisait apparaître un goût métallique sur sa langue. Quant au toucher, ce sens était épargné, car il ne s'asseyait jamais en sa présence et gardait les mains jointes devant lui. Enfin, ses oreilles étaient attaquées et se mettaient à siffler quand elle lui lançait ses sermons acerbes, ses agressions verbales cinglantes et ses menaces. Et quand elle n'obtenait pas ce qu'elle voulait, il avait droit à des cris et des larmes, dirigés vers le duc mais déversés sur lui en tant que messager de son frère.

Il ne savait plus à quoi s'attendre maintenant que son statut dans l'entourage du duc avait changé. Mais il imaginait qu'elle ne devait pas avoir bien pris la nouvelle, qu'il resterait à jamais un domestique à ses yeux. Après tout, elle ne connaissait rien du monde en dehors des boudoirs parfumés de ses amis et connaissances aristocrates ; même les bourgeois étaient vus comme des étrangers par les nobles français. Ainsi, ses opinions étaient étouffées par ses préjugés. Pour les gens comme elle, aucun pont ne pouvait traverser l'immense fossé entre ceux qui dirigeaient et ceux qui étaient dirigés.

Quand il s'approcha de la méridienne, s'inclina et attendit qu'elle prenne la parole – car c'était à elle que revenait le droit à la parole –, il espéra de tout son cœur, pour le bien du duc, de la duchesse et de l'harmonie domestique du foyer, qu'elle le surprendrait et lui prouverait qu'il s'était trompé.

Estée le regarda de haut en bas, ferma son éventail d'un grand geste et le jeta sur le coussin tapissé. Quand il glissa et tomba sur le tapis, Martin le ramassa et le lui tendit. Mais elle ne le récupéra pas, se contentant d'un petit geste de la tête lui indiquant de le reposer sur le coussin. Il s'exécuta, lentement et délibérément, puis il recula et se plaça derechef devant elle. Son expression ne trahissait pas ce qu'il pensait, mais il prouva qu'il n'allait pas se montrer servile, qu'il ne se considérait plus comme un domestique, en évitant de baisser respectueusement les yeux, soutenant au contraire son regard.

— Savez-vous qui est avec monsieur le duc ? demanda-t-elle d'un ton condescendant au possible.

— Oui, madame.

Quand elle fit un petit geste impatient, il ajouta :

— Monsieur le comte d'Hozier, le généalogiste de Sa Majesté.

— Généalogiste et garde de l'*Armorial général de France*. Savez-vous de quoi il s'agit ?

— Oui, madame.

Quand elle exprima une nouvelle fois son exaspération, il resta silencieux, la forçant à cracher :

— Alors ! Dites-moi de quoi il s'agit !

— C'est un registre créé par Louis xiv, qui regroupe les noms et armoiries de toutes les familles nobles françaises, remontant jusqu'au règne, il me semble, de Charles vi.

Elle aurait été incapable de dire s'il avait nommé le bon roi ou non, car elle ne le savait pas elle-même, mais elle le croyait. Par ailleurs, tout ce qui lui importait, c'était qu'il sache exactement de quel registre elle parlait, car cela lui permettait de dérouler son argumentaire et de le remettre à sa place.

— Les Salvan sont inscrits dans l'*Armorial général de France*, et monsieur le duc et moi, nous sommes les petits-enfants du comte de Salvan. Notre mère était une Salvan…

Un long silence s'installa entre eux et Martin se demanda si elle attendait une réponse de sa part. Il ne fut pas assez rapide pour elle, la poussant une fois encore à insister :

— Le saviez-vous ?

— Je suis bien conscient de ces faits, madame.

— Bien. Et vous devez aussi savoir… (Elle ne put réprimer un sourire supérieur.) qu'aucun de vos ancêtres n'est inscrit dans les pages de ce registre.

— Oui, madame, déclara-t-il, soutenant le regard d'Estée. Je suis également au courant de cela.

Elle osa le dévisager en retour, et si elle était troublée, elle essaya de le cacher. Mais Martin savait qu'elle triturait ses vêtements à chaque fois qu'elle était perturbée, et c'était exactement ce qu'elle était en train de faire avec l'un des nœuds en soie sur l'échelle de son corsage. Après un silence de cinq secondes, elle leva les yeux au ciel et une main en l'air.

— Et pourtant, vous êtes ici ! Vous vivez dans cette maison, non plus en tant que domestique, mais comme si vous aviez votre place parmi nous. Comme si vous étiez l'un des *nôtres*.

— Je vous demande pardon, madame, mais je n'aurais jamais la prétention d'être l'un des *vôtres*, et j'imagine que ce que vous voulez dire par là, c'est être de noble naissance.

— Bien sûr que c'est ce que je veux dire ! Que pourrais-je vouloir dire d'autre ?

— Dans ce cas, je vois bien ce que vous voulez dire.

— Pourquoi n'êtes-vous plus un valet ?

— Monsieur le duc a bien dû vous informer de mon changement de situation…

— Naturellement ! Je suis sa sœur. Mais cela ne veut pas dire que je comprends pourquoi vous, vous avez accepté l'offre tout à fait extraordinaire de monsieur le duc. D'ailleurs, je suis choquée que vous l'ayez acceptée.

— Pour être franc, j'ai moi-même encore du mal à y croire.

— Êtes-vous en train d'admettre que vous n'avez aucun droit de vivre comme nous ?

— Madame, j'admets que de la même manière que la majorité du peuple sait avec certitude qu'ils vivront, travailleront et mourront au même endroit qu'à leur naissance, je resterai à jamais le fils d'un majordome et d'une intendante, que mes ancêtres, d'aussi loin que nous avons des traces d'eux, ont dédié leur vie à servir leurs maîtres.

— Dans ce cas, vous auriez dû refuser l'offre de mon frère et rester là où vous êtes le plus à l'aise et le plus utile, à faire ce que vous êtes destiné à faire de naissance, ce que vous devriez encore être en train de faire.

— Si la vie était aussi simple que cela, madame. J'ai peut-être été un valet pendant une grande partie de ma vie, mais ma vocation vous révèle très peu de choses à propos de moi.

— À propos de vous ? répéta Estée, battant des paupières d'incompréhension. Qu'y a-t-il à savoir ?

Un sourire involontaire apparut furtivement sur les lèvres de Martin. Il n'était pas du tout surpris qu'elle ne comprenne pas. Il essaya de lui expliquer :

— Il en va de même pour ceux qui ont la chance d'être répertoriés dans l'*Armorial général de France*. Ce registre dresse la liste de toutes les nobles maisons françaises, certes, mais ne nous dit rien de chaque individu né dans chaque grande maison – s'il est un homme bon ou mauvais, un homme d'honneur ou un menteur, dépensier ou radin…

— L'*Armorial général de France* n'a rien à voir avec le fait que vous avez abandonné votre poste pour vous faire passer pour un gentleman indépendant !

Martin voulut pousser un soupir de frustration, mais se contenta de dire calmement :

— Madame, je voulais seulement souligner le fait que la situation d'un homme – ses origines, la famille dont il vient – ne donne aucune indication sur son caractère, ne nous dit pas s'il est bon ou mauvais. Un marchand peut mener une vie honorable et un noble peut être un vaurien. C'est seulement le hasard de la naissance qui permet à l'un d'exercer une domination sur l'autre…

— Le hasard ? Vous pensez que c'est le hasard, et non Dieu, qui détermine dans quelle famille nous naissons ? N'avons-nous pas appris que c'est Lui qui régit tout ? Croyez-vous en Dieu ?

— Oui, madame, bien sûr que je crois en Dieu. J'aurais peut-être dû parler de bonne fortune plutôt que de hasard…

— Le hasard, la bonne fortune, c'est la même chose. La chance n'a pas sa place dans les préceptes de l'Église. Un cirier est un cirier car Dieu l'a voulu. Et vous l'avez admis vous-même, votre lignée est dédiée au service, c'est donc ce que vous devriez faire – servir.

— C'est ce que je compte continuer à faire, madame, mais d'une façon différente.

Estée se recula sur la méridienne, perplexe. Elle lui fit signe de s'expliquer.

— Si, comme vous le dites, les choses comme la chance n'existent pas et que tout est déterminé selon Sa volonté, alors la bonne fortune qui m'a élevé hors de la servitude a dû elle aussi être ordonnée par Lui…

— Ne déformez pas mes propos !

— … à travers l'amour et la générosité de monsieur le duc et de madame la duchesse.

— C'est joliment dit. Mais peu importe votre élévation ou votre ambition, vous n'êtes pas et ne serez jamais l'un des nôtres, car vous n'êtes pas né dans notre monde. Et c'est la raison pour laquelle je ne parviens pas à comprendre pourquoi vous voudriez être quoi que ce soit d'autre !

— Je comprends, madame. Je comprends aussi qu'il doit être réellement difficile pour quelqu'un de votre ascendance de saisir ce que votre frère a fait pour moi. Mais je vous assure que ma seule ambition est de servir monsieur le duc et madame la duchesse, de quelque manière qu'ils le souhaitent.

Il s'inclina devant elle et, la main posée sur le cœur, dit doucement :

— Je suis et resterai à jamais un serviteur on ne peut plus fidèle et dévoué à la maison ducale et à la famille de votre frère.

Ses mots et son attitude apaisèrent quelque peu Estée. Elle changea de position sur la méridienne, récupéra soudain son éventail, le déplia et se mit à l'agiter. Alors qu'elle faisait la moue, elle croisa le regard de Martin, et quand il soutint le sien franchement et avec un petit sourire, elle ne put s'empêcher de le remettre à sa juste place :

— Vous avez toujours été beau parleur, dit-elle d'un air renfrogné. Mon frère vous a bien appris. J'espère seulement que vous saurez ne pas trop en dire, maintenant que vous n'êtes plus le valet de monsieur le duc, car il n'est plus responsable de votre conduite – cette responsabilité vous revient. Ce qui veut dire que vous n'êtes plus sous sa protection. Comprenez-vous ce que cela signifie pour vous ?

— Oui, madame. Soyez assurée que je ferai preuve de circonspection à chaque instant. Je ne suis pas du genre à me mettre en avant…

— C'est un peu tard pour dire cela ! Votre élévation est déjà le sujet de commérages chez nos parents et amis. Écoutez-moi bien : si vous voulez rendre service à mon frère et à son épouse, vous feriez mieux de ne pas être vu en leur compagnie quand ils sortent. Et quand nous avons des invités, vous devriez vous retirer des pièces publiques et rester hors de vue. Votre présence ne servirait qu'à mettre tout le monde mal à l'aise. Comment nos amis et notre famille pourraient-ils savoir comment s'adresser à vous, comment vous traiter ou quoi vous dire ? De tels désagréments doivent être évités, pour leur bien. Je suis certaine que vous voudrez me rassurer à ce sujet, que vous accepterez donc de vous engager à…

— Madame, je comprends vos réserves, l'interrompit Martin. Mon élévation est tout à fait inhabituelle. Et je suis désolé si ma présence vous offense de quelque manière que ce soit, mais pour être honnête, la façon dont je me conduis et dont j'occupe mon temps, et avec qui, ne vous regarde en rien. (Il s'inclina.) Maintenant, si vous voulez bien m'excuser, je ne veux pas être en retard pour rejoindre la famille pour le dîner.

— Non ! Arrêtez ! Comment osez-vous ! s'exclama-t-elle quand il tourna les talons sans avoir été congédié. Je ne vous ai pas donné l'autorisation de partir et je n'ai pas terminé…

Martin s'inclina derechef et la regarda avec une expression qui lui était bien trop familière – son frère la regardait de cette même façon désagréable quand il était agacé. Ses yeux bleus se remplirent de larmes de frustration.

— Madame, c'est uniquement le respect que j'ai pour vous en tant que sœur de monsieur le duc qui m'a poussé à faire demi-tour. Laissez-moi être poli, mais franc : je ne vous dois rien et je n'ai pas besoin de votre autorisation pour mener ma vie. (Il inclina la tête.) Je vous souhaite le meilleur et j'espère sincèrement que nous pourrons rester en des termes amicaux pour le bien de l'harmonie familiale.

Estée prit une teinte écarlate et malgré sa grossesse, elle se leva de la méridienne d'un bond tandis qu'on ouvrait la porte menant sur le couloir. Son mari entra dans la pièce. Elle fondit instantanément en larmes.

— Hé, ma chérie, moi aussi je suis heureux de vous voir ! déclara Vallentine, imperturbable face à ses larmes.

Il l'attira dans ses bras et dut l'embrasser sur le haut de ses tresses enroulées sur elles-mêmes, car elle avait enfoui son visage contre son torse.

— Vous avez raison d'être agacée par mon retard, ajouta-t-il. J'espérais être là pour votre arrivée, mais j'ai eu un contretemps, et qui peut dire non à votre frère, hein ?

Il voulut reculer pour pouvoir lui faire relever le menton et ainsi mieux la voir, mais elle s'agrippa à lui.

— Il va falloir que je change de redingote si vous continuez à l'arroser ! Venez, asseyons-nous un instant. Je veux savoir comment vous allez, vous et le petit… hé ! Pourquoi restez-vous planté là à nous regarder bouche bée ? gronda-t-il par-dessus son épaule en sentant une présence. Allez-vous-en et rendez-vous utile !

— Je vous demande pardon, milord. J'étais justement en train de partir…

— C-comment ? dit Vallentine en faisant volte-face, sous le choc, emportant Estée avec lui. Parbleu ! C'est vous ! (Son visage s'empourpra.) Je vous ai pris pour un laquais.

— Cela n'a aucune importance, milord. Les domestiques se ressemblent tous.

— Non. Non ! Ce n'est pas ce que je voulais dire ! Mes excuses. C'est juste que je ne m'attendais pas à vous trouver là…

— Pourquoi est-ce à lui que vous présentez des excuses ? demanda Estée, furieuse, s'éloignant de l'étreinte de son époux pour retourner vers la méridienne d'une démarche théâtrale. C'est à votre épouse enceinte qu'on doit des excuses ! Pas à ce barbare…

Vallentine s'élança à sa suite.

— Voyons, attendez une minute, Estée ! Vous ne pouvez pas insulter ainsi Ellicott. Il n'est plus un laquais.

— Ha ! Quand mon mari absent revient enfin dans cette-cette… *masure*, il s'inquiète avant tout pour un laquais, et pas pour sa femme enceinte. Je suis vraiment maltraitée !

— Du calme ! Restez courtoise, gémit Sa Seigneurie en se jetant à côté d'elle sur la méridienne.

Il s'empara de la main de son épouse et se mit à embrasser chacun de ses doigts, lui disant d'une voix apaisante entre chaque baiser :

— Vous êtes ma seule préoccupation – vous et le bébé. Vraiment.

Quelque peu apaisée, Estée se tourna vers lui :

— Vraiment ?

— Oui. Mais ne laissez pas votre frère vous entendre qualifier cette jolie petite villa de masure. On y est à l'étroit et il y a trop de bruit, mais il faut faire avec, car Antonia se sent chez elle ici, et…

— Je me demandais combien de temps il faudrait pour que vous vous mettiez à la défendre…

— Voyons, Estée. Ne commencez pas…

Martin plongea dans le couloir et referma la porte sur le couple en pleine dispute.

Il ne fut pas surpris quand ils arrivèrent en retard pour dîner. Quand ils se glissèrent sur leurs chaises respectives, Vallentine avait une mine anormalement sombre, tandis que le visage rougi de madame était soigneusement dissimulé sous une couche de maquillage. Néanmoins, toute la rancune qui persistait disparut et fut entièrement oubliée quand, alors qu'on servait le café, le duc et la duchesse firent une annonce surprenante.

# QUATRE

LES CONVIVES ÉTAIENT bien conscients de la tension entre les Vallentine, mais ils ne le montrèrent pas et poursuivirent leur conversation comme si de rien n'était. Le temps, la dégustation de plusieurs plats de viandes, poissons et légumes recouverts de diverses sauces délicates et les discussions autour de la table à propos de sujets on ne peut plus communs aidèrent à les apaiser et le repas put se dérouler agréablement. Enfin, les Vallentine rejoignirent la discussion comme s'il ne s'était rien passé entre eux et tout redevint normal – la duchesse, animée, plaisantait avec Sa Seigneurie, Martin Ellicott participait poliment, Estée servait d'arbitre, et le duc observait son mutisme habituel.

Ce fut seulement quand on eut débarrassé les restes de pâtisseries, tartes et préparations à la crème et après que les convives se furent installés dans le salon confortable avec du café, diverses liqueurs et des friandises que le duc prit enfin le contrôle de la conversation.

Antonia était blottie contre lui sur une méridienne tandis que les Vallentine étaient installés sur celle d'en face. Estée était adossée contre un coussin qui l'aidait à être plus à l'aise malgré son état, et ses pieds chaussés de bas étaient posés sur un repose-pied rembourré. Enfin, Martin Ellicott était installé dans une bergère entre les deux méridiennes, face à la cheminée. Tous sirotaient du café et des liqueurs, servis par le majordome et plusieurs valets de pied.

Mais avant de leur révéler la raison de la visite du généalogiste du roi, le duc s'enquit auprès de Vallentine du succès de la mission qu'il lui avait confiée à l'aube.

— Tout est réglé, confirma Sa Seigneurie avec assurance. La cérémonie est prévue pour la fin de la semaine, à condition que l'accord écrit de Touraine arrive à temps. Mais vous n'anticipez aucune objection de sa part à cette union, si ?

— Quand il aura pris connaissance de ma lettre et de l'offre de monsieur Haudry, je suis sûr qu'Alphonse nous fera parvenir son assentiment par le biais du messager le plus rapide qui soit.

Estée dressa l'oreille en entendant parler de leur cousin le duc de Touraine, et elle ne put arriver qu'à une seule conclusion quand les mots « cérémonie » et « union » furent prononcés. Elle poussa une exclamation de surprise et sourit, les yeux brillants.

— Ne me dites rien ! Cousin Alphonse a enfin décidé de se remarier !

Le duc leva les yeux du brandy qu'il faisait tournoyer dans son gobelet en cristal.

— Quelle drôle d'idée. Non. Sa fille cadette va se marier.

— Il était temps ! s'exclama Estée. Élisabeth-Louise doit avoir au moins vingt ans.

— Quel grand âge, marmonna Antonia en adressant un sourire en coin à Vallentine et Martin.

— J'imagine que vingt ans, ce n'est pas si vieux pour un veuf, riposta madame. Maurice de Chesnay a de la chance que Touraine ait accepté son offre.

Lord Vallentine renâcla de dégoût face à la suggestion de son épouse.

— Sans vouloir vous offenser, Roxton, car je sais que Chesnay est un proche ami à vous, cette petite peut remercier sa bonne étoile de ne pas être obligée d'épouser quelqu'un comme lui !

— Pourquoi dites-vous une chose pareille ? demanda sa femme. Chesnay va faire d'elle une marquise et elle aura sa place à la cour.

— Raison de plus pour ne pas l'épouser !

— La benjamine de Touraine va épouser le chevalier Montbelliard, intervint le duc avant que sa sœur ne puisse formuler un argument qui répondrait à l'opposition continue de son mari au marquis de Chesnay. Cette union a été approuvée non seulement par son père, mais aussi par sa grand-mère.

— Ah oui ? En voilà une surprise, dit Estée. Tante Philippa a vraiment bien caché son jeu. Elle n'a donné aucune indication qu'elle comptait marier sa petite-fille au chevalier.

— Ils sont tombés amoureux, madame, lui dit Antonia. Ils seront donc infiniment plus heureux que s'ils avaient chacun été forcés à faire un mariage arrangé.

Vallentine leva son verre de brandy.

— Je bois à leur santé ! Imaginez si cette fille de vingt ans avait dû épouser un crapaud bouffi qui a deux fois son âge !

— Qu'êtes-vous en train d'insinuer, Lucian ? s'enquit Estée. Chesnay est peut-être une vraie barrique, et j'admets qu'il a les lèvres d'un gros crapaud, mais n'importe qu'elle jeune femme de vingt ans qu'on a laissé moisir dans un couvent le prendrait volontiers pour époux. Des murmures inquiets circulaient dans la famille à propos d'Élisabeth-Louise, on se demandait si elle se trouverait jamais un mari, si quelque chose n'allait pas chez elle. Sans même parler de gros crapaud, si c'était un duc octogénaire qui avait demandé sa main, tante Philippa aurait accepté cette union sans aucune hésitation !

Le duc lança un regard en coin à Antonia et but en une seule gorgée ses dernières gouttes de brandy.

— Je peux remercier ma bonne étoile, moi aussi, car je ne suis ni bouffi, ni un gros crapaud. Je ne suis pas non plus… hum… octogénaire, ajouta-t-il avec un sourire en coin. Cela dit, je suis assurément un duc.

Vallentine ne manquait jamais de mordre à l'hameçon que le duc agitait devant lui.

— Hé ! s'exclama Sa Seigneurie en s'empourprant. Nous ne pensions pas… Vous ne pensez tout de même pas que c'est de-de *vous* qu'on parlait ?

— Pourquoi Roxton penserait-il cela ? répondit Estée avec virulence. Chesnay et mon frère ont presque le même âge, certes, mais ils sont entièrement différents. Les comparer reviendrait à comparer un crapaud et une statue romaine !

Vallentine fit appel à son voisin :

— Aidez-moi, Ellicott. Vous avez compris ce que je voulais dire, non ?

Martin Ellicott fut épargné et n'eut pas à répondre, car il était en train d'avaler une gorgée de café et que la duchesse intervint, disant avec une étincelle dans les yeux et sa fossette creusée sur sa joue :

— Ne forcez pas Martin à vous secourir, Lucian. Par ailleurs, ajouta-t-elle en s'adressant au duc en italien, vous n'avez pas à remercier votre bonne étoile. Mais je vous remercie de partager toutes les étoiles du ciel avec moi.

Roxton sourit en regardant son visage penché vers l'arrière et haussa un sourcil d'un air interrogateur.

— Ah oui ? murmura-t-il en suivant son exemple. *Perché ?*

Elle arbora un sourire espiègle et chuchota :

— À chaque fois.

— *E' così ?* demanda-t-il en la fixant du regard.

Antonia gloussa face à son air perplexe et hocha la tête, lui disant d'un ton malicieux :

— Le septième ciel se trouve dans les étoiles, *sì* ?

Sachant que le septième ciel désignait le paradis, il comprit soudain qu'elle faisait subtilement référence à leur appréciation mutuelle de l'amour physique. Il lui pinça le menton avec un petit rire et l'embrassa délicatement. Ce geste prit tout le monde par surprise, non parce qu'ils avaient compris de quoi parlait le couple ducal, mais simplement parce que le duc s'autorisait rarement une telle spontanéité en public, même devant sa famille. Antonia, très satisfaite de sa réponse, se remit à boire son café.

— Il va falloir que je fasse venir d'autres robes de Paris, déclara Estée avec un soupir, ramenant la conversation à quelque chose qu'elle comprenait et qui l'intéressait. Celles que j'ai emportées avec moi ne conviendront pas du tout pour un mariage Salvan.

— C'est inutile…

— Mais… Roxton ! Vous ne comprenez pas. Ma robe de cour prenait énormément de place dans mes malles, mes bonnes ont donc seulement réussi à y mettre quelques vêtements d'intérieur en plus, car je n'ai pas anticipé ce besoin, ni que nous resterions ici plus de quelques jours.

— Vous avez emporté ce qu'il fallait. Inutile de faire venir d'autres vêtements.

— Comment pouvez-vous dire cela alors que je viens d'apprendre que ma cousine se marie à la fin de la semaine et que je n'ai rien à porter pour la cérémonie ?

— Vous n'y assisterez pas, chérie, déclara Vallentine à voix basse.

— Ne soyez pas absurde, Lucian ! répliqua Estée, incrédule. Bien sûr que je serai présente au mariage de notre cousine. Le mariage de la petite-fille de tante Philippa et fille du duc de Touraine à l'héritier du comte de Salvan est un événement auquel toute la famille doit assister. Et il s'agit d'une union si importante, j'imagine que toute la cour sera également présente. Nos amis et nos connaissances s'entasseront sur les bancs de l'église !

— Ce sera une petite cérémonie, déclara le duc en tendant son gobelet à un valet de pied en poste dans les parages. Elle sera d'ailleurs tellement petite et privée que le couple partira commencer sa nouvelle vie avant même que le reste du monde n'apprenne leur union !

— Mais… ! Élisabeth-Louise ne peut tout de même pas se marier dans des conditions aussi misérables ! Elle a du sang Salvan et épouse l'héritier du comte de Salvan…

— Je pensais que ces raisons suffiraient à justifier notre absence, déclara le duc d'un ton qui laissait comprendre que ce n'était pas ouvert au débat.

— Si cela peut atténuer votre déception, madame, les invités se comptent sur les doigts d'une main, dit Antonia d'un ton apaisant.

Estée regarda son frère, puis son mari, et enfin sa belle-sœur. Elle était toujours aussi déroutée.

— À quel point cette cérémonie sera-t-elle « petite » ? Qui y assistera ?

Antonia lui répondit :

— Élisabeth-Louise sera accompagnée par sa sœur Michelle Haudry, le beau-père de cette dernière, monsieur Haudry, conduira la mariée à l'autel, et Martin s'y rendra en tant qu'observateur pour monseigneur.

— Et Montbelliard m'a choisi pour être son témoin, avoua Vallentine au duc en s'empourprant d'embarras. Mais si vous préférez que je n'y…

— Vous pourrez lui faire cet honneur avec ma bénédiction, Lucian, répondit le duc. Une deuxième… hum… paire d'yeux ne sera pas de trop. (Il lança un coup d'œil à Martin Ellicott.) Et vous pourrez vous soutenir l'un l'autre. Une messe de mariage papale demande de l'endurance.

— Vous autorisez mon mari à assister au mariage, et-et… *lui* peut y aller à votre place, dit Estée avec un brusque geste de la tête en direction de Martin Ellicott, mais vous refusez que moi, *votre sœur*, j'y aille, alors que je suis non seulement la cousine d'Élisabeth-Louise par le sang, mais une papiste ! C'est moi qui devrais représenter la famille. C'est moi qui…

— Non, déclara le duc, prenant une inspiration avant d'ajouter avec patience : Laissez-moi vous expliquer clairement les choses avant que votre fierté ne soit encore plus heurtée. Contrairement à nous, aucune goutte de sang Salvan ne coule dans les veines de Vallentine et Ellicott. Je ne reconnaîtrai pas, jamais, le comte de Salvan, ni son héritier, et vous non plus. Et si vous souhaitez vous sentir moins seule dans votre malheur, sachez qu'aucune de nos tantes n'y assistera non plus.

— Seulement parce que vous leur interdisez de s'y rendre, elles aussi ! lui lança Estée d'un ton maussade avec un petit reniflement. J'ai de la peine pour Élisabeth-Louise. Quel triste mariage !

— Je pense qu'elle s'en moquera complètement, madame, lui assura Antonia. Tout ce qui lui importe, c'est d'épouser le chevalier. À l'heure actuelle, elle doit même se moquer de savoir qu'il héritera un jour d'un titre.

Estée pensa soudain à quelque chose et elle lança à son frère :

— Ils sont peut-être obligés d'avoir un mariage discret à votre instigation, mais comment comptez-vous empêcher la société d'en faire toute une histoire quand elle apprendra que la fille du duc de Touraine a épousé l'héritier du comte de Salvan ? Tout le monde à la cour voudra leur rendre visite pour leur adresser leurs bons vœux.

— Qu'ils ne s'en privent pas, tant qu'ils seront prêts à voyager jusqu'à Arles, où le couple doit s'installer pour un moment.

— *Arles !* Mais…

— Ils vont élire domicile dans un domaine non négligeable, continua le duc. Leur château surplombe le Rhône et a été construit au début du siècle pour l'archevêque d'Arles. D'après ce qu'on m'a dit, l'acquisition de cette propriété pour le jeune couple allégera le fardeau financier qui pèse sur la famille de cet homme d'Église. Ainsi, tout le monde est content.

— Arles faisait autrefois partie d'une province romaine appelée la Gaule narbonnaise, leur dit Antonia. Monsieur le duc a promis de m'y emmener un jour pour que nous puissions explorer les ruines romaines ensemble. N'est-ce pas, monseigneur ?

— Tout à fait, ma fée.

Estée, déconcertée, fit passer son regard de son frère à sa belle-sœur.

— Qu'auront à faire ces jeunes mariés de ce tas de ruines, s'ils sont à des milliers de kilomètres de leur famille !

— Peut-être pas… hum… des milliers, dit le duc à voix basse.

— Madame, il n'est pas très respectueux de qualifier ce qu'il reste du plus grand empire de tas de ruines, de la même manière qu'il n'est pas respectueux que Vallentine qualifie l'hôtel parisien de monsieur le duc de vieux tas de briques.

— Je me demandais quand vous trouveriez l'occasion de revenir là-dessus, lança malicieusement Vallentine, sans aucune trace de rancœur dans sa voix.

— Tout le monde n'a pas votre intérêt démesuré pour les vieux décombres, très chère, déclara Estée d'un ton sec. À vrai dire, je ne connais aucune autre femme qui s'y intéresse. Vous êtes très particulière. Ce n'est pas une mauvaise chose, mais ne l'oubliez pas quand vous parlez aux autres. Ils ne sont pas comme vous…

— Une observation inutile et qui ne vaut pas la peine d'être répétée, l'interrompit catégoriquement le duc.

— … je doute donc vraiment qu'Élisabeth-Louise ou Montbelliard, comme la vaste majorité de la société, s'intéressent à l'Empire romain ou sachent la moindre chose à ce sujet, continua Estée, prenant à peine le temps de respirer.

— C'est bien dommage, madame, répondit Antonia avec un grand soupir en lançant un coup d'œil d'abord au duc, puis à Martin, avant d'ajouter avec un sourire espiègle : Être entouré d'autant d'histoire dont on ne connaît rien, c'est comme déguster un banquet en ayant perdu le sens du goût, non ?

— Peut-être, madame la duchesse, que le jeune couple développera un… hum… *goût* pour l'histoire quand il se sera installé ? proposa Martin Ellicott.

— Ha, ha ! Un goût pour l'histoire ! Malin ! Je vois ce que vous avez fait là ! annonça Vallentine avec un sourire entendu au coin des lèvres en agitant un doigt vers Martin Ellicott. Et s'ils ne s'intéressent pas à l'histoire, j'imagine qu'ils pourront toujours développer un goût pour le vin et la lavande.

— Le vin ? La lavande ? *Les ruines ?* Quelle importance ont toutes ces choses ? s'exclama Estée en levant les bras, frustrée. Écoutez-moi ! Je vous le dis, c'est leur mariage qui va finir en ruine s'ils ne peuvent pas vivre près de leur famille. Selon mes calculs, Arles doit se trouver à au moins cent trente lieues de Paris, voire plus. Cela reviendrait au même s'ils déménageaient en Suède !

— Cent quarante lieues, pour être précis, dit le duc d'une voix traînante. Une fois encore, vos aptitudes mathématiques ne manquent jamais de m'impressionner, bien que vos connaissances en géographie laissent à désirer. Mais ne vous contrariez pas plus. Ils auront bien de la famille à proximité. La sœur de Montbelliard et son mari habitent en périphérie d'Arles. Ah ! ajouta-t-il, poussant mentalement un soupir de soulagement quand il se tourna vers la porte en entendant un bruit familier qui parvenait toujours à relever les coins de ses lèvres. Voilà mon héritier, qui est prêt à aller se coucher mais a plein de choses à dire à sa mère.

# CINQ

Antonia se leva de la méridienne et se dirigea vers la porte à l'instant où la première nurse entra dans la pièce avec le petit lord dans les bras, suivie par deux domestiques. Le petit était prêt à être couché, enveloppé dans un châle en laine douce, mais ses yeux étaient grands ouverts et alertes. Il ne semblait pas du tout avoir sommeil. En voyant sa mère, il arbora un sourire édenté et poussa un petit cri ravi. Ce bruit joyeux remonta le moral de tous et un sourire se dessina sur toutes les lèvres. Antonia le récupéra, l'accueillant avec des baisers et des babillages incessants, puis elle se rassit sur la méridienne avec Julian sur les genoux. Elle leva la tête vers le duc pour lui adresser un sourire et lui demanda avec enthousiasme :

— Maintenant que toute la famille est réunie, et si nous leur faisions notre annonce ?

— Mon Dieu ! laissa échapper Estée, stupéfaite. Vous êtes encore enceinte !

— Non, madame. Du moins, je ne crois pas. Qu'est-ce qui vous fait croire cela ? demanda Antonia, perplexe.

Un silence gêné s'installa jusqu'à ce qu'Estée réponde d'une petite voix :

— C'est la première chose à laquelle j'ai pensé qui pourrait nécessiter la présence de toute la famille. Pardonnez-moi, dit-elle en chassant ce qu'elle venait de dire d'un geste embarrassé de la main. Ne faites pas attention à ce que je dis. Je ne pense qu'aux bébés. Lucian vous le dira.

— C'est vrai, confirma Vallentine.

Il serra la main de son épouse d'un geste affectueux, se pencha vers elle et lui dit d'un ton rassurant :

— Mais il n'y a pas de quoi vous inquiéter, chérie. C'est parfaitement normal pour quelqu'un dans votre état. Et il y a déjà un petit parmi nous, n'est-ce pas ? Ha ! dit-il en désignant le duc de son verre vide. Votre doigt a l'air d'avoir bon goût, Roxton !

Le bébé s'était penché vers l'avant dans les bras de sa mère quand le duc avait délicatement caressé sa joue rose, avait attrapé l'un des doigts de son père et l'avait immédiatement mis dans sa bouche.

— Cécile dit que Julian a déjà commencé à faire ses dents, révéla fièrement Antonia.

— Je n'attends rien de moins de la part de mon héritier, répondit Roxton en libérant délicatement son doigt.

Il essuya la bave sur le menton de son fils avec son mouchoir bordé de dentelle et se tourna vers sa sœur, à qui il dit :

— Un souvenir vient de me revenir, de vous en train de me faire la même chose quand vous étiez sur les genoux de notre mère. Je… hum… vous ai donné un petit coup du bout du doigt, et vous l'avez attrapé et ne vouliez plus le lâcher.

Antonia, qui était en train de chercher l'anneau de dentition en corail de son fils dans les plis de son châle, auquel il était attaché par une chaînette en or, releva la tête et dit avec un petit rire :

— J'imagine qu'à l'époque, vous deviez être loin de vous réjouir d'avoir de la bave sur les doigts.

— Je ne m'en réjouissais pas, non, admit le duc en se levant et en replaçant correctement les basques de sa redingote en soie noire. Je m'en plaignais amèrement à notre mère, mais cela la faisait rire… Veuillez m'excuser pendant que je vais chercher les documents…

Antonia trouva l'anneau de dentition et, avec un sourire et de grands yeux, elle le plaça dans le petit poing de son fils et le leva vers sa bouche, lui expliquant à quoi il servait.

— Vous pensez qu'il comprend ce que vous lui dites ? demanda sérieusement Vallentine.

— Naturellement. Tous les bébés comprennent leur mère, répondit noblement Antonia, ajoutant avec un éclat dans l'œil : Et comme il est très intelligent, Julian comprend également ce que lui dit son père en anglais. (Elle se tourna vers Martin avec un sourire éclatant.) S'il vous plaît, prenez votre filleul pour que je puisse aider monseigneur à faire notre annonce.

— Avec grand plaisir, madame la duchesse, répondit Martin en plaçant un coussin sur ses genoux pour y recevoir son filleul.

Après avoir placé correctement son fils dans les bras de Martin et replacé son anneau de dentition en corail dans son poing, Antonia s'avança vers Sa Seigneurie, retira ses mules et lui tendit la main.

— Si vous voulez bien m'aider à monter sur le repose-pied.

Vallentine obtempéra sans hésiter. Mais comme il n'était pas convaincu qu'elle resterait bien stable sur ses deux pieds, et ce malgré le fait que le repose-pied ne s'élevait même pas à quinze centimètres du sol, il resta près d'elle jusqu'à ce que le duc revienne de son bureau. Il retourna ensuite à sa place et attendit avec les autres ; tous étaient impatients et n'avaient aucune idée de la nature de l'annonce qu'ils s'apprêtaient à faire. Même le parchemin roulé que le duc rapporta avec lui et qui portait le sceau royal, facilement reconnaissable même s'il avait déjà été brisé, ne leur donna aucun indice.

Mais avant de s'adresser à sa famille, le duc se tourna vers Antonia en souriant malgré lui ; elle avait beau avoir gagné en hauteur en montant sur le repose-pied chaussée de ses bas, elle faisait toujours une bonne tête de moins que lui.

— Vous vouliez… hum… vous élever pour notre annonce, ma vie ?

— Il est tout naturel, monseigneur, que j'honore ainsi la mère de mon père. C'est grâce à ma grand-mère que je suis maintenant élevée dans tous les sens du terme, n'est-ce pas ?

— Elle verrait ce geste – et vous – d'un bon œil.

Antonia tira sur l'un des boutons en argent de son gilet brodé de fils argentés, puis elle lui confia avec une solennité inhabituelle :

— Renard, j'espère sincèrement que demain, je ferai honneur à sa mémoire.

— Je n'ai aucun doute là-dessus, lui assura le duc en s'inclinant sur sa main.

Sans lâcher les doigts d'Antonia, il se tourna vers sa famille, dont les trois membres essayaient de contenir leur curiosité et leur impatience, et s'adressa à eux :

— Comme vous le savez sans doute tous, j'ai reçu ce matin la visite du généalogiste du roi. Ce que vous ne savez pas, mais que je peux à présent vous révéler, c'est que monsieur d'Hozier a apporté avec lui la nouvelle que ce document, dit-il en levant le parchemin, confirme que la noblesse française de madame la duchesse remonte sur le nombre de générations nécessaires pour qu'elle puisse être officiellement présentée à Leurs Majestés. Je suis sûr que vous vous demandiez tous comment une duchesse anglaise pouvait être officiellement présentée à la cour française sans qu'une délégation diplomatique soit envoyée de la cour du palais Saint James…

— Nous n'y avions même pas pensé ! l'interrompit Vallentine. Hein, Estée ?

Quand sa femme leva les yeux au ciel, il admit rapidement en marmonnant :

— Enfin, moi j'y avais pas pensé…

— C'est parce que vous n'avez jamais fait l'effort de retenir ce que j'ai essayé de vous expliquer une centaine de fois à propos de l'étiquette à la cour, rétorqua Estée en pouffant de rire. Votre regard devient toujours vitreux et vous vous mettez à bâiller. Mais qui pourrait vous le reprocher ? ajouta-t-elle en haussant les épaules d'un air résigné. Vous n'êtes pas né dans ce monde. Nous, pour qui c'est le cas, nous savons tous ce qui est attendu de nous presque dès la naissance.

Vallentine se redressa et leva le menton.

— Je vous ferai remarquer que j'ai appris bien plus à ce propos que je ne l'aurais voulu depuis que je suis arrivé ici. Ellicott et moi avons été réquisitionnés pour aider la duchesse à répéter sa présentation.

— C'est vrai, madame, lui assura Antonia. Ils m'ont été d'une grande aide, jouant tour à tour Leurs Majestés. Ils faisaient tous les deux un superbe Louis…

— Qu'est-ce que je vous disais ! l'interrompit Vallentine en hochant la tête d'un air catégorique.

— … mais je n'ai pas encore décidé qui incarnait le mieux la reine de France.

— Madame la duchesse, je m'incline face à la bien meilleure révérence de Sa Seigneurie, annonça Martin.

— Merci, Ellicott, répondit Vallentine en levant encore un peu plus le menton.

Estée enfonça son coude dans les côtes de son mari et siffla :

— Lucian ! Êtes-vous sourd ? Il dit que vous faisiez une meilleure reine !

— Je sais ! Je sais ! répondit Vallentine d'une voix également sifflante.

Malgré ses joues rouges, qui démentaient ce qu'il venait d'affirmer, il ajouta à voix haute :

— Je fais peut-être une meilleure révérence, mais Ellicott ici présent a un poignet plus élégant. Il sait manier un éventail !

— Merci, milord.

— Je suis ravi que vous soyez tous les deux d'accord, murmura le duc avec retenue. Sinon, il nous aurait fallu une démonstration de vos… hum… compétences impressionnantes afin de vous départager.

Antonia gloussa.

— Il n'y aurait aucune hésitation, monsieur le duc ! C'est Martin qui gagnerait…

— Hé ! C'est injuste ! se plaignit Sa Seigneurie avec véhémence. Je suis prêt à me mesurer au poignet élégant d'Ellicott avec mon superbe plié de genou quand vous voulez !

Quand tous se mirent à rire, il grommela :

— Je vois pas ce qu'il y a d'amusant là-dedans…

— Votre nature compétitive me désespère, mon cher mari, dit sa femme en poussant un soupir agacé. Maintenant, taisez-vous pour que mon frère puisse faire son annonce avec toute la dignité nécessaire pour justifier qu'Antonia soit debout sur un repose-pied.

— Monseigneur, Vallentine ne vous coupera plus la parole…

— Hé !

Comprenant instantanément son erreur, car il les avait encore interrompus, Sa Seigneurie présenta rapidement ses excuses avant de faire comme s'il fermait sa bouche à clé.

— Je vais faire de mon mieux pour donner à cette occasion le sérieux qu'elle mérite, dit le duc. Mais puisque notre fils commence à s'agiter, possiblement parce qu'il est aussi impatient que son père de voir sa famille appeler sa mère par son titre français, je vais… hum… me dépêcher.

Tenant toujours la main d'Antonia, il s'écarta un peu d'elle, lui laissant assez de place pour qu'elle exécute sa révérence, ce qu'elle fit quand il prononça les paroles suivantes :

— C'est avec un immense plaisir que je vous présente la comtesse de Roucy, qui a en ce jour reçu la reconnaissance officielle de son élévation par Sa Majesté par le biais de monsieur d'Hozier, qui a ajouté son nom à l'*Armorial général de France*…

— Oh là là ! Incroyable ! Quelle merveilleuse nouvelle ! s'exclama Estée avec enthousiasme en tapant dans ses mains.

— Madame la comtesse hérite de ce titre qui lui appartient entièrement par le biais de sa grand-mère paternelle, Adélaïde-Mathilde, comtesse de Roucy, expliqua le duc, comme s'il n'avait pas été interrompu une nouvelle fois. Et comme sa grand-mère avant elle, elle a officiellement été reconnue comme descendante directe d'Aelis de Roucy, épouse de Renaud de Vermandois, comte de Roucy, une lignée plus ancienne encore que la bataille d'Hastings…

— Mille soixante-six ? laissa échapper Vallentine en gonflant ses joues. Parbleu ! Ça c'est un pedigree sacrément impressionnant !

— J'aimerais pouvoir sauter de joie, vous embrasser et vous faire la révérence pour fêter votre élévation ! ajouta Estée, envoyant plusieurs baisers à Antonia avant de demander à son frère, les yeux brillants : Vous voulez qu'Antonia soit présentée à la cour non en tant que madame la duchesse de Roxton, mais en tant que comtesse de Roucy ? (Quand le duc inclina la tête avec un sourire entendu, elle agita un doigt vers lui.) Oh là là ! Vous êtes très malin, mon cher frère.

— Mais bien sûr, madame, approuva fièrement Antonia. Et je souhaite vous assurer à tous, même si je sais que vous le savez déjà, que je resterai à jamais madame la duchesse de Roxton en premier lieu.

— Bien ! Ravi de l'entendre, annonça Vallentine. Un titre français n'est pas négligeable et fait honneur à votre grand-mère, mais personne ne devrait oublier que vous êtes la duchesse de Roxton. Et une duchesse prendra toujours le dessus sur une comtesse.

— Je serais d'accord avec vous, Lucian, si nous étions en terres anglaises. Mais ici en France, en particulier à la cour, une comtesse française passera toujours avant une duchesse anglaise, *toujours*, déclara Estée en faisant claquer sa langue. C'est la raison pour laquelle mon frère s'est démené pour s'assurer que la lignée française ancienne d'Antonia et son titre soient officiellement reconnus *avant* son apparition à la cour. Ainsi, quand elle sera présentée au roi et à la reine, ce sera de son plein droit. Personne n'osera remettre en cause son statut. N'est-ce pas, Roxton ? (Quand son frère inclina derechef la tête, elle envoya un autre baiser au couple ducal.) Bravo, Roxton ! Bravo, ma chérie !

— Merci, madame. Cela nous rend très heureux que je puisse ainsi honorer ma grand-mère et ma famille.

— Mais, vous ai-je bien entendu, Roxton ? Antonia hérite du titre de comtesse de Roucy par le biais de sa grand-mère ? s'enquit Estée en fronçant les sourcils. Si c'est bien le cas, c'est vraiment une surprise.

— C'est certainement inhabituel, répondit le duc. Mais les titres hérités par la lignée maternelle ne sont pas si… hum… exceptionnels que cela.

— Il est très approprié que madame la duchesse hérite ainsi du titre de sa grand-mère, ajouta Martin Ellicott, se hasardant à participer à la conversation, inclinant la tête en direction d'Antonia avec un petit sourire. Car elle est, elle, exceptionnelle.

— Quant à ces interruptions inutiles, elles sont tout à fait déplacées ! lâcha Estée, agitant son éventail d'un air troublé.

— Merci, Martin. C'est également ce que dit monseigneur, répondit Antonia avec un tendre sourire, sans prêter attention à la remarque brusque de sa belle-sœur.

S'adressant à toute la pièce, elle ajouta, essoufflée d'enthousiasme :

— Mais ce n'est pas ce qu'il y a de plus surprenant à propos de mon titre de comtesse française. Vous allez certainement vous en décrocher la mâchoire !

# SIX

L ES Vallentine se penchèrent inconsciemment vers l'avant dans l'anticipation de l'annonce d'Antonia, et ils ne furent pas déçus quand elle prit la parole du haut du repose-pied qui lui servait de piédestal.

— Le titre de comtesse de Roucy s'accompagne d'une position attitrée à la cour. C'est la vérité. Monsieur d'Hozier l'a confirmé à monseigneur.

— Mon Dieu ! C'est incroyable ! s'exclama Estée.

Bien qu'ayant instantanément compris tout ce qu'impliquait cette révélation, elle avait tellement de mal à y croire qu'elle redemanda confirmation à son frère :

— Roxton ? La comtesse de Roucy a officiellement sa place à la cour ?

— C'est ce que j'étais sur le point de vous annoncer, oui.

— Ah ! Je suis désolée, monsieur le duc, s'excusa Antonia avec un soupir de déception quand elle comprit ce qu'elle avait fait malgré elle. Vous deviez faire cette annonce, mais je vous ai devancé et j'ai gâché notre surprise ô combien immense, dit-elle après avoir embrassé le dos de la main de son mari.

— Pas du tout, ma vie. Mais vous voudriez peut-être que j'explique toute l'étendue de votre héritage à la famille, maintenant que nous avons eu la confirmation de monsieur d'Hozier ?

— Merci, monsieur le duc, dit Antonia, confiant aux autres : Monsieur d'Hozier a insisté pour que je ne sois pas présente pendant son entretien avec monseigneur, car il pense les femmes incapables de comprendre autre chose que des futilités. Y croyez-vous ?

— À l'évidence, il ne vous a pas rencontrée, dit Vallentine très sérieusement. Un seul coup d'œil par-dessus votre épaule au texte que vous étiez en train de lire l'aurait convaincu du contraire.

— C'est ce que je pense également, répondit Antonia avec la même solennité. Monsieur le duc était prêt à insister pour que je sois présente, mais je lui ai dit que c'était inutile, car j'avais un rendez-vous important à honorer dans la nursery et je ne voulais pas décevoir…

— Important ? Ha ! Voilà qui est absurde ! l'interrompit Estée avec un reniflement de dérision, ajoutant d'un ton plein d'ironie : Monsieur d'Hozier serait lui aussi d'avis que faire faire la course à des chaises à porteurs pour amuser les domestiques est *bien plus important* qu'une audience avec le généalogiste de Sa Majesté !

— Oui, madame, c'était bien plus important, déclara Antonia, offensée. Comme je vous le disais, le but n'était pas seulement de s'amuser. Julian avait peur d'être transporté dans ma chaise à porteurs. Et maintenant, après avoir fait la course, grâce à l'encouragement de sa mère et oui, de nos domestiques, il n'a plus peur. Le problème est réglé, et il pourra désormais voyager avec moi dans la chaise que j'ai reçue pour mon anniversaire sans se plaindre. Voilà.

— Parbleu ! J'aurais aimé être là pour m'amuser avec vous ! dit joyeusement Vallentine, inconscient de l'atmosphère tendue qui régnait à présent, avant de se tourner vers Martin Ellicott. J'imagine que vous avez participé à ces virées en chaise à porteurs !

— En effet, milord. Je…

— Bien évidemment ! dit Estée avec colère. Il faut toujours que lui, il encourage sans arrêt son indiscipline à elle ! Vous l'encouragez *tous* !

— Hé ! Voyons, vous ne pouvez… commença Sa Seigneurie avant d'être interrompue, à son grand soulagement.

— Je suis peut-être maintenant une comtesse française en plus d'être une duchesse anglaise, annonça Antonia avec dignité en ignorant les moqueries de sa belle-sœur, mais il y en a un pour qui je resterai toujours une mère, et c'est ce qui compte le plus pour moi. Excusez-moi.

Les mains autour de sa taille, le duc la souleva du repose-pied et la reposa sur la terre ferme pour qu'elle puisse aller s'occuper de leur enfant.

Le bébé pleurnichait et se tortillait sur le coussin sur les genoux de son parrain, à tel point que la première nurse était sortie de l'ombre et rôdait derrière le fauteuil de Martin Ellicott. Récupérant son fils avec un sourire éclatant, Antonia le tourna face à sa famille et souhaita une bonne nuit à tout le monde pour lui. Puis elle disparut dans l'ombre afin de le confier à ses nurses pour la nuit.

Roxton resta près du repose-pied, la regardant partir d'un air pensif, et il eut l'impression qu'en un battement de cils, les lamentations de son fils s'étaient transformées en pleurs puissants résonnant dans l'ombre.

— Monsieur le duc, le petit lord doit simplement déplorer d'être séparé de sa mère quand ses dents le font souffrir, le rassura Martin. Et cela doit assurément rendre la tâche d'autant plus difficile pour madame la duchesse, qui essaye de l'apaiser…

— Difficile ? Si ce n'est pas cela qui est difficile, ce sera autre chose, commenta Estée d'un ton désinvolte. Ce n'est pas étonnant qu'il hurle ainsi ; elle a choisi de l'allaiter, et maintenant il ne veut que son sein, ce qui a mené à un attachement qui n'est ni souhaité, ni naturel…

— Et *comment* savez-vous cela ? répondit le duc d'un ton caustique en tournant les talons pour faire face à sa sœur. Quand vous aurez accouché, vous pourrez partager votre avis sur le soin et l'alimentation des nourrissons, mais pas avant. Martin ! Mon fils a perdu son châle. Si vous voulez bien le rapporter à sa mère…

Les dents serrées, il attendit que Martin ait ramassé le châle et disparu dans l'obscurité pour se rasseoir sur la méridienne. Seul avec sa sœur et son beau-frère et certain que leur conversation ne serait pas entendue, il partagea le fond de sa pensée avec Estée, qui s'en trouva très gênée.

— Vous accusez Antonia d'être indisciplinée, mais elle n'est rien de la sorte. Elle est fidèle à elle-même. Apprenez à faire la différence. Quant aux remarques méprisantes que vous lancez à Martin, railler quelqu'un qui ne fait qu'encourager madame la duchesse, et qui le fait avec gentillesse et intelligence, est indigne de votre éducation.

Il baissa les yeux sur son genou et chassa une peluche imaginaire, accordant à sa sœur un instant pour se reprendre, car sa lèvre inférieure s'était mise à trembloter. Levant de nouveau ses yeux sombres vers elle, il reprit, moins sévèrement mais avec toujours autant de fermeté :

— Les besoins et les envies de mon fils passeront toujours avant tout le reste – peu importe qui réclame notre temps et notre attention, que ce soit monsieur d'Hozier ou, par son biais, Sa Majesté. Oh ! et la prochaine fois – bien que je sois persuadé que cela n'arrivera plus – que vous houspillerez inutilement madame la duchesse ou que vous lancerez un commentaire désobligeant à Martin, je n'hésiterai pas à vous remettre à votre place publiquement. Je ne le ferai pas seulement devant votre mari, comme je le fais actuellement, mais je m'assurerai également qu'un public sera présent à cette occasion, que ce soient nos parents ou nos domestiques qui nous entendent. Je vous avais pourtant prévenue à Paris, Estée. C'est votre dernière mise en garde. Non ! Ne me présentez pas d'excuses. Mais j'attends de vous que vous en présentiez à Antonia et à Martin. (Il esquissa un sourire en coin.) Pas ce soir. D'ici la fin de la semaine… Ah ! Je ne l'entends plus, mignonne, dit-il d'un ton entièrement différent quand Antonia ressortit de l'ombre. S'est-il enfin calmé ?

Elle poussa un long soupir et déploya ses jupons piqués pour se rasseoir à côté de lui sur la méridienne. Quand il lui tendit la main, elle plaça la sienne dans sa poigne chaleureuse et se sentit mieux à son contact.

— Renard, c'est très difficile. Il n'aime jamais être séparé de moi pour la nuit. Il pense aller dans notre chambre et quand il se rend compte que ce n'est pas le cas, il devient très désagréable. Mon cœur se brise quand je vois son petit menton trembloter et je dois me détourner avant que mes yeux aussi ne se remplissent de larmes. (Elle poussa un nouveau soupir.) Mais je sais que c'est ce qu'il faut faire, je m'y plie donc. Mais je vous le dis, ce n'est pas plus facile avec le temps !

— C'est compréhensible, répondit le duc en serrant délicatement ses doigts. Pourquoi voudrait-il vous quitter ? Mais si vous voulez vous reposer calmement la nuit, nous ne devons pas renoncer à notre système. Sinon…

— Vous avez raison, bien sûr, et nous n'allons pas y renoncer.

Elle se reprit et ajouta joyeusement, incluant les autres dans leur conversation :

— Et puis, je sais qu'à peine une minute après m'avoir quittée, il redevient un bébé heureux et que c'est moi, sa pauvre maman, qui me tracasse. Ce n'est donc pas aussi terrible que ce que j'imagine.

Curieuse, Estée lui demanda doucement :

— Comment le savez-vous, ma chérie ?

— J'envoie Gabrielle dans la nursery après m'être séparée de Julian, avoua Antonia.

Ses yeux s'écarquillèrent et elle se pencha vers l'avant, leur confiant :

— Et savez-vous ce que m'apprend Gabrielle ? Julian arrête de pleurer à l'instant où il ne me voit plus ! Il retrouve le sourire avec ses nurses. Incroyable.

— Quel petit charmeur ! Je parie qu'il brisera le cœur de nombreuses filles quand il sera plus grand.

— Mais bien sûr, madame, déclara Antonia d'un ton factuel. C'est le fils de monsieur le duc.

Vallentine toussa dans son poing.

— Même s'il n'y a rien qui me tenterait plus que de débattre sur les capacités de mon neveu à charmer les dames – même à son jeune âge –, il se fait tard et ce charmeur-ci a une question à propos de la présentation de demain…

Antonia gloussa et Estée pouffa de rire derrière son éventail.

— Nous vous aimons très fort, Lucian, déclara sa femme, la prétention naïve de son mari l'aidant à se sentir de nouveau elle-même après le sermon de son frère, à tel point qu'elle pouvait à peine se retenir de rire. Mais vous, un charmeur ? Je vous en prie, ne faites pas d'affirmations aussi absurdes ! Par ailleurs, il existe une règle tacite qui dit qu'il ne peut y avoir qu'un seul charmeur par famille et c'est mon neveu qui a revendiqué ce titre – à vie.

— Madame la comtesse et madame la duchesse sont toutes les deux entièrement d'accord avec vous, madame, dit Antonia en lançant un regard espiègle et entendu à Sa Seigneurie qui fit rire tout le monde.

— Hé ! Ne prenez pas l'habitude de m'attaquer avec vos *deux* titres, sinon vous allez faire tomber toutes mes défenses !

— Votre question, Lucian ? s'enquit le duc avec un petit sourire et un haussement de sourcil, reconnaissant envers son meilleur ami, qui avait délibérément cherché à détendre l'atmosphère avec sa fausse fanfaronnade.

— Ah ! Oui ! Ma question… Aucun de nous n'aurait pu prédire, il y a un an de cela, quand vous avez secouru madame la duchesse au palais, que nous y retournerions demain pour la voir faire sa révérence devant Louis en tant que comtesse de Roucy, dit Sa Seigneurie en secouant la tête. Mais ce qui me dépasse – et pour être honnête, j'ai mal au crâne rien que d'y penser –, c'est que vous avez toujours dit que Versailles était un nid de vipères. Vous n'avez jamais autorisé Estée à s'en approcher. Et pourtant – et je n'enlève rien à votre nouveau titre, gamine –, dit-il en aparté à Antonia avant de s'adresser derechef au duc, demain nous allons observer Antonia pénétrer dans ce nid de vipères et, eh bien… Dame ! À vous de me le dire !

— De vous dire quoi, Lucian ? s'enquit Roxton d'une voix traînante pour taquiner son meilleur ami. Vous ne m'avez pas posé de question, il s'agissait seulement d'un discours contenant une revendication.

Quand Vallentine leva les bras au ciel d'un air frustré et retomba contre les coussins de la méridienne, Roxton céda :

— Je n'ai aucune envie que votre tête ne… hum… souffre plus qu'elle ne souffre déjà à l'heure actuelle. Mais puisque Martin vient de nous rejoindre en même temps qu'une cafetière de café frais, je vais faire le service, vous pouvez donc poser votre question à quelqu'un qui sera tout aussi capable que moi de vous donner la réponse que vous attendez. D'ailleurs, la réponse que vous obtiendrez sera peut-être encore plus satisfaisante. Avec la permission de madame la duchesse, ajouta-t-il en se tournant vers Antonia.

Malgré la nature énigmatique de sa réponse, le duc n'avait pas besoin de s'expliquer plus amplement auprès d'elle. Antonia comprit immédiatement. Ils regardèrent tous les deux en direction du chariot à café, où Martin attendait poliment une pause dans la conversation pour aller se rasseoir. Il rendit leur regard au couple ducal et déglutit difficilement. Lui aussi, il comprenait. Lord et Lady Vallentine restaient confus. Ils eurent rapidement des explications.

# SEPT

— MILORD, puis-je tout d'abord vous expliquer pourquoi la cérémonie de demain est nécessaire ? s'enquit Martin Ellicott dans le calme qui s'installait toujours après qu'on eut versé, mélangé et dégusté un café fraîchement préparé. J'espère que cela neutralisera votre besoin de poser votre question.

— Très bien, répondit Vallentine en engloutissant un macaron entier. Les questions me donnent une migraine infernale. Je préfère largement les réponses.

Quand les besoins de chacun en café eurent été satisfaits et que l'assiette de macarons et de délicates pâtisseries miniatures eut été passée une seconde fois parmi les convives, Martin se trouva à court d'excuses pour repousser son explication. Il but une nouvelle gorgée de café pour se dégager la gorge et reposa sa tasse. Les coudes posés sur les accoudoirs rembourrés de la bergère, les doigts entrelacés et le dos droit, il semblait aussi calme que d'habitude.

En vérité, sa nervosité était telle qu'il avait l'impression que son estomac était rempli de papillons qui volaient dans tous les sens. Lui qui était toujours en arrière-plan, hors de vue, il se retrouvait poussé sur le devant de la scène. Mais il savait pourquoi le duc l'avait ainsi mis en avant ; dans un effort de consolider sa place au sein de la famille et, plus important encore, afin qu'Estée puisse l'accepter malgré ses réticences. Et s'il était reconnaissant de cette opportunité et ne souhaitait pas décevoir le couple ducal, il était philosophe quant à ses chances d'être accepté par la sœur du duc, de bon cœur ou non. Mais si le prophète Jérémie pensait les léopards capables de changer leurs taches, alors il y avait peut-être encore de l'espoir pour elle…

Il se risqua à lancer un coup d'œil à la duchesse et la surprit en train de lui sourire par-dessus le bord doré de sa tasse. Au lieu d'accentuer sa nervosité, il découvrit avec surprise que cet encouragement silencieux apaisa les papillons dans son ventre. Jamais de la vie il ne la décevrait. Il prit une grande inspiration silencieuse et pria pour être à la hauteur de leurs attentes.

— Pardonnez-moi de souligner des évidences, mais tout le monde sait qu'il faut avoir été officiellement présenté à la cour pour être invité aux petits soupers privés de Sa Majesté, déclara Martin après s'être discrètement raclé la gorge dans son poing. Néanmoins, dîner avec le roi n'est pas la motivation principale de monsieur le duc. Présenter madame la duchesse au monde entier par son titre français permettra de conclure un chapitre, de tourner la page sur le comte de Salvan et ceux de ses plus proches parents qui ont comploté pour forcer madame la duchesse à l'épouser malgré elle…

— Inutile de manifester une telle réserve, l'interrompit le duc à voix basse. Les parents dont parle Martin sont nos vieilles tantes, dit-il aux Vallentine. Tante Philippa en particulier. Continuez, je vous en prie. Je ne vous interromprai plus.

Martin inclina la tête.

— Ils ont longtemps cru qu'en épousant madame la duchesse, le comte accèderait à la dot considérable que sa grand-mère lui avait donnée. Cette dot aurait soulagé les problèmes financiers les plus pressants de la famille Salvan. Il s'agissait sans aucun doute de l'un de leurs objectifs, mais c'est un prix bien plus éblouissant qu'ils visaient. Il y a quelque chose que les Salvan désirent plus que l'argent, quelque chose qu'ils ont perdu quand ils ont été privés de leur place à la cour — c'est pour punir la mère de monsieur le duc, qui avait épousé Lord Alston en secret, qu'on leur a tous retiré leur poste. Cette chose, c'est le prestige qui accompagne le pouvoir. Et la seule façon de le retrouver, c'est d'obtenir une place officielle à la cour…

— Il était au courant ! laissa échapper Vallentine.

Il regarda Martin, puis le duc, puis Antonia. Ce n'était pas une question, mais une affirmation. Furieux, il brandit son index en direction de Martin pour appuyer ses propos.

— Salvan, cette sale fouine ! ajouta-t-il. Il savait que madame la duchesse allait hériter non seulement de la fortune de son grand-père, mais aussi du titre de sa grand-mère, et il savait que cela s'accompagnerait d'une place à la cour ! Non mais quel toupet !

— Oui, milord. C'est ce qu'il semblerait, répondit Martin d'une voix mesurée. Monsieur le duc suppose que le chevalier Moran s'est confié à propos du titre de sa mère au comte de Strathsay, qui en a ensuite parlé au comte de Salvan. Cette révélation a poussé le comte à prendre la place de son fils dans le contrat de mariage conclu avec le grand-père de madame la duchesse…

— Le chevalier Moran étant le père de madame la duchesse, commenta inutilement Estée.

— Je parie que Salvan a tiré les vers du nez du vieil homme sur son lit de mort, intervint Sa Seigneurie en grognant. Ce maudit… ce maudit… ver de terre !

— Vous auriez dû le transpercer quand vous en aviez l'occasion, Roxton, lança Estée au duc en tamponnant ses yeux humides et en reniflant. Quand je pense à cette période affreuse, j'en ai la nausée. Je ne sais pas pourquoi il faut que nous revivions…

— Je vous en prie, ne vous mettez pas dans tous vos états, madame, l'interrompit Antonia. Après ce soir, nous n'aurons plus jamais à évoquer cette période. Mais monsieur le duc et moi, nous estimons qu'il est important que toute la famille comprenne le raisonnement derrière ma présentation à Sa Majesté.

— Antonia a raison, chérie. Inutile de vous mettre dans tous vos états, ajouta Vallentine d'une voix apaisante. Laissons Ellicott nous raconter la suite, nous pourrons ensuite aller vous mettre au lit, hein ?

Martin hésita, désarçonné par cette interruption, et il se demanda si la sœur du duc avait délibérément essayé de lui faire perdre le fil de sa pensée. Elle n'avait pas regardé dans sa direction une seule fois depuis qu'il avait commencé à parler, gardant les yeux baissés sur son éventail qu'elle agitait ou parcourant la pièce du regard, lui présentant son joli profil. Il n'avait cependant pas le temps de s'inquiéter à propos de ses préjugés, il devait continuer son récit ; monsieur le duc comptait sur lui. Mais alors qu'il venait de réussir à rassembler ses idées, un miracle se produisit – du moins, c'était un miracle pour lui, car il s'agissait d'une expérience inédite.

Madame tourna la tête et croisa ouvertement son regard, sans sa théâtralité habituelle et sans une once de moquerie.

— Nous vous avons interrompu, monsieur El-*Ellicott*, dit-elle scrupuleusement. À vrai dire, il me semble vous avoir interrompu plusieurs fois ce soir, ce pourquoi je-je vous présente des… *excuses*. Continuez, je vous prie. Votre précis sur les infâmes machinations de mon cousin est tout à fait… tout à fait… *enrichissant*.

Aucun réel soupir de soulagement ne se fit entendre suite à ces excuses, mais un soupir collectif fut assurément poussé intérieurement, et la tension se relâcha dans les épaules de tous.

— Merci, madame, répondit respectueusement Martin en réprimant le sourire qui faillit se dessiner sur son visage, avant de tousser dans son poing et de poursuivre comme s'il n'avait jamais été interrompu : La position attitrée à la cour qui accompagne le titre de comtesse de Roucy se trouve dans la suite de la reine. Et si le comte avait épousé la duchesse, qui était alors mademoiselle Moran, les Salvan auraient atteint leur objectif et retrouvé le cercle royal intime. Cela leur aurait permis de pousser leurs ambitions, de renforcer leur influence en murmurant à l'oreille de la reine et de ses conseillers, de trouver une place à leur progéniture dans l'administration de la cour et de se remplir les poches en pots-de-vin…

— Pardonnez cette nouvelle interruption, dit madame, mais ce que vous décrivez ne sort pas de l'ordinaire. C'est ce que font tous les bons courtisans qui occupent de telles positions – ils trouvent une place à la cour pour les membres de leur famille et leurs amis, et quand un courtisan se démène pour un autre, ce n'est pas un pot-de-vin qu'il reçoit, mais ce qui est considéré comme un paiement acceptable.

— C'est vrai, madame, approuva Martin. Mais ce qui est également vrai, c'est qu'un époux a non seulement tous les droits sur la dot de son épouse, mais également sur l'entièreté de sa vie, dont sa place à la cour. Monsieur le duc a récolté des renseignements qui suggèrent qu'après son mariage, le comte de Salvan avait l'intention d'exiler sa femme à Limoges. Madame la marquise de Touraine-Brissac aurait ensuite repris les fonctions appartenant à la comtesse de Roucy…

— C'est scandaleux ! déclara Vallentine. Je retire ce que j'ai dit. Salvan n'est pas seulement une fouine ou un ver de terre… c'est une pourriture !

— Tout à fait, Lucian, dit le duc.

D'un hochement de tête en direction de Martin, il lui indiqua qu'il s'occuperait de raconter la suite de l'histoire. Quand Martin ferma brièvement les yeux et s'affala, soulagé, contre le dossier de la bergère tapissée, le duc sourit pour lui-même avant de dire aux Vallentine, en serrant fermement la main d'Antonia sur son genou croisé :

— La présentation de demain servira à porter le coup de grâce aux ambitions des Salvan. La comtesse de Roucy va recevoir l'approbation royale devant la cour entière, toute la société saura donc à qui va sa loyauté…

— À vous ! déclara Vallentine avec un hochement de tête définitif.

— Oui… hum… à moi. Il est primordial que les courtisans, et en particulier nos parents Salvan, sachent qu'ils ne peuvent pas me devancer, ni me forcer la main, ni conspirer contre moi, à moins de faire face aux conséquences de leurs actes. Cela servira aussi à rappeler à ceux qui pensent pouvoir manipuler ma femme que ce n'est pas possible. Ils…

Il s'interrompit, battit des paupières et regarda Antonia comme si une idée lui était soudain venue. Il lui dit avec humilité :

— Voilà que je vous ôte les mots de la bouche, ma belle. Pardonnez-moi. C'est à vous d'expliquer tout cela.

Antonia haussa les épaules.

— Mais, cela ne me dérange pas du tout que ce soit vous qui vous en chargiez. Vos mots sont les miens, monseigneur. Et je le sais, car vous me parlez toujours de tout avant d'en parler aux autres. (Elle se pencha vers lui avec un sourire malicieux.) Et ne vous inquiétez pas. Si je n'étais pas d'accord avec vous, je vous le ferais savoir immédiatement.

Roxton se pencha à son tour vers elle avec un petit rire.

— Voilà qui est très vrai, dit-il dans un murmure en parcourant son beau visage du regard.

— J'ai horreur de vous interrompre une fois encore, déclara Vallentine en toussant délibérément dans son poing pour tirer le couple ducal de leur obsession l'un pour l'autre, mais j'ai encore une dizaine de questions à propos de la nouvelle position à la cour de madame la comtesse. S'accompagne-t-elle d'un titre officiel ? À quel point ce poste est-il proche de la reine ? Devra-t-elle la servir comme un laquais… ?

— Un laquais ? s'énerva immédiatement Estée. Ceux qui servent Leurs Majestés ne sont pas des laquais, Lucian. Ce sont des nobles qui ont l'honneur de…

— L'honneur ? Ha ! Être soumis, ce n'est pas un honneur ! C'est… commença Vallentine avant d'être interrompu.

— Cela suffit pour ce soir, ordonna le duc. Estée a besoin de repos. Comme nous tous. Demain est un jour historique. Lucian, vous pourrez avoir les réponses à vos questions à notre retour de la cour. D'ici là, vous en aurez sans doute dressé toute une liste.

— Excellente idée ! s'exclama Vallentine en dépliant ses longues jambes pour se relever de la méridienne quand tous commencèrent à se lever.

Quand Martin Ellicott reprit la parole, il recula en titubant et dut tendre une main pour éviter de tomber.

— Hein ? Comment ? Que voulez-vous dire par là ? demanda-t-il d'une voix puissante, comme s'il était sourd. Répétez-moi ça pour voir !

— Je vous demande pardon, milord. Je disais simplement que j'étais impatient d'entendre votre point de vue unique sur les événements de la journée à votre retour à la maison.

— Mais, vous aurez votre propre… *truc* unique, car vous serez présent aussi, répondit Vallentine.

Il se tourna vers le couple ducal, dérouté, et leur demanda en indiquant Martin du pouce :

— Il vient avec nous demain, hein ?

Antonia posa le bout de ses doigts sur la manche de Martin et leva la tête vers lui.

— Je ne comprends pas. Il faut que vous veniez avec nous demain. Je ne pourrai pas y arriver sans vous.

Martin eut soudain la gorge sèche.

— Madame la duchesse, je pensais… je pensais qu'il valait peut-être mieux que je reste ici. (Il sourit.) Je pourrais passer du temps avec le petit lord et…

— Vous devez avoir bu un verre de trop, Ellicott, car ce que vous dites n'a aucun sens, dit Vallentine en plissant les yeux vers Martin. Vous et moi, on n'a pas passé toutes ces heures à jouer au roi et à la reine de France pour être écartés de ce grand spectacle auquel nous sommes tous traînés… Ne le prenez pas personnellement, dit-il au duc, mais l'idée de passer la journée à faire des courbettes dans les couloirs dorés de Versailles me tente autant que de me faire arracher une dent…

— Lucian ! s'exclama sa femme, scandalisée. Vous êtes le beau-frère d'Antonia et mon mari. Il faut que vous veniez. Mais je ne vois pas pourquoi Ellicott devrait être présent, dit-elle en haussant une épaule et en essayant de prendre un air désintéressé. S'il préfère rester ici, cela le regarde. Par ailleurs, ajouta-t-elle d'un ton désinvolte, certaines de nos dames de compagnie et quelques domestiques doivent nous aider, Antonia et moi, avec nos robes de cour, et je ne sais même pas s'ils vont tous rentrer dans les carrosses…

— Sottises ! Une paire de fesses supplémentaire sur un banc déjà encombré, ça ne change rien ! l'interrompit Sa Seigneurie avec véhémence. Dites-lui, Roxton ! Dites à Ellicott qu'il doit venir avec nous !

— Votre soutien me flatte, milord, répondit Martin, les joues rouges. Mais madame a raison. Je devrais céder ma place pour en laisser à…

— Oh que non ! Vous n'allez pas vous en sortir aussi facilement, l'interrompit Vallentine, têtu. Si vous n'y êtes pas traîné, je ne le serai pas non plus ! C'est aussi simple que ça !

— Vous agissez de manière ridicule ! se plaignit Estée.

— Non, madame. Lucian agit comme un ami loyal. Et Martin avec une noblesse absurde. Si notre suite doit remplir cent carrosses, ainsi soit-il, dit catégoriquement Antonia. Mais ceux qui sont importants pour moi, ceux à qui je tiens le plus, ceux que je veux voir à ma présentation sont présents dans cette pièce. Et je veux que vous tous, vous soyez à mes côtés.

— Ce que dit madame la duchesse vaut aussi pour moi. Voilà donc votre réponse, Martin, déclara le duc. Faire partie de ma famille implique de nombreuses… hum… joies, notamment assister aux cérémonies que je juge assez importantes pour que tous les membres de la famille soient présents, que vous souhaitiez y assister ou non. Cependant, je comprends votre réticence. Vous sortez de l'ombre de la servitude personnelle pour entrer dans la lumière du service familial, il est bien normal que vous ayez des réserves.

Il parcourut l'assemblée du regard, le posant sur sa sœur pendant un moment avant de croiser ouvertement celui de Martin avec un petit sourire aux lèvres.

— À l'avenir, dit-il à Estée, efforcez-vous de réprimer votre réticence naturelle ; elle ne servira qu'à contrarier Vallentine. Et inutile de vous inquiéter à propos des dispositions familiales et des carrosses. Nos parents Salvan nous accueilleront en force au château, dit-il avec un sourire en coin. Ce sera assurément un… hum… spectacle.

Il tendit la main à sa femme et dit à sa famille :

— Faites de beaux rêves, tous.

# HUIT

LA REMARQUE LÉGÈRE du duc quand il avait évoqué l'idée de dresser une liste avait beau n'avoir été pour lui qu'un commentaire désinvolte, ce fut exactement ce qu'entreprirent les Vallentine en retrouvant l'intimité de leurs appartements. Estée, affublée de son bonnet de nuit à volants et avec ses boucles noires rassemblées en une longue tresse, était installée dans le lit, confortablement appuyée contre une montagne d'oreillers. Vallentine, de son côté, vêtu d'une robe de chambre en soie colorée négligemment enfilée sur sa chemise de nuit et d'un bonnet de nuit à pampille assorti qu'il avait enfoncé un peu de travers sur ses cheveux clairs coupés court, était avachi devant le bonheur-du-jour aux pieds fuselés près d'une fenêtre au rideau fermé, les genoux relevés et avec devant lui, une plume, une feuille de papier vierge et un encrier trouvés dans l'un des tiroirs.

Quand ils eurent terminé leur liste, Sa Seigneurie se mit au lit et en fit la lecture à sa femme dans l'espoir de l'aider à s'endormir, sans succès. Ce n'était pas seulement l'impatience de se rendre à la cour le lendemain qui l'empêchait de dormir, mais aussi son bébé qu'elle sentait bouger. Pour la distraire un peu plus encore, Vallentine lui demanda de lui parler de ses projets pour la rénovation de leurs appartements à l'Hôtel Roxton.

C'était la dernière chose dont il avait envie d'entendre parler, mais si cela pouvait aider sa femme à s'endormir, il était prêt à s'y plier. À sa grande surprise, elle eut un regain d'énergie en parlant de ce projet, et ce fut lui qui piqua du nez. Sa tête s'était renversée sur l'oreiller et il s'était mis à ronfler quand un petit coup dans les côtes le réveilla en sursaut.

— Orpiment ! C'est du jaune ! hurla-t-il.

À moitié endormi, il renâcla plusieurs fois avant de se redresser d'un coup, son bonnet de nuit retombant sur l'un de ses yeux. Il se remit à hurler :

— Horreur ! Elle déteste !

Estée poussa un petit cri, en partie d'effroi mais surtout d'hilarité, puis elle partit en fou rire.

L'une de ses dames de compagnie, alarmée, ouvrit la portière en tapisserie et passa la tête dans la chambre en pensant qu'il y avait un problème.

Le couple était assis dans le lit, sa maîtresse gloussait derrière sa main plaquée contre sa bouche, tandis que son mari, abasourdi, clignait de son œil visible et avait tout l'air d'un faisan effrayé. Les yeux de la bonne s'écarquillèrent et elle disparut rapidement avant qu'ils ne la voient, la portière retombant en place.

— Pour… pourquoi pensez-vous qu-que j-je n'aime p-pas l'or-orpiment ? bégaya Estée entre ses hoquets et ses gloussements. J'aime l-la c-couleur j-j-*jaune*.

— Hein ? Qu'est-ce que vous racontez ? Pourquoi riez-vous ? Orpi-*quoi* ? Quelle heure est-il ? Où est mon chocolat chaud ?

— Il arrivera au matin…

— Ce n'est pas déjà le matin ?

— Vous avez dormi cinq minutes, pas cinq heures, bêta !

— Dormi ? Je ne dormais pas ! Je me suis seulement assoupi un instant…

Estée plissa les yeux, les fermant presque.

— Si vous ne dormiez pas, alors pourquoi avez-vous cru que c'était le matin, hein ?

Quand Vallentine agita la main d'un geste dédaigneux, comme si sa logique était bancale, elle fit la moue et ajouta d'un ton boudeur :

— Un homme éveillé ne ronfle pas !

— Ronfler ? Je ne ronfle pas ! Et je ne dormais pas, déclara-t-il en redressant son bonnet de nuit, dégageant son œil. Vous me parliez des couleurs fascinantes que vous avez choisies pour votre boudoir…

— Abrégez vos souffrances, Lucian, dit-elle avec un soupir exagéré. Admettez que vous vous êtes endormi ! Mais cela n'a pas d'importance, ajouta-t-elle dans un revirement. Ce qui importe, c'est de savoir si vous, vous avez choisi les couleurs pour vos pièces.

— Oui ! répondit fièrement Sa Seigneurie. Je vais vous montrer.

Il sortit du lit et après avoir presque traversé la pièce chaussé de ses bas, il eut une révélation.

— Dame ! J'ai laissé ma sélection sur le bureau de Roxton.

— Allons la chercher, alors.

— Je vais envoyer un laquais…

— Non. Ne les réveillez pas.

— Comment ? s'enquit Vallentine, sous le choc, car à sa connaissance, sa femme ne faisait jamais preuve de considération excessive envers les domestiques. Vous sentez-vous bien, ma chérie ?

— Aussi bien que possible avec votre enfant qui fait des sauts périlleux ! Aidez-moi à descendre, dit-elle en lui faisant signe de venir de son côté du lit.

— Laissez les valets de pied de nuit aller chercher ces échantillons. C'est pour ça qu'ils sont là – pour être réveillés quand on a besoin d'eux. Et là, on a besoin d'eux.

Mais ses gestes étaient en contradiction totale avec ses conseils, car tandis qu'il les prodiguait, il l'aidait à poser ses pieds chaussés de bas par terre pour sortir du lit. Il garda un bras autour de sa taille.

— Vous ne pouvez pas vous balader dans des couloirs sombres dans votre état. Asseyez-vous, je vais aller chercher…

— Non. Il faut que je marche pour que le bébé se rendorme, et alors je pourrai dormir aussi. (Tandis qu'elle enfilait ses mules, elle leva la tête avec un sourire.) Descendons à la bibliothèque ensemble.

— Très bien. Mais vous attendrez dans le couloir pendant que j'irai chercher les échantillons. Ainsi, vous ne découvrirez ce que j'ai choisi qu'à notre retour ici, quand nous serons blottis dans le lit. Ce n'est pas contestable !

— Je n'avais pas l'intention de contester ! L'anticipation rendra la découverte encore plus excitante.

Vallentine baissa la tête pour lui sourire, l'air surpris.

— Oui, hein ? Je n'aurais jamais pensé dire ça à propos de bouts de tissu, mais je suis tout aussi impatient de vous les montrer !

EN ARRIVANT DEVANT la double porte de la bibliothèque, le couple découvrit deux valets de pied en service collés l'un à l'autre, l'oreille rapprochée d'une minuscule fente là où l'un des battants avait été ouvert et poussé très légèrement vers l'intérieur. Ils écoutaient attentivement ce qu'il se passait dans la pièce et communiquaient leur appréciation commune de ce qu'ils entendaient en levant les yeux au ciel exagérément.

Vallentine approcha brusquement sa chandelle des deux domestiques.

— Hé ! Que se passe-t-il ici ?

Aucun des deux ne bougea d'un pouce, même s'ils étaient à présent baignés dans la lumière.

— Chuuuut ! répondit l'un des valets de pied tandis que l'autre, en réaction à cette intrusion intempestive, agitait la main vers Sa Seigneurie.

Lord et Lady Vallentine se regardèrent en battant des paupières, stupéfaits de recevoir une telle réponse. Mais avant qu'Estée ne puisse prendre les choses en main et exprimer son mécontentement, ils entendirent la rumeur d'une joute verbale incompréhensible, puis des rires, des petits cris et une série de bruits sourds, comme si on se cognait dans les meubles en se poursuivant à travers la pièce.

Intrigué, Lord Vallentine s'approcha pour mieux entendre.

Scandalisée, Lady Vallentine recula, furieuse.

Les deux valets de pied continuaient à tendre l'oreille. Ils étaient tellement absorbés par ce qu'il se passait qu'ils ne s'étaient même pas rendu compte qu'ils avaient été pris sur le fait en pleine transgression, et pas seulement par le noble couple.

Le portier de nuit surgit de l'obscurité et se faufila entre le couple et les valets de pied. En quelques mots soufflés à voix basse par-dessus son épaule et en un clin d'œil, les valets de pied curieux furent congédiés et remplacés par deux de leurs collègues, qui se mirent immédiatement au garde-à-vous, le dos contre la double porte, les yeux fixés droit devant eux. Le portier parvint également à refermer la porte sans aucun bruit, pas même celui du loquet glissant à sa place. Ils n'entendaient plus ce qu'il se passait dans la bibliothèque, mais gardaient en mémoire les rires, les cris et la poursuite qu'ils avaient entendus, ainsi que le fait qu'ils avaient surpris les deux valets de pied alors qu'ils espionnaient ceux qui se trouvaient à l'intérieur, peu importe de qui il s'agissait et ce qu'ils faisaient. Ce fut pour cette raison qu'Estée s'approcha du portier pour exiger une explication.

— Je n'entends rien, madame, répondit le portier d'un ton monotone.

— Hé ! siffla Vallentine avec virulence en agitant un doigt en direction du domestique. Vous n'avez peut-être rien entendu, mais madame et moi, nous ne sommes pas sourds, et les deux fouines que vous venez de congédier ne le sont pas non plus !

Les yeux d'Estée, qui ne formaient plus que deux fentes, étaient rivés sur le portier.

Il osa détourner le regard sans ciller.

Elle se tourna vers son mari et lui dit dans un murmure véhément :

— Voilà ce qui arrive quand on donne trop de liberté aux domestiques ! Ils deviennent arrogants et jettent la discipline avec l'eau du bain ! Je vous avais prévenu que cela arriverait, et voilà ! Elle est trop jeune pour contrôler le personnel de mon frère…

— Non, elle n'est pas trop jeune. Elle va faire les choses à sa manière, avec l'aide de Roxton, et ils fileront tous droit, sinon gare ! Vous verrez, chérie.

Estée pouffa d'incrédulité.

— Nous voyons bien à quel point ils sont obéissants, n'est-ce pas ? Ils écoutent aux portes entrouvertes et prétendent la surdité, tout comme l'homologue de celui-là, dit-elle en agitant une main vers le portier d'un geste dédaigneux, quand je suis arrivée à la villa, restait sourd au bruit des chaises à porteurs qui faisaient la course dans la nursery ! Et maintenant, ils font mine d'être sourds *et* muets et refusent de nous dire ce qu'il se passe là-dedans !

Vallentine observa les deux valets de pied et le portier, qui restaient au garde-à-vous devant la porte de la bibliothèque, les yeux plongés dans l'obscurité du couloir. Il ne pouvait en tirer qu'une conclusion.

— Vous n'allez pas nous laisser entrer, hein ? déclara-t-il en dévisageant intensément le portier.

— Monsieur, il se fait tard… commença le portier.

— Ha ! souffla madame. Assez tard pour que vous nous pensiez couchés et incapables de vous surprendre en train de vous déchaîner !

Le portier montra ses premiers signes d'offense, prenant une profonde inspiration par ses larges narines.

— Madame, je vous l'assure, le personnel de monsieur le duc ne se déchaîne jamais, que ce soit de jour ou de nuit.

— Dans ce cas, vous pouvez nous dire ce qu'il se passe là-dedans ! exigea Estée.

— Estée, je crois que vous allez vous rendre compte que la raison pour laquelle on nous interdit l'accès à cette pièce… commença Vallentine avant d'être interrompu à son tour.

— Inutile de me le dire, continua Estée, reprenant à peine son souffle. La raison est évidente ! Ils protègent leurs collègues, qui transgressent les règles avec une gueuse des cuisines !

— Du calme ! s'écria Vallentine, effaré. Vous ne pouvez pas lancer de telles accusations contre les domestiques de votre frère…

Estée se tourna vers son mari et le regarda avec condescendance.

— Vous me pensez sotte et naïve à propos des choses de ce monde au point de ne pas comprendre ce que signifient ces rires, ces cris et ces bruits de course. Mais non ! Je sais exactement ce qu'il se passe là-dedans !

Vallentine éloigna légèrement sa femme de la porte et baissa la voix.

— Ce n'est pas pour protéger ses collègues qui prendraient des libertés que le portier nous interdit d'entrer, chérie. C'est votre frère…

— Comment ? Mon *frère* ? dit Estée en battant des paupières face à son mari. Comment le savez-vous ?

Vallentine, le visage en feu, haussa une épaule et resta évasif :

— N'est-ce pas évident ? Il… il badine…

— Il *badine* ? répéta Estée en renâclant, sceptique. Ne soyez pas absurde, Lucian ! Roxton n'a jamais badiné de sa vie.

Vallentine réprima son envie de lever les yeux au ciel, mais il s'autorisa un haussement de sourcil.

— Il n'est pas tout seul, n'est-ce pas ?

Estée continua à le fixer du regard, perdue. Puis elle comprit. Elle prit une soudaine inspiration et serra la soie qui recouvrait l'avant-bras de son mari.

— Mon frère, c'est lui qui donne du plaisir à une-une gueuse des cuisines. Ma pauvre chère Antonia…

— Pour l'amour du Ciel, Estée ! Ne soyez pas sotte ! grogna Vallentine, le visage plus rouge que jamais, abandonnant toute réticence visant à protéger les sensibilités de son épouse. Bien sûr que non ! Dame ! Il badine avec sa *femme* !

— Oh ? Oh ! Oh ! Vous avez raison, je suis sotte ! Bien sûr ! Pardonnez-moi. Comment ai-je pu penser quelque chose d'aussi terrible… ?

— Je suis sûr que votre prêtre vous le pardonnera, même si ce n'est pas le cas de Roxton, marmonna son époux. Maintenant, retournons nous coucher, dit-il en lui offrant son bras. La journée de demain sera la plus longue et la plus pénible de ma vie !

— Ne peuvent-ils pas badiner dans leurs appartements ? grommela-t-elle d'un ton plaintif. Ce n'est vraiment pas pratique !

— Parce qu'il faut que vous attendiez demain matin pour voir mes choix de couleurs ?

— Oui. Lucian, confessa-t-elle en lançant un coup d'œil à la porte de la bibliothèque par-dessus son épaule vêtue de soie tandis qu'il la conduisait vers l'escalier, je crois que nous devrions garder pour nous le fait que mon frère fait l'amour à sa femme dans la bibliothèque…

— Je ne vais pas vous contredire là-dessus !

— … car cela pourrait nuire à sa réputation.

— Hein ? Comment ça ?

— Réfléchissez ! Le grand et noble satyre qui fait l'amour à *sa femme*, et pas à quelque jolie catin ? *Pouah !* La société serait scandalisée.

Vallentine eut un sursaut, ayant du mal à croire qu'il avait bien entendu, que les sensibilités de sa femme étaient aussi tordues, puis il partit d'un rire tellement bruyant qu'il résonna dans tout l'escalier et réveilla la moitié de la villa.

# NEUF

LES ÉTAGÈRES DE LA bibliothèque étaient baignées dans une épaisse obscurité. Les flammes des bougies vacillaient dans les chandeliers fixés de chaque côté du portrait au-dessus de la cheminée, dans laquelle une bûche qu'on venait de placer dans l'âtre projetait une lumière dorée sur le couple en silhouette installé près du feu.

Elle était agenouillée sur la méridienne, en face de lui. Il était agenouillé sur le tapis, devant elle. Elle l'embrassait, déposait des baisers légers, à peine perceptibles, partout sur son visage, de son front à sa gorge nue. Elle évitait sa bouche pour le provoquer.

C'était un jeu auquel ils jouaient souvent.

Elle gardait l'équilibre en tendant les bras derrière elle, ses mains jointes servant de contrepoids. Il gardait les bras le long du corps, aussi immobile que du marbre froid. Il serrait et desserrait les poings, et c'était ce qui le trahissait. Il faisait appel à toute sa volonté pour s'empêcher de la toucher. Mais il avait du mal à résister. C'était ce qu'elle voulait, qu'il soit en difficulté, elle poursuivit donc sa délicieuse torture.

Puis elle s'arrêta et se rassit sur ses talons. Lentement, elle retira le reste de ses épingles à cheveux. Les quelques tresses encore enroulées autour de sa tête retombèrent sur ses épaules et se déroulèrent dans son dos. Toujours à genoux, elle souleva sa chemise de nuit en coton blanche, la fit passer par-dessus sa tête et la laissa retomber par terre. Elle se retrouva nue à l'exception de ses bas en soie blancs, noués au-dessus de ses genoux par de gros rubans en soie.

À aucun moment il n'autorisa son regard à quitter son visage. Pas même quand elle démêla ses cheveux, faisant passer ses doigts entre les longues boucles dorées qui recouvraient sa poitrine et descendaient jusque sur ses genoux. Résolu, il garda les yeux rivés sur ceux légèrement oblongs de sa femme, le menton relevé et la bouche fermée.

Le jeu se poursuivit donc, mais à chaque seconde qui passait, son sang-froid glissait un peu plus vers les abysses.

Qui gagnerait ?

Allant un peu plus loin encore, avec un sourire d'une douceur trompeuse, elle s'empara des mains de son mari et les plaça de chaque côté de ses hanches. Il ne broncha pas. Il appuya ses doigts contre la chaleur de sa peau sans ciller. Pendant tout ce temps, elle garda les yeux rivés dans les siens. Son regard à lui ne dévia toujours pas. Mais quand il déglutit, elle remarqua le mouvement de sa pomme d'Adam et sut que sa détermination était presque épuisée.

Elle l'embrassa de nouveau, sur la bouche cette fois-ci, mais tellement légèrement qu'il se demanda si elle l'avait réellement embrassé. Ce baiser ne le défit toujours pas. Il fut enfin vaincu quand il respira la délicieuse odeur florale de sa peau chaude et douce quand elle se pencha vers lui. Il ne pouvait plus le supporter. Il était fichu. Il capitula – de tout son être.

L'attirant brusquement contre son torse nu, il écrasa sa bouche sur la sienne. Victorieuse face à sa fervente capitulation, elle passa les bras autour de son cou et lui rendit ses baisers ardents avec passion. Il partit d'un rire guttural et elle gloussa, mais leur hilarité s'envola quand ils s'enfoncèrent, ne faisant plus qu'un, au milieu des coussins devant la cheminée. Aucun d'eux n'eut conscience de l'éclat de rire qui déchira la tranquillité de la nuit derrière la double porte.

LE COUPLE FUT RÉVEILLÉ au petit matin, quand les rideaux en velours tirés sur les fenêtres donnant sur le parc royal, qui disparaissait dans la brume, furent ouverts et attachés. Tandis qu'Antonia s'aspergeait de l'eau sur le visage au-dessus de la bassine en porcelaine posée sur la table de toilette, Roxton récupéra le plateau en argent du petit déjeuner des mains d'un valet de pied et retourna vers leur lit à pas feutrés.

Il déposa le plateau contenant une assiette de croissants chauds, une chocolatière en argent, un moussoir et des tasses en porcelaine sur le couvre-lit froissé et se lança dans la préparation de leurs chocolats chauds. Quand Antonia le rejoignit, se remettant au lit, elle remarqua que sur le plateau se trouvait également un long paquet plat enveloppé dans du velours noir et fermé par un large ruban en soie. Le duc le lui tendit.

— Un petit quelque chose pour vous souvenir du jour où vous avez été présentée à Leurs Majestés.

— Vous me gâtez trop, mais je vous remercie, mon homme adoré. (Elle fit tourner le paquet entre ses mains.) Je ne saurais deviner de quoi il s'agit !

Le duc tapota le moussoir sur le rebord de la chocolatière et le reposa, referma le couvercle et versa lentement la boisson mousseuse dans les deux tasses.

— Parfait. Ainsi, ce sera une vraie surprise.

Sans plus attendre, elle dénoua le ruban et déballa son cadeau. Elle se retrouva avec une pochette en velours noire devant elle. Elle en sortit une fine baguette à trois faces, en chêne brillant. Les trois faces étaient incrustées de minuscules figurines en ivoire – des chérubins armés d'un arc ou des couples en pleine étreinte – et gravées de cœurs et de fleurs entremêlés dans des volutes de feuilles d'acanthe. Deux petits cœurs entrclacés étaient gravés sur la pointe de la baguette ; l'un renfermait l'initiale A, l'autre l'initiale R.

À sa forme, Antonia devina instantanément de quoi il s'agissait : un busc, la pièce la plus intime des sous-vêtements féminins. Quand on le glissait dans la poche centrale à l'avant d'un corselet, il servait à maintenir la bonne forme du sous-vêtement et à faire pigeonner la poitrine. Elle savait également que, de l'avis général, un busc offert par un amant à sa belle était considéré comme le plus personnel et sensuel des cadeaux, car il le plaçait symboliquement entre ses seins.

— Au cas où vous vous poseriez la question, je n'ai jamais offert ce genre d'objet à une autre femme…

— Ah, Renard, ce n'était pas la peine de me rassurer à ce sujet.

Mais cela rend ce cadeau d'autant plus spécial à mes yeux. Il est très beau, et c'est le plus parfait des présents, car quand je le porterai, vous serez au plus proche de mon cœur.

Il se pencha vers elle et l'embrassa sur le front.

— C'est exactement ce que je voulais, mignonne, murmura-t-il avec un clin d'œil.

Il lui tendit une tasse de chocolat chaud et ajouta avec un sourire :

— J'espère que ce busc aidera à rendre cette journée moins stressante pour vous. Vous saurez que même si je ne peux pas être à votre côté quand vous ferez votre révérence à Leurs Majestés, car il faudra que je vous observe de loin avec les autres, je serai en fait juste là, avec vous.

Antonia but une gorgée de chocolat chaud, les yeux posés sur le busc, traçant du doigt le couple qui s'embrassait dans l'incrustation en ivoire.

— Vous êtes toujours le plus attentionné et le plus romantique des époux…

Il haussa un sourcil.

— Vous en avez plus d'un ?

— Bêta !

Elle reposa sa tasse, s'empara du busc, l'embrassa et l'appuya contre sa chemise de nuit en coton, souriant au duc d'un air espiègle en ajoutant :

— Et pendant que je ferai ma révérence à Leurs Majestés et leur témoignerai le respect qui leur est dû, vous pourrez penser à ce busc et avoir des idées indécentes à propos de cet endroit où vous préféreriez être !

— Jamais indécentes, assurément.

— Oh ? dit-elle en fronçant les sourcils. Pourtant, moi j'ai constamment des pensées indécentes à votre propos – et à des moments tout à fait inopportuns.

Il éclata de rire.

Satisfaite, elle feignit la surprise, sursautant et prenant une soudaine inspiration, comme si elle venait de penser à quelque chose.

— Et si… et si l'une de ces idées scandaleuses me venait alors que je suis en pleine révérence ?

— Alors je vous conseillerais de la mettre de côté en attendant de pouvoir la partager avec moi, et je pourrai alors la concrétiser.

Elle s'appuya sur les oreillers et s'étira comme un chat avant de relever un genou recouvert de son bas et de dire d'un ton malicieux :

— Et si je pensais à quelque chose d'indécent en ce moment même ?

Il récupéra le busc d'entre ses doigts et s'en servit pour caresser délicatement son menton, puis le relever vers lui.

— Vous ne serez pas surprise d'apprendre que je préférerais rester au lit avec vous toute la journée et satisfaire vos idées indécentes, mais… (Il se pencha et l'embrassa, sur la bouche cette fois-ci, et laissa tomber le busc sur les draps chiffonnés.) nous ne pouvons pas décevoir Lucian, qui attend avec impatience de faire le pied de grue devant la royauté.

Antonia gloussa et lui rendit son baiser.

— Il est tellement impatient que je suis sûre qu'il sera le dernier à descendre et que les carrosses devront attendre son bon vouloir pour partir ! (Elle soupira, feignant la déception.) Je ferai de mon mieux pour… comment dites-vous cela ? pour *me tenir* jusqu'à ce soir. Pour Lucian, bien sûr…

Elle sauta du lit et enfila sa robe de chambre en soie avant de récupérer le busc et de le pointer vers le duc en lui disant :

— Mais je vous préviens, Renard, j'ai l'intention de vous voler un baiser dans le carrosse. Tout de noir vêtu et paré de vos bijoux de jais… (Elle fut parcourue d'un petit frisson de plaisir.) vous êtes plus qu'irrésistible, et je ne pourrai pas m'empêcher de vous embrasser !

Il s'inclina bien bas devant elle.

— Merci de m'avoir prévenu, ma petite. Je m'efforcerai de le supporter au mieux.

Elle rejoignit son côté du lit et tomba dans ses bras. Relevant la tête vers lui, elle lui dit avec tendresse :

— Vous m'avez dit que m'habiller pour cette grande occasion prendrait plus de temps que la cérémonie en elle-même, madame la duchesse va donc en profiter pour continuer à étudier l'*Histoire romaine* de Tite-Live. Mais elle espère quand même que monsieur le duc lui rendra visite dans son boudoir pour s'assurer qu'elle ne se fane pas d'épuisement !

— Je n'y manquerai pas, et je viendrai avec notre fils pour qu'il voie sa mère enfiler sa tenue de cour.

— Cela me ferait très plaisir, et me donne quelque chose à attendre avec impatience.

Elle fit un pas en arrière, comme si elle s'apprêtait à partir, puis elle le surprit réellement en lui demandant, toute plaisanterie oubliée :

— Renard ? Vous écrivez à Lady Paget chaque semaine, n'est-ce pas ?

— En effet, dit-il d'une voix mesurée.

Il se demandait si c'était parce qu'il lui avait offert un busc qu'elle avait choisi ce moment pour aborder le sujet de sa correspondance régulière avec une ancienne maîtresse, avec qui il restait en excellents termes.

Antonia était au courant de cela, ainsi que de leur correspondance et du fait qu'il considérait Kate Paget comme une bonne amie. Il lui lisait même les parties particulièrement amusantes des lettres de Kate. Il attendit donc plus d'explications, les mains dans les poches de sa robe de chambre en soie, son visage ne trahissant rien de ce qu'il pensait. Mais il ne pouvait rien cacher à Antonia. Elle voyait bien la perplexité dans ses yeux noirs, ce qui la fit sourire.

— Ce n'est pas à cause de votre cadeau que je vous pose cette question, mon homme chéri, le rassura-t-elle doucement. Je voulais vous poser cette question hier, mais avec l'arrivée de madame, je n'ai pas trouvé le bon moment. Bien sûr, je sais que vous écrivez à Lady Paget –  Kate –, et ce n'était pas ma question. Ce que j'aimerais savoir, c'est si Kate aimerait recevoir une lettre de ma part.

— Elle serait folle de joie.

— Vraiment ? J'aime beaucoup Kate et j'étais triste que nous nous quittions en mauvais termes. Ce qui était ma faute. À ce moment-là, je n'étais pas encore sûre de-de… *nous*.

— Elle ne vous en tient pas pour responsable, dit-il, penaud. C'est moi qu'elle tient pour responsable – elle me reproche de ne pas avoir fait savoir mes intentions, de ne pas vous avoir épousée plus tôt. Et je sais qu'elle préférerait largement avoir des nouvelles de notre fils par votre biais. Elle déplore mon manque de… hum… profondeur en ce qui concerne Julian. Elle me dit avec toute sa franchise – qui se rapproche remarquablement de la vôtre – qu'il me manque le vaste vocabulaire d'une mère pour parler de l'éducation d'un enfant.

Antonia gloussa.

— Vous écrivez que notre fils est en bonne santé et grandit bien, et c'est tout ! Ce doit être très décevant pour vos correspondantes !

— C'est tout ce qui importe, non ? demanda-t-il de façon rhétorique.

Il fit la grimace quand elle leva les yeux au ciel et ajouta doucement :

— Mais merci de me soulager d'une tâche qui devenait pesante. Kate sera aux anges quand elle aura des nouvelles de notre fils par votre plume.

— Tout le plaisir est pour moi, monseigneur, dit-elle en posant une main sur sa poitrine couverte de soie et en levant les yeux vers lui. Quelque chose vous perturbe... Est-ce parce que vous avez été réveillé en pleine nuit ?

Il ne dissimula pas sa surprise face à tant de perspicacité.

— J'avais espéré ne pas vous déranger.

Elle lui sourit gentiment.

— Je me réveille toujours quand vous me quittez. Est-ce que tout est en ordre... ? demanda-t-elle d'une voix qu'elle espérait désintéressée.

— Tout le sera bientôt. Une lettre est arrivée d'Angleterre, de la part de Shrewsbury...

— Monsieur le chef des services secrets ?

— Oui. Je l'ai luc, mais elle ne contient rien qui ne pourrait attendre que votre présentation soit passée.

Puisqu'il ne lui offrait pas plus d'explications et qu'elle ne voulait pas laisser quoi que ce soit gâcher cette journée, elle n'insista pas. Elle voulait simplement que la cérémonie se déroule sans encombre. Cependant, cela ne l'empêcha pas de se demander ce qui avait poussé le chef des services secrets anglais à envoyer un messager de l'autre côté de la Manche et jusqu'à Versailles pour réveiller son mari en pleine nuit.

Mais heureusement, à l'instant où elle entra dans son boudoir, elle fut assaillie par ses bonnes, sa coiffeuse et ses dames de compagnie, elle n'eut donc absolument pas le temps de ruminer. Quand, plus tard dans l'après-midi, elle réapparut après sa transformation, se reconnaissant à peine elle-même, elle ne fut pas du tout surprise que Lord Vallentine s'exclame dans un vestibule silencieux :

— Bien, bien, bien ! Qui est donc cette belle Pandore qui nous rejoint, hein ?

# DIX

SI SA FAMILLE, en privé, le pensait hostile à l'idée d'assister à une présentation à la cour française, Lord Vallentine leur donna tort en arrivant deuxième et non dernier dans le vestibule, alors que les carrosses commençaient à s'aligner sous le passage cocher, prêts à parcourir le court trajet jusqu'au palais. Martin Ellicott était descendu en premier, ce qui ne surprit pas Sa Seigneurie, qui le rejoignit sous le lustre.

— Le portier dit que les gens ont commencé à se rassembler dans les rues par lesquelles nous allons passer, lui dit Martin. Tout ce qu'ils veulent, c'est apercevoir madame la duchesse – ou devrais-je dire, pour aujourd'hui, madame la comtesse de Roucy.

— C'est compréhensible, répondit Vallentine avec un sourire entendu. C'est pas tous les jours qu'on peut assister à un tel spectacle, tous autant que nous sommes, hein ? Mais puisque nous serons tous vêtus de noir, jusqu'aux chevaux, on va surtout nous prendre pour un cortège funèbre ! (Il se pencha vers Martin.) Mais ne répétez pas ce que je viens de dire à Leurs Grâces. Il faut que l'occasion reste joyeuse, pour son bien à elle, et son bien à lui, même si nous sommes loin d'être enchantés à l'idée d'être regardés avec curiosité d'ici jusqu'au salon de Louis, et pareil au retour.

Martin lança un regard en coin aux cheveux poudrés et relevés de

Sa Seigneurie – deux larges boucles surplombaient chacune de ses oreilles et l'énorme nœud en satin noir sur sa nuque était tellement empesé qu'il était visible par-dessus chacune de ses épaules – et se dit que le terme « curiosité » était adéquat. Il réprima un sourire.

— Vous avez raison, bien sûr, milord…

— Vallentine, souffla Sa Seigneurie en lui adressant un clin d'œil.

— Je vous demande pardon, milo… ?

— Non ! Je ne veux rien entendre de tout ça quand nous sommes à la maison. Et inutile d'en faire tout un foin !

— Je ne suis pas sûr de bien vous comprendre, mi…

Vallentine attrapa Martin par sa manche et le traîna hors de portée de voix du portier et des valets de pied, qui restaient aussi sourds que d'habitude, s'arrêtant devant un long miroir au cadre doré dans lequel il feignit d'observer son reflet. Il leva son menton carré et arrangea la dentelle blanche et bouffante qui ressortait de l'ouverture de son gilet en laine brodé tout en parlant à Martin à voix basse :

— Écoutez-moi, Ellicott. J'ai bien réfléchi à cette histoire de « milord » ce matin pendant que mon valet m'inspectait sous toutes les coutures, avoua-t-il, et j'ai décidé que vous ne pouviez pas continuer à m'appeler milord par-ci et milord par-là maintenant que vous faites partie de la famille – et *surtout pas* quand nous sommes entre nous. Faire partie de la famille, ça s'accompagne de certains privilèges, comme vous le savez. L'un de ces privilèges, c'est de s'appeler par nos noms.

» Vous m'entendez pas appeler Roxton « Sa Grâce », hein ? Bien sûr que non ! Je l'ai jamais appelé comme ça. Enfin, pas depuis Eton ; une fois, alors que nous faisions de la lutte, il m'a coincé dans une prise et a exigé que je l'appelle « monsieur le duc ». Il n'était même pas encore duc, à l'époque. (Il ricana et se détourna de son reflet pour faire face à Martin.) Je l'ai traité de maudit crapaud français et nous nous sommes sacrément battus dans la boue, des poings volaient dans tous les sens. Mais nous n'avons jamais échangé un mot plus haut que l'autre depuis…

— Parce qu'il vous a… hum… mis une bonne raclée… ?

— Eh bien… hum… oui ! Mais là n'est pas la question ! Je ne l'appelle pas « Votre Grâce », et vous n'allez pas m'appeler « milord », pas quand nous sommes en famille. C'est Vallentine…

— Mais, comme vous le dites vous-même, vous connaissez Sa Grâce depuis que vous avez fréquenté Eton, et je-je… Non ! Je ne peux pas ! Non, milord !

— Que faut-il que je fasse ? Que je vous coince dans une prise de lutte, vous aussi ?

Martin sourit malgré lui et dit d'un ton plus conciliant :

— Il ne serait pas correct que je m'adresse à vous autrement que de la façon convenable pour quelqu'un de ma condition. (Il déglutit.) Et que dirait madame… ?

— De votre condition ? Qu'est-ce que vous racontez ? Vous avez appliqué trop de brillantine sur vos cheveux, elle s'infiltre dans votre cerveau ! Je vais vous dire quelque chose, et ça va rester entre vous et moi : ça regarde pas ma femme, comment on s'adresse l'un à l'autre. C'est une histoire d'hommes. Compris ? Alors faites ce que je vous dis de faire, et sans discuter !

— Sinon je risque une bonne raclée… ?

— Content de voir qu'on se comprend ! dit-il en tapotant la manche de Martin avant de passer devant lui pour aller rejoindre la petite foule qui fourmillait en bas de l'escalier.

Sa femme était là, ses dames de compagnie s'affairant autour d'elle, ainsi qu'une partie de la suite du duc et de la duchesse. Ils étaient tous tournés vers l'escalier et observaient la procession qui descendait lentement dans le vestibule.

Le duc était en tête, splendide dans sa tenue de velours noire, de ses chaussures en cuir poli parées de boucles recouvertes de velours noir à son haut-de-chausses en velours resserré au niveau des cuisses, en passant par ses bas en soie assortis. Son gilet et sa redingote étaient faits du même tissu somptueux et soyeux. L'avant des deux pièces agrémentées de boutons en ébène était recouvert de minuscules perles de jais, tout comme les larges manchettes retournées de la redingote. Pour compléter l'ensemble, un nuage de délicate dentelle de Bruxelles blanche entourait sa gorge et ses poignets, retombant sur le dos de ses mains, et un large nœud en soie noir retenait ses cheveux sur sa nuque. Pour parfaire le tout, il était équipé d'une paire de gants en velours noirs, d'un tricorne en velours coincé sous son bras et de son épée, glissée dans son fourreau en argent ouvragé.

Il descendit la dernière marche, se tourna et, se joignant aux autres, admira la duchesse dans sa robe de deuil prévue pour la cour, le velours noir dont elle était vêtue étant recouvert de milliers de minuscules perles de jais incorporées dans des broderies représentant des volutes florales. Ses demi-manches resserrées étaient recouvertes de la dentelle la plus fine et la plus mousseuse qui soit et ses jupons d'une largeur extrême cachaient des paniers à baleines recouverts de soie. Antonia descendit lentement chaque marche pour s'assurer qu'elle ne tomberait pas la tête la première dans l'escalier.

Mais elle s'inquiétait inutilement, car elle avait non seulement des dames de compagnie devant et derrière elle, mais également à sa droite et à sa gauche. Deux bonnes avaient soulevé ses paniers et les avaient pliés en accordéon contre ses flancs, ayant regroupé avec soin les couches du tissu délicat, portant une bonne partie de la robe sur un bras.

Le menton parallèle au sol, Antonia se demanda si elle pourrait un jour respirer de nouveau normalement. Ce n'était pas la rigidité de son corset lourdement baleiné qui lui coupait la respiration, mais sa nervosité, l'énormité de la tâche qui l'attendait – qui relevait jusque-là du futur –, et le fait qu'elle serait bientôt au centre de l'attention des centaines de personnes qui se pressaient dans les couloirs du palais, des touristes curieux jusqu'à Leurs Majestés.

Elle était devenue un objet de curiosité, même à ses propres yeux, car son apparence avait entièrement changé à l'instant où la coiffeuse avait noyé ses tresses enroulées sous de la poudre et où on avait appliqué le rouge vif exigé des dames de la cour sur ses joues et ses lèvres. La poudre et les cosmétiques semblaient encore plus vifs et criards en contraste avec sa tenue noire.

Et si l'épaisse couche de maquillage ne suffisait pas à la mettre mal à l'aise, la large encolure ovale de son corsage brodé descendait tellement bas sur sa poitrine généreuse que c'en était presque indécent. Mais le duc lui avait assuré qu'il s'agissait également d'une exigence vestimentaire de la cour et qu'elle devait essayer de ne pas y prêter attention, car une fois au palais, elle serait entourée de femmes habillées de la même manière et se sentirait alors plus à l'aise.

Elle ne lui avait pas rappelé qu'ayant elle-même vécu pendant un temps à Versailles avec son grand-père, elle savait parfaitement comment les dames s'habillaient et se comportaient, mais qu'étant toujours restée en périphérie de la vie et des événements de la cour, elle n'avait jamais eu tous les regards braqués sur elle – jusqu'à ce jour. Par ailleurs, c'était la première fois qu'elle portait une robe de cour.

Mais il y avait autre chose qui la dérangeait dans ce décolleté plongeant, et le duc savait de quoi il s'agissait. Avec un sourire compréhensif, il avait embrassé le bout de l'un de ses longs doigts, qu'il avait ensuite délicatement posé sur la cicatrice plissée sous sa clavicule, veillant à ne pas déplacer la fine couche de poudre qui la recouvrait. Malgré l'application de cette poudre cosmétique, il était impossible de dissimuler la déformation de sa peau de porcelaine.

— Ne vous inquiétez jamais à ce propos, ma fée. Il s'agit assurément d'un aide-mémoire douloureux de la trahison de Salvan, mais pour moi, cette cicatrice représente bien plus que cela encore. Elle me rappelle ce que j'ai failli perdre, ce qu'il y a de plus important dans ma vie – vous.

Quand Antonia eut atteint le bas de l'escalier sans encombre et se retrouva au milieu du vestibule, les bonnes remirent ses paniers en place et secouèrent les jupons de la large robe pour qu'ils retombent d'une façon qui convenait à tout le monde. Les dames d'honneur qui accompagnaient leur maîtresse au palais et les bonnes qui l'avaient aidée à s'habiller se décalèrent ensuite pour que le duc puisse saluer sa femme.

Mais avant de lui prendre la main, Roxton inclina la tête puis se pencha vers l'avant d'un grand geste, son tricorne à la main, descendant tellement bas que la dentelle autour de son poignet effleura le carrelage en marbre noir et blanc. Tout le monde dans le vestibule l'imita, s'inclinant devant elle, du portier à la sœur du duc. Seule Antonia restait bien droite dans cet océan de noir. Submergée par l'émotion face à tant de vénération, ses mains se mirent à trembler et sa poitrine à haleter. Pour s'empêcher de fondre en larmes, elle put seulement pincer ses lèvres peintes et serrer les branches de son éventail fermé.

Ce fut à Sa Seigneurie que revint la mission de détendre l'atmosphère.

— Bien, bien, bien ! Qui est donc cette belle Pandore qui nous rejoint, hein ? déclara Vallentine en se relevant de sa révérence bien basse.

Il pensa soudain à quelque chose, donna un coup de coude dans les côtes de Martin et ajouta à voix haute :

— C'est bien ainsi qu'on appelle les poupées mannequins, non ? La Grande Pandore et la Petite Pandore ?

— Oui, mil… Vallentine, répondit Martin dans un murmure. C'est bien cela.

Les yeux de Vallentine se levèrent vers le plâtre du plafond et il poussa un soupir de soulagement tellement bruyant qu'il résonna dans tout le vestibule. Puis il donna un autre coup de coude amical à Martin et ajouta avec un clin d'œil :

— C'était pas si dur que ça, hein ?

— Non, Vallentine. Ce n'était pas dur, lança malicieusement Martin, souriant malgré lui. Mais je crains que vous m'ayez cassé une côte !

— Hein ?

Madame s'approcha alors vivement de son époux, très mécontente de le voir échanger avec Martin Ellicott, et elle lui donna un petit coup de son éventail.

— Lucian ! C'est tout ce que vous avez à dire ? Vous comparez Antonia à une Grande Pandore ? Fi ! C'est absurde !

Elle fit volte-face dans ses larges jupons de cour, faisant déguerpir plusieurs valets de pied qui se trouvaient sur sa trajectoire, puis elle dit à la duchesse tout en lui envoyant un baiser :

— Vous êtes magnifique, ma chère ! Toutes les dames de la cour vont vous envier. Et je suis impatiente de voir la tête de Sa Majesté quand vous ferez votre révérence devant lui. Vous êtes si belle !

Le duc se décala pour permettre à Antonia de se rapprocher. Elle avait retrouvé une respiration régulière et son calme, et répondit joyeusement :

— Merci, madame. Mais Vallentine a raison de dire que je suis une Grande Pandore, car je suis aussi peinte et raide qu'une poupée ! Monseigneur n'était pas du tout satisfait en voyant la poudre sur mes tresses et le rouge sur mes joues. Mais il dit que c'est un mal nécessaire. Je m'empêche donc de trop me plaindre, car c'est une journée très excitante pour nous tous !

— Tout à fait, ma belle, approuva le duc en donnant le signal pour que la double porte menant au passage cocher soit ouverte. Bientôt, quand nous arriverons au palais et nous joindrons aux autres… hum… Pandores, vous oublierez toute cette peinture et toute cette poudre, et même le poids de votre robe.

Rayonnante, elle confia à sa famille :

— Quand je pense que la dernière fois que j'ai quitté Versailles, j'étais tout aussi peinte ! Mais d'une façon entièrement différente !

Elle adressa un sourire espiègle au duc, qui échangea un regard complice avec Martin Ellicott, et ajouta :

— Et voilà que j'y retourne en tant que comtesse, comme si de rien n'était. Monsieur le duc de Richelieu va avoir aujourd'hui la surprise de sa vie !

— Et il ne sera pas le seul, marmonna Roxton en l'escortant à l'extérieur, jusqu'à la file de carrosses qui les attendaient, le reste de leur famille et de leur suite les suivant, tous impatients de se mettre enfin en route pour le château.

C'était à sa famille Salvan que Roxton pensait, et en arrivant devant l'escalier du palais, il ne fut pas déçu, ni par leur accueil, ni par leurs réactions.

# ONZE

— VOUS N'ÊTES PAS obligée de saluer toutes les personnes devant
lesquelles nous passons, ma chérie.

Antonia continua à agiter par la fenêtre du carrosse son mouchoir
bordé de dentelle en direction des gens, jeunes et vieux, qui s'étaient
rassemblés au bord de la route, les yeux écarquillés et la bouche grande
ouverte tandis que le majestueux cortège de carrosses du duc avançait
lentement et dans un grondement sur l'avenue de Paris, mené par une
escorte d'éclaireurs en livrée montés sur d'impressionnants étalons aux
harnachements polis et aigrettes en plumes blanches qui avançaient à
grandes foulées.

Les piétons avaient interrompu leur routine quotidienne à l'instant
où les éclaireurs étaient sortis de l'enceinte de la villa et s'étaient mis en
route dans la rue des Réservoirs. Quand le dernier carrosse s'engagea
sur la large avenue de Paris, même ceux qui étaient pressés et qui
vaquaient à leurs occupations avaient rejoint les touristes ahuris et les
femmes accompagnées de jeunes enfants. Tous s'interrogeaient sur
l'identité des passagers illustres de ce cortège de carrosses.

Ils étaient tous d'avis qu'il devait s'agir d'un dignitaire étranger –
un prince ambassadeur au minimum – venu présenter ses hommages à
Sa Majesté. Ce dernier venait de rentrer au palais pour les festivités de
Noël qui arrivaient bientôt. Qui d'autre aurait l'audace de ralentir ainsi

la circulation ? Ceux qui se déplaçaient à cheval furent obligés de trouver un autre chemin par lequel passer pour rejoindre leur destination, tandis que les carrosses, les chaises à porteurs et les carabas pleins à craquer de passagers durent se décaler sur le côté de l'avenue pour permettre au cortège d'avancer sans encombre.

— Ils ont la courtoisie de s'arrêter dans le froid, il faut donc que je leur réponde, dit doucement Antonia. Surtout quand les enfants nous saluent avec autant d'enthousiasme. C'est une question de bonnes manières, non ?

— Est-ce par courtoisie ou par curiosité ? Peu importe. Partons du principe que c'est par courtoisie, dit Roxton avant d'esquisser un sourire en coin en pensant à quelque chose. Quel dommage que ce soit l'hiver, sinon j'aurais veillé à ce que des pétales de fleurs soient jetés sur notre chemin afin de donner encore plus d'importance à notre cortège…

— Celle d'un triomphe romain ? s'exclama Antonia, ses yeux verts s'illuminant en envisageant cela. Ç'aurait été époustouflant ! dit-elle avec un sourire en regardant le duc par-dessus son épaule.

— Époustouflant ? Oui. Très adéquat.

Elle rappuya ses épaules contre le doux velours de l'assise.

— Je ne pense pas que vous soyez déçu que ce soit l'hiver en soi, dit-elle avec douceur, ajoutant avec cette touche de perspicacité qui ne manquait jamais de le surprendre : Mais vous êtes déçu par l'absence de fleurs. Si nos carrosses étaient arrivés couverts de pétales, vos parents Salvan auraient été encore plus mal à l'aise qu'ils le seront déjà face à notre geste grandiose, qui sert à… comment me l'avez-vous décrit plus tôt ? Ah, oui ! Les « remettre à leur place ».

Il attrapa sa main gantée et lui dit avec une légèreté forcée qui contrastait avec l'éclat sévère dans ses yeux noirs :

— Ils y resteront et voudront se terrer après les événements d'aujourd'hui. Et j'ai ordonné que nous avancions aussi lentement que le permettent les roues ; ainsi, quand nous arriverons devant la grille royale, non seulement mes tantes et cousins Salvan seront là pour nous accueillir dans le froid hivernal, mais une foule se sera aussi rassemblée pour acclamer notre arrivée.

— Acclamer ?

— Tout à fait. J'avais pensé à des pétales de rose pour vous, ma belle, mais pour le peuple, j'ai pensé à quelque chose de plus pratique et chaleureux.

— Des pièces seraient le plus pratique.

— Oui, si nous voulons provoquer une émeute. Mais j'avais anticipé vos envies. Ainsi, en l'honneur de votre présentation, j'ai offert aux badauds quelque chose de plus substantiel. J'ai envoyé des hommes, tôt ce matin, dans les tavernes sur notre chemin, avec assez d'argent pour servir de la bière à tout le monde et… hum… n'importe qui, avec les compliments de la comtesse de Roucy. Les gens de la ville vont boire à votre santé et chanter vos louanges pendant des jours et des jours.

— Oh ! Monseigneur ! Merci ! Vous êtes trop généreux !

— Je ne suis pas généreux du tout. C'est vous qui l'êtes. C'est pour vous que je fais cela, pour vous seule.

Il lâcha ses doigts et croisa ses mains gantées sur un genou vêtu de soie en haussant un sourcil et en poursuivant d'une voix traînante :

— On va bientôt chuchoter dans mon dos, si ce n'est pas déjà le cas – mais peu importe, puisque c'est vrai –, que je suis un mari *indulgent*.

Antonia se pencha vers lui autant qu'elle le pouvait avec ses paniers repliés en accordéon et encerclée comme elle l'était de nombreuses couches de jupons en velours noir brodés.

— Ces murmures vous dérangent-ils ?

Il essaya de prendre un air sérieux, mais il ne put réprimer le sourire qui fit tressauter ses lèvres.

— On a murmuré des choses bien pires à mon propos, et toutes ces choses étaient vraies. (Il pensa soudain à quelque chose.) Est-ce que cela vous dérange, vous… ?

— Ces murmures ? Ou que vous soyez un époux indulgent ? Dans les deux cas, pas du tout. Si la première chose est vraie, que rien de ce qui se dit n'est faux et que cela ne vous dérange pas, alors pourquoi me dérangeraient-ils ? Quant à la deuxième ? dit-elle en souriant, sa fossette se creusant. J'aime que vous me gâtiez.

Les joues fraîchement rasées du duc se colorèrent légèrement.

— Votre bonheur est tout ce qui m'importe.

— C'est réciproque. Et vous entendre dire cela me fait vous aimer encore plus, si cela est possible, mon mari bien-aimé.

— Au diable les murmures, chuchota-t-il en se penchant pour l'embrasser.

Ils échangèrent un baiser léger comme une plume, les yeux mi-clos alors qu'ils se délectaient de cet instant. Ils l'auraient peut-être prolongé un peu s'ils n'avaient pas été interrompus par un reniflement bruyant, suivi par plusieurs reniflements plus discrets qui les poussèrent à se réadosser contre l'assise et à diriger leur attention vers la seule autre passagère du grand carrosse, qui était assise en face d'eux : Gabrielle, la femme de chambre d'Antonia. La duchesse lui demanda si tout allait bien.

Gabrielle renifla une nouvelle fois, se tamponna rapidement les yeux et se pinça le nez avec son mouchoir. Elle hocha la tête et ne leva pas le menton, gardant les yeux baissés sur son mouchoir.

— Oui, madame la duchesse ! Je suis désolée de vous avoir dérangés, murmura-t-elle. Tout va très bien. Tellement bien, d'ailleurs, que je pleure de bonheur. Je vous en prie, ne faites pas attention à moi !

Quand le duc fit la grimace, car il n'était pas du tout convaincu que tout allait bien, Antonia gloussa derrière sa main et dit en anglais, une langue que sa femme de chambre ne maîtrisait pas encore :

— Elle dit la vérité. Elle est bouleversée par votre générosité, Votre Grâce.

— Espérons que mes tantes françaises seront tout autant… hum… *touchées*.

Antonia pencha la tête de côté d'un air interrogateur.

— Comment pourraient-elles rester impassibles alors que vous avez remboursé leurs dettes ?

Roxton soutint le regard d'Antonia et lui dit d'un ton monotone :

— Vous savez aussi bien que moi, mon amour, que tout le monde à Versailles a un prix, en particulier ceux avec qui on a un lien de parenté. Il a toujours été prévu qu'en échange de votre parrainage pour votre présentation, je soulage tante Victoire de ses dettes les plus pressantes. La générosité et le devoir sont interchangeables.

— Pas pour moi, Votre Grâce, déclara Antonia d'un ton ferme. Ni pour madame, Vallentine ou Martin. Je ne voudrais jamais que vous vous sentiez obligé de faire quelque chose pour moi par sens du devoir. Ce serait très contraignant.

— Oui. Mais vous, vous n'êtes pas une contrainte, et vous ne le serez jamais.

Il ajusta inutilement la large manchette retournée de sa redingote et poursuivit avec un soupir :

— Le devoir familial en lui-même est quelque chose de très pénible. Il suffit d'une seule goutte de sang pour qu'un lien familial soit exploité, et je ne parle pas seulement d'argent.

Quand Antonia se rapprocha de lui, intriguée, il ajouta doucement :

— La loyauté, les sentiments et même l'amour sont souvent utilisés comme armes de manipulation pour obtenir de force le résultat désiré.

Antonia réfléchit à cela un instant, puis elle dit avec un sourire compréhensif :

— Monsieur le chef des services secrets s'est joint à nous dans le carrosse, n'est-ce pas ?

Le froncement de sourcils du duc disparut et il s'appuya contre le dossier en pouffant de rire.

— Oui ! J'imagine que oui. Vous avez raison. La lettre de Shrewsbury occupe mes pensées, c'est vrai, confia-t-il avant de se reprendre pour ajouter sur un ton plus léger : Mais mon vieil ami d'école n'a pas sa place ici. Je vous présente mes excuses, j'ai détourné votre attention de cette occasion historique.

— C'est inutile, Votre Grâce. Cette distraction m'a évité de trop m'inquiéter à propos de ce qui arrive.

— Vous n'avez pas à vous inquiéter, mon amour, la rassura gentiment le duc, toujours en anglais. La cour de Louis est une scène, et ses courtisans y sont des acteurs. Le succès dépend de la satisfaction du public. Vous jouerez votre rôle à merveille, je n'ai aucun doute là-dessus. En tant qu'imitatrice de talent, vous saurez trouver la cadence particulière de la cour, ce qui sera applaudi et apprécié – c'est une compétence à part entière, que la maîtresse de Louis n'a pas encore perfectionnée. Vous allez vous amuser. Et je sais que je m'amuserai aussi, en vous observant.

Il indiqua la fenêtre d'un geste alangui et repassa à la langue maternelle d'Antonia :

— Je vous en prie. Ne laissez pas monsieur le duc accaparer davantage le temps de madame la comtesse. Les curieux et les courtois réclament votre attention.

Ils échangèrent un sourire plein de tendresse, puis Antonia recommença à agiter son mouchoir par la fenêtre. Le duc, lui, se recula contre le dossier et ferma les yeux pour apprécier ces derniers instants de tranquillité avant qu'ils ne soient jetés sur le devant de la scène, au milieu des intrigues et du formalisme de la cour française.

# DOUZE

En jetant un coup d'œil par la fenêtre alors que le carrosse ralentissait, Lord Vallentine découvrit avec surprise qu'une large foule s'était rassemblée sur la place d'Armes. Puis il fut étonné une seconde fois en voyant que la grille ouvragée centrale du palais était ouverte en grand ; la troupe d'éclaireurs du duc mena le sinueux cortège de carrosses dans l'enceinte du palais, traversant les pavés recouverts de neige et s'arrêtant devant les larges marches de la cour royale.

— Hé ! Ils nous laissent entrer par la grille d'honneur ! annonça-t-il en lançant un regard émerveillé à sa femme.

— Comment ? La grille d'honneur ? répondit madame, les yeux aussi écarquillés que ceux de son mari.

Elle tendit le cou pour voir par la fenêtre, mais frustrée de ne pas pouvoir bouger dans ses larges paniers, elle agita la main d'un geste impatient.

— Vérifiez ! Vérifiez, voyons ! En êtes-vous sûr ? Vous devez assurément vous tromper, ce doit être une grille *latérale* qui nous a été ouverte.

Vallentine s'exécuta, même si c'était inutile.

— Non. Ce n'est pas une grille latérale. Et oui, bien évidemment que j'en suis sûr ! Les éclaireurs de Roxton se sont avancés droit sur le portail doré, pile au milieu, comme s'ils s'attendaient à ce qu'on leur ouvre cette grille-là. Et c'est exactement ce qu'ont fait les gardes. Je pensais que seuls Louis et les membres de sa famille avaient une autorisation spéciale pour entrer dans la cour royale par cette grille ?

— Cette autorisation porte un nom, Lucian. Ce sont les honneurs du Louvre, expliqua Estée en levant un peu plus le menton quand elle comprit que par le biais de son frère, elle faisait à présent partie des quelques privilégiés à recevoir un tel honneur. Seuls le roi et sa famille y ont droit. Rarement, dans des circonstances particulières, et seulement pour des visiteurs très importants, la grille centrale est ouverte à d'autres. (Elle haussa les épaules, comme si tout cela la laissait de marbre.) J'ai entendu dire que seuls les princes du sang et les ambassadeurs jouissent d'un tel privilège. Mais nous ne devrions pas être surpris. Avec mon frère, tout est possible. Ainsi, quand nous sortirons de ce carrosse, nous accepterons cet honneur comme tout le reste — comme quelque chose de tout à fait commun. Roxton n'attendrait rien de moins de notre part.

Vallentine renâcla de scepticisme face à l'attitude indifférente de sa femme. Il savait qu'intérieurement, elle sautait de joie à l'idée que ses pairs soient envieux de cet honneur tout particulier fait à sa famille. Mais il se montra conciliant :

— Bien. Ne vous inquiétez pas. J'adopterai un comportement exemplaire.

— Merci, répondit-elle avec un sourire qui se transforma presque immédiatement en un air renfrogné, qu'elle accompagna d'un soupir de résignation. Je ne pensais pas que mes cousins Salvan pouvaient tomber encore plus bas dans l'estime de Sa Majesté, mais entre Roxton qui reçoit les honneurs du Louvre et Antonia qui est présentée à la cour en tant que comtesse... je doute fortement qu'ils puissent inverser la vapeur. C'est trop tard. Mon frère y a veillé.

— Ha ! Là-dessus, vous avez visé juste ! répondit Vallentine en riant, n'écoutant qu'à moitié.

Il était encore en train de regarder par la fenêtre, distrait par le bal des carrosses, chaises à porteurs, éclaireurs à cheval et domestiques en livrée qui plongeaient et se faufilaient entre les roues des carrosses et les chevaux, quand quelque chose attira son attention. C'était pour cette raison qu'il n'écoutait que d'une oreille ce que disait sa femme.

Il l'avait entendue prononcer le mot « tomber » et répondit en riant :

— Vos cousins Salvan ne sont pas seulement en train de tomber, ils se marchent dessus ! Ils se précipitent vers les marches pour nous accueillir ! Soit Roxton ne leur a pas dit que nous allions entrer par la grille d'honneur, soit ils se sont crus plus avisés que votre frère et ont été assez arrogants pour ignorer sa directive d'attendre au niveau des marches, et non de la grille ! Ha !

Pensant soudain à quelque chose, il lança un coup d'œil à sa femme par-dessus son épaule et ajouta :

— Cela dit, je ne pensais pas que Louis accorderait les honneurs du Louvre à Roxton…

— Dites-moi ce que vous voyez ! Vous savez que je ne peux pas voir par la fenêtre !

— Hein ? Ah ! Désolé, chérie. Avec plaisir.

Il se tourna derechef vers la fenêtre et résista à son envie de l'ouvrir et de sortir sa tête, uniquement parce qu'il faisait un froid glacial.

— Une grande partie du clan Salvan nous attendait devant la grille, où ils pensaient que nous allions descendre, expliqua-t-il. Et maintenant que nous l'avons franchie, ils doivent soulever leurs jupons et se tenir à leurs tricornes pour rejoindre les marches le plus vite possible. Ils offrent le divertissement de la journée à la foule, je peux vous le dire !

— Le divertissement ? répéta Estée, alarmée.

— Ah ça oui ! Dans leur précipitation, ils ont oublié que les pavés sont gelés. Certains de vos cousins ont glissé dans leurs patins et se sont retrouvés les fesses dans la boue !

— Oh, Seigneur ! Oh, Seigneur !

— Des laquais font de leur mieux pour les extirper de la neige fondue, mais c'est tout aussi glissant pour eux, ils sont donc en difficulté…

— Mon Dieu, mes pauvres tantes, murmura Estée.

— Ne perdez pas de temps à vous inquiéter pour elles, chérie. Toutes vos tantes sont encore debout. Elles sont incapables de se précipiter où que ce soit dans leurs larges cerceaux, elles n'ont même pas essayé ! Et tante Victoire a écouté les directives de votre frère, car elle attend en haut des marches avec sa cabale de dames. Je sais pas si vous pourrez le croire, mais elle sourit tellement que son visage semble fendu en deux !

— Elle a de quoi sourire. Tante Philippa m'a dit que mon frère avait réglé les énormes dettes de tante Victoire en guise de compensation pour son parrainage d'Antonia lors de sa présentation d'aujourd'hui. Et je veux bien croire tante Philippa, car c'est le genre d'incitation qu'il fallait pour que tante Victoire revienne à la cour. Elle avait fait le serment de ne jamais y remettre les pieds tant que Pompadour serait la maîtresse en titre de Sa Majesté.

— Une pilule – ou plutôt, un gros poisson, quand on connaît le nom de jeune fille de Pompadour – difficile à avaler, hein ? fit remarquer Vallentine d'un ton ironique avant de se tourner vers la porte ouverte du carrosse, où un valet de pied attendait de l'aider à descendre.

Quand il eut rejoint la terre ferme, ajusté son écharpe et son épée, et coincé son tricorne sous son bras, il confia son épouse à ses dames de compagnie et rejoignit le duc.

À travers son lorgnon levé devant un œil, Roxton étudiait la frénésie provoquée par l'arrivée d'invités d'honneur au palais. Pour un observateur extérieur, cette affectation oculaire lui donnait un air imperturbable et tranquille. Mais il suffisait d'un coup d'œil à ses lèvres sévèrement pincées pour que l'intensité de sa détermination devienne évidente. Il était résolu à s'assurer que rien ni personne ne gâche la présentation à la cour de sa femme, il guettait donc attentivement une telle éventualité.

Martin Ellicott était à côté du duc, mais il ne s'intéressait pas aux passagers qui descendaient de la dizaine de carrosses. Il observait le majordome du duc, admirant le talent de cet homme, qui coordonnait tout ce qu'il se passait avec l'aplomb d'un Monsieur Loyal. Tous les domestiques, des éclaireurs aux bonnes, savaient quel rôle ils devaient jouer pour assurer le bon déroulé de cette présentation royale des plus importantes.

Des laquais couraient dans tous les sens pour répandre de la paille sur les pavés glacés et sur les marches, et d'autres les suivaient pour dérouler des tapis d'Orient par-dessus la paille. Ainsi, les ourlets des robes des dames restaient secs et tous pouvaient monter les marches confortablement et sans redouter une chute.

Six éclaireurs étaient descendus de leur monture et s'étaient placés entre la suite du duc et la foule curieuse, veillant à ce que tous gardent leurs distances. Les dames d'honneur d'Antonia et plusieurs bonnes étaient rassemblées devant la porte de son carrosse. Elles l'aidèrent à en descendre et réglèrent quelques détails de dernière minute sur son grand habit et sa coiffure, puis elles se placèrent derrière elle pour s'intégrer à la suite qui accompagnait leur maîtresse à l'intérieur.

Constatant avec satisfaction que la duchesse était prête à monter les marches, Gabrielle congédia les bonnes d'un hochement de tête, puis elle prit sa place derrière les parentes qui avaient l'honneur de faire partie de la suite de l'épouse de leur cousin. À l'intérieur, elle débarrasserait sa maîtresse de sa cape bordée de fourrure, révélant enfin et pour la première fois au monde entier la magnifique splendeur de la robe de cour de la duchesse.

Le côté Salvan de la famille du duc observait ces préparations du haut de l'escalier, formant un comité d'accueil austère et impérieux. Certains étaient débraillés et essoufflés après l'effort physique qu'ils avaient dû fournir pour venir ici précipitamment après avoir franchi la grille, tandis que ceux qui avaient suivi les directives de Roxton d'attendre dans la cour intérieure affichaient un air suffisant. Ils partageaient cependant tous un point commun amer : en attendant le bon vouloir de leur parent anglais, ils veillaient à dissimuler leur rancœur bouillonnante sous un masque d'obéissance familiale. Le duc esquissa un sourire furtif de satisfaction, car il comprenait parfaitement ce qu'ils ressentaient intérieurement et se réjouissait de leur inconfort.

Après avoir balayé une dernière fois ce groupe acerbe de son lorgnon, il le laissa retomber au bout de son ruban noir et se tourna pour parler à Martin et Vallentine, qui venait de se joindre à eux, leur disant en anglais :

— Martin, restez avec elle, au cas où elle aurait besoin de vous.

— Bien sûr, Votre Grâce.

— Hein ? Vous ne l'accompagnez pas à l'intérieur ? s'enquit Vallentine.

— Non. C'est maintenant que tante Victoire et les autres Salvan interviennent. Nous allons prendre de l'avance pour éliminer tout obstacle éventuel de son passage.

Vallentine eut un sursaut, immédiatement aux aguets, une main posée sur la garde ouvragée de sa rapière en argent. Il regarda furtivement autour de lui, examinant la cour bruyante et engorgée, où des carrosses allaient et venaient.

— Vous vous attendez à du grabuge – *ici* ?

— Je m'y attends toujours. Ainsi, je suis toujours préparé.

— Mais… assurément, il ne va rien se passer alors que Louis est en résidence ?

— Soyez tranquille, Lucian, et lâchez votre épée. S'il devait y avoir du… hum… grabuge, il ne viendrait pas de la pointe d'une rapière, mais du bout d'une langue.

Vallentine laissa retomber sa main et leva les yeux au ciel.

— Argh. J'aurais dû me douter que ce serait une histoire de femmes ! Vous pensez que Duras-Valfons va vouloir causer des ennuis ?

— Elle va vouloir au moins causer une scène, oui. C'est ce dont m'a prévenu son époux… dit le duc avec un sourire en coin.

— Hein ? S-son… époux ? laissa échapper Vallentine. Ricky… Ricky vous a dit ça ? Ha, ha, ha ! Bien sûr que oui ! Il sait à qui il doit sa loyauté ! Tant mieux pour lui !

Le duc inclina la tête en réponse à cela et ajouta, un œil posé sur les Salvan :

— Avant d'aller voir Louis, nous allons faire un court arrêt dans la galerie des Glaces. C'est là que le capitaine des gardes de la porte viendra se présenter à vous. Je veux que vous assistiez au coup d'éclat depuis les fenêtres, où vous pourrez surveiller le déroulé des événements. Si quelqu'un devait essayer d'intervenir, vous pourriez, avec ma permission, lui donner un petit… hum… coup. Les hommes du capitaine ont reçu leurs ordres, ils empêcheront le petit peuple d'entrer dans la galerie tout en gardant leurs nobles maîtres à bonne distance jusqu'à ce que je leur donne le signal.

— Vous voulez avoir un public ?

— Oui. Le bon public.

— C'est que vous vous attendez bel et bien à ce que cette harpie cause du grabuge, alors !

— Pas si je parviens à lui couper l'herbe sous le pied. Je compte bien mettre un terme à ces absurdités aujourd'hui, et avant la présentation d'Antonia à Sa Majesté.

Le duc voulut monter les marches, mais il dut s'arrêter quand on l'appela d'un ton impérieux. Sa sœur, dont les larges paniers se balançaient violemment de gauche à droite alors qu'elle se précipitait vers lui, heurtant des laquais de tous les côtés, était déterminée à empêcher ce qu'elle considérait comme une catastrophe sociale. Elle l'attrapa par les basques en velours de sa redingote et lui dit dans un sifflement, par peur d'être entendue :

— Roxton ! Avez-vous vu qui sert de dame d'honneur à votre femme ? Madame Haudry ! Oui. Notre cousine tombée en disgrâce ! Il faut que vous fassiez quelque chose, sinon nos tantes vont tourner cette journée en dérision avant même qu'elle n'ait commencé !

# TREIZE

LE DUC, les sourcils froncés, regarda, par-dessus la coiffure de sa sœur, la suite de la duchesse qui s'agitait autour d'elle. Michelle Haudry en faisait bel et bien partie. Il croisa les yeux bleus d'Estée, écarquillés d'indignation, sans rien révéler de ce qu'il pensait. Mais sa réponse la surprit.

— Elle est présente sur mes ordres, pas les leurs.

— Vos ordres ? Pourquoi ? Comment ? Mais… mais, je ne comprends pas…

— Vous n'avez rien à comprendre – pour l'instant.

Estée était incrédule.

— Elle a été bannie de la famille et de la cour après avoir épousé un pauvre bourgeois. Voilà ce que je comprends. Elle n'a pas plus le droit d'être ici que Jean-Honoré !

— Voyons, chérie, l'avertit Vallentine. N'évoquons pas le nom de ce ver de terre aujourd'hui…

— Taisez-vous, Lucian ! Vous ne savez même pas de quoi je parle ! C'est le summum de l'hérésie quand un roturier exilé de la cour se montre devant Sa Majesté !

Elle fixa son frère du regard avec une moue et ajouta :

— Si vous l'avez invitée, c'est qu'elle fait partie de votre plan machiavélique pour embarrasser davantage nos cousins Salvan, mais je ne veux jouer aucun rôle…

— Vous n'avez aucun rôle à jouer. Cela ne vous regarde absolument pas, l'interrompit catégoriquement le duc.

— Bien, répondit Estée.

Quelque peu apaisée, elle ajouta dans un revirement :

— Notre cousine Michelle a peut-être épousé le fils d'un collecteur d'impôts, mais personne ne peut nier son droit imprescriptible en tant que fille d'un duc. Contrairement à la dernière catin du roi, qui n'est pas seulement vulgaire, mais qui vient en plus d'une famille de-de… poissonniers !

Le duc sourit, ce qui la déconcertait toujours.

— Merci. Vos observations acerbes et ineptes justifient mon… hum… comment avez-vous dit ? Ah, oui ! Mon *plan machiavélique* qui visait à faire de Michelle Haudry l'une des dames d'honneur de mon épouse. (Son sourire disparut.) Mais que ce soit la dernière fois que vous faites de tels commentaires à propos de Pompadour, sauf si vous voulez qu'ils atteignent sa petite oreille.

Estée renifla et haussa une épaule.

— Pourquoi devrais-je me soucier qu'elle entende ce que je dis sur elle ? C'est la vérité.

— Vous devriez vous en soucier. Moi, je m'en soucie. Vous ferez donc ce que je vous dis de faire. Soyez prévenue, Estée. Cette maîtresse ne va pas disparaître. (Il s'inclina poliment devant elle.) Vous êtes ma sœur, je vais donc vous laisser le choix. Prenez place auprès de madame Haudry en tant que dame d'honneur et gardez le silence, ou retournez à la villa. Cela n'a aucune importance à mes yeux. Venez, mon cher, ordonna-t-il à son meilleur ami avant de monter les marches d'un pas léger.

Vallentine l'observa s'éloigner, ne se tournant vers sa femme que quand elle prononça son nom. Il se trouva instantanément mal à l'aise et s'empourpra en voyant ses yeux brillants. Mais il ne lui offrit aucun mot de réconfort. Il haussa les épaules comme pour signifier qu'il n'avait pas le choix et suivit docilement le duc.

Comme ils pouvaient tous s'y attendre, le palais était bondé et bruyant. La cour était bordée de stands où des marchands vendaient des souvenirs hors de prix et des guides touristiques, louaient des tricornes et proposaient de la nourriture à des prix exorbitants avec tout l'enthousiasme des vendeurs de foire. Des écrivains publics s'affairaient avec une plume et de l'encre dans les coins obscurs des couloirs, rédigeant des demandes pour les illettrés et les désespérés. Des laquais, valets de pied et autres domestiques se frayaient un chemin dans la foule anonyme, allant chercher et portant pour leurs maîtres tout l'attirail nécessaire pour rendre leur visite aussi agréable que possible, que ce soit un tabouret sur lequel s'asseoir ou un pot de chambre dans lequel uriner.

Un garde suisse se cachait dans chaque recoin, chaque alcôve. Une patrouille circulait sur le domaine et dans les pièces les plus grandes, guettant les ennuis d'un œil. Ils restaient également à l'affut des visiteurs qui seraient habillés de façon inappropriée et qui essayeraient de s'introduire dans le palais du roi. Les gentilshommes devaient obligatoirement porter un couvre-chef et une épée, peu importe l'état de leur tenue, peu importe combien de fois leurs manches ou leurs bas avaient été reprisés.

Toutes sortes de personnes issues de toutes les classes sociales avaient l'autorisation d'entrer chez le roi et d'avoir un aperçu de la famille royale dans son rituel quotidien. Le deuil englobant tout et tout le monde, la pauvreté et la richesse se confondaient. Ceux qui ne pouvaient habituellement pas s'offrir des tissus, accessoires et bijoux coûteux étaient soulagés de cette situation, tandis que ceux aux moyens illimités ou qui étaient tenus par leur rang social et leur ascendance trouvaient des moyens ingénieux de signaler leur statut à travers le coût, la coupe ou le métrage de leurs vêtements sombres.

Les sujets français et les visiteurs étrangers se mélangeaient dans les couloirs et escaliers bondés des appartements publics, tandis que les nobles au service de leurs maîtres royaux faisaient tout leur possible pour éviter ces endroits, utilisant des passages secrets ou évitant entièrement de se rendre au palais tant qu'ils n'étaient pas appelés à venir remplir leur devoir cérémoniel.

Mais les choses étaient différentes en ce jour. Dans la galerie des Glaces, la noblesse s'était rassemblée en petits groupes qui chuchotaient en attendant un grand spectacle qui, selon la rumeur, impliquerait le duc de Roxton en personne. Cette délicieuse rumeur était née des lèvres peintes du marquis de Chesnay. Toujours au courant des derniers commérages, Chesnay avait murmuré une histoire à propos de son bon ami le duc anglais à l'oreille de nul autre que le premier gentilhomme de la chambre, le duc de Richelieu.

Monsieur le duc s'était toujours bercé d'illusions, se pensant l'égal de Roxton quand ils se disputaient les faveurs sexuelles des belles femmes ou l'estime de Sa Majesté. Ne lui arrivant pas à la cheville dans les deux domaines, Richelieu réprimait difficilement son amertume. Ainsi, en entendant les révélations de Chesnay, il bouillonna. Mais il restait incrédule. Il ne put s'empêcher de répandre la rumeur partout, s'écriant qu'elle ne pouvait pas être vraie. Il aurait fallu que Roxton soit fou pour tenter une telle chose, car cela causerait assurément sa perte.

Les nobles du palais n'eurent besoin de rien de plus pour tous se précipiter dans la galerie des Glaces, s'attendant à ce qu'il se passe quelque chose d'extrêmement scandaleux. Ils arrivèrent en nombre, exactement comme l'avait prévu Roxton.

Précédé de ses valets de pied en livrée et accompagné de son meilleur ami, le duc avança dans les couloirs encombrés du palais, tenant devant lui son mouchoir et sa tabatière, de la dentelle noire retombant en cascade autour de ses poignets et les perles de jais de ses broderies scintillant dans les rayons de soleil hivernal qui passaient par les immenses fenêtres. Il ne regardait ni à gauche ni à droite, et les touristes étaient d'avis que son être tout entier et son attitude singulière signalaient son statut de courtisan, tandis que sa taille et sa largeur annonçaient un homme tout à fait capable de se frayer un chemin dans la foule s'il le fallait. Mais il n'en avait pas besoin. Nonchalant et serein, il ne prêtait visiblement pas attention aux regards que lui lançaient ceux qui devaient s'aplatir contre les murs pour le laisser passer. Sa suite lui ouvrait la voie tel un navire de guerre dans un océan agité.

Ce fut seulement quand le duc s'arrêta sous un lustre à la vive lumière, au centre de la galerie des Glaces, que Vallentine remarqua que tous les touristes en avaient été chassés, exactement comme l'avait prédit son meilleur ami. Des gardes suisses étaient postés devant les doubles portes de chaque côté de la galerie, tandis que plusieurs de leurs homologues parcouraient nonchalamment la pièce par paires, dans la lumière du soleil s'infiltrant par les fenêtres qui allaient du sol au plafond. En face de ces fenêtres, contre les hauts miroirs, des groupes de nobles noyés sous le parfum et la brillantine parlaient entre eux, apparemment peu intéressés par ce qu'il se passait au milieu de la pièce. Cependant, Vallentine était certain que bien qu'ils aient l'air de ne pas s'en soucier, ils gardaient tous un œil sur les événements.

Il avait beau n'avoir aucune idée des intentions du duc, il était persuadé que son meilleur ami atteindrait son objectif. Il était impatient de voir ce qu'il allait se passer pendant cette mise en scène. Il s'approcha des fenêtres d'un pas nonchalant, prenant la position qu'on lui avait assignée.

Le capitaine des gardes de la porte vint immédiatement trouver Sa Seigneurie. Son regard vide laissait penser que lui non plus n'avait aucune idée de ce qui était sur le point de se passer, une impression renforcée quand le chef de la sécurité interne du roi confia à Vallentine que si les gardes suisses devaient dégainer leurs épées, il serait honoré qu'un épéiste aussi renommé que monsieur Vallentine se batte à son côté. Vallentine n'eut pas le cœur de lui dire que si un combat devait éclater en ce lieu glorifié, il serait uniquement du genre féminin, et se traduirait soit par des larmes et des jérémiades, soit par des coups et des cris.

Tandis que Vallentine et le capitaine des gardes de la porte échangeaient cette brève conversation, les valets de pied du duc se mirent à l'ouvrage au centre de la galerie. Un tapis d'Orient fut déroulé et placé sur le parquet ; il était à peine assez large pour accueillir trois tabourets en noyer dorés et tapissés de soie, disposés à proximité les uns des autres. Sur celui du milieu, on déposa un plateau en argent qui contenait une carafe de brandy et quatre verres en cristal, le tout venant d'un nécessaire de voyage qu'un domestique débarrassa ensuite. Quand leur maître fut satisfait de la disposition de l'ensemble, les valets de pied s'inclinèrent et se mêlèrent aux petits groupes d'aristocrates.

Le duc de Roxton se retrouva tout seul au centre de la pièce, sous le regard d'une noblesse stupéfaite et bouche bée. Personne ne pouvait croire à son audace. Personne n'avait jamais envisagé de faire ce qu'il faisait. Personne n'oserait enfreindre ainsi les règles. Ils attendaient tous de voir ce qu'il se passerait ensuite. Ils s'attendaient tous, au moins, à ce que les gardes interviennent pour mettre un terme à cette monumentale transgression sociale. Mais aucun d'eux ne voulait être le premier à prendre la parole ou à bouger. Cette scène était trop fascinante. Qu'allait ensuite faire le duc, et en ce jour si particulier de surcroît, le jour de la présentation de sa duchesse ?

Un frisson d'anticipation inquiète parcourut la galerie. Ce qui suivit avait tout d'un suicide social. La noblesse française dans son ensemble n'aurait pas pu être plus électrisée.

# QUATORZE

Imperturbable et dissimulant sa satisfaction sous son habituel air insondable, le duc releva les épaisses basques de sa redingote et s'assit sur l'un des tabourets tapissés, ignorant le sursaut collectif de stupéfaction dans son public.

Il resta ainsi installé au centre de la galerie des Glaces, le dos bien droit, une jambe avancée, sa chaussure en cuir de chevreau au petit talon légèrement tournée vers l'extérieur, mettant en valeur son mollet aux muscles dessinés. Il sortit ensuite de sa poche avant sa petite tabatière en or émaillée et prit une pincée de poudre d'un geste nonchalant.

Puis il patienta.

La comtesse Duras-Valfons ne tarda pas à se montrer. Elle traversa la galerie avec un sourire suffisant, deux amies sur ses talons. Grande et élancée, sa haute coiffure de tresses blondes formant un ensemble complexe donnait encore plus de hauteur à son cou de cygne et à ses épaules d'albâtre nues. Vêtue de l'obligatoire grand habit de velours noir aux mancherons de soie froncée, son corsage avait une coupe indécente, descendant tellement bas sur sa poitrine plate que si les partisans des usages n'avaient pas déjà été bouche bée, ils se seraient décroché la mâchoire face à elle.

Elle avait atteint le milieu de la pièce, saluant çà et là d'un hochement de tête des amis et des parents qui s'étaient rassemblés en petits groupes en face des hautes fenêtres, quand elle aperçut par hasard son reflet dans les grands miroirs. Sa suffisance n'en fut que décuplée, si cela était possible. Elle n'avait jamais semblé plus belle, ni en meilleure santé.

Mais quand elle regarda enfin plus loin dans la longue pièce, un pli indésirable apparut entre ses sourcils, sur son front habituellement lisse. Néanmoins, elle s'efforça de continuer à sourire.

Elle se retrouva face à une vision stupéfiante, celle d'une silhouette solitaire assise sur un tabouret sous l'un des magnifiques lustres, un comportement tellement choquant qu'elle eut d'abord du mal à y croire. Elle cligna des yeux. Il était encore là ! Puis elle comprit de qui il s'agissait – son ancien amant le duc. Son cœur se mit à battre la chamade et sa respiration se fit haletante.

En regardant autour d'elle, elle comprit que toute l'assemblée était dans le même état d'incrédulité. Personne ne s'asseyait dans le palais du roi, à l'exception des membres de la famille royale et des duchesses qui en avaient reçu la permission. Personne ne s'était jamais mis en scène de façon aussi criante, et surtout pas dans une salle aussi publique que la galerie des Glaces. Et pourtant, pas un seul garde, pas même le capitaine des gardes suisses, qui était en pleine conversation avec le meilleur ami de Roxton, Lord Vallentine, ni aucun des courtisans ébahis, n'osa réprimander le duc anglais.

Elle se demanda à quoi jouait Roxton. Et puisqu'il lui avait demandé de le retrouver à cet endroit même, elle comprit qu'elle faisait à présent partie de l'une de ses manigances. Son instinct lui disait de prendre la fuite, mais elle savait qu'elle ne pouvait plus faire machine arrière, à moins de vouloir être ridiculisée socialement par ses pairs. Elle ralentit le pas, mais continua à avancer vers lui, la tête un peu plus haute encore. Ses deux amies l'abandonnèrent rapidement et discrètement, se mêlant à la foule afin d'observer la suite des événements sous couvert de son anonymat.

Quand la comtesse ne fut plus qu'à quelques mètres de lui, le duc se leva pour la saluer en s'inclinant avec élégance. Elle répondit d'une révérence respectueuse et avec un sourire qui renfermait un soupçon de surprise. Il lui rendit son sourire et elle sentit son pouls s'emballer et ses joues excessivement fardées s'échauffer. Malgré son appréhension, la seule vue du duc – son mètre quatre-vingt-sept de beauté pleine d'assurance et d'arrogance masculine – lui donnait envie de tomber en pâmoison. Et quand il lui sourit, elle oublia ce qui l'entourait et referma l'écart entre eux pour qu'ils se retrouvent dans une proximité intime leur permettant de communiquer à voix basse.

Leur public se pencha instinctivement vers l'avant avec anticipation, l'œil brillant et les oreilles grandes ouvertes. Tous étaient persuadés que ce à quoi ils étaient sur le point d'assister entre les deux anciens amants serait au cœur de toutes les discussions pendant les jours, voire les semaines à venir.

— Monsieur le duc.

— Madame la comtesse.

— C'est… c'est réellement une surprise !

— Mais non, répondit-il d'une voix traînante. Je vous ai demandé de me retrouver ici. Et vous voilà.

— J'étais très chagrinée quand vous n'avez pas donné suite à mon invitation de me rejoindre à Fontainebleau, dit-elle d'un ton boudeur avant d'ajouter de son air le plus aguicheur : Puis-je en déduire que vous avez changé d'avis et que vous avez maintenant à cœur de reprendre notre plaisante liaison ?

— Vous savez aussi bien que moi que notre… hum… plaisante liaison n'a jamais été une question de cœur – que ce soit le vôtre ou le mien. (Ses lèvres tressautèrent.) Et bien que je répugne à vous décevoir, je dois vous dire en vérité que je ne serais pas là sans l'encouragement de ma femme.

Le charme fut rompu.

La comtesse recula d'un pas, une grimace déformant ses lèvres comme si elle avait quelque chose d'acide dans la bouche.

— Votre-votre… *femme* ? Qu'a-t-elle à voir là-dedans ?

Le duc la regarda en battant des paupières, feignant la surprise.

— Eh bien, tout.

En entendant cette phrase simple prononcée à voix basse, la comtesse fut piquée au vif, car elle savait qu'il disait la vérité et que cette réponse venait du cœur.

La société avait beau ricaner de son mariage d'amour dans son dos ducal, ils rêvaient tous secrètement de cette même chose qu'ils raillaient, elle y compris. Par ailleurs, elle s'était bercée d'illusions, se convaincant qu'avec la naissance de son fils héritier, il retrouverait la raison et reviendrait à sa vie de débauche. Mais en le voyant à présent, elle comprit que cela n'arriverait jamais. Il n'était pas seulement profondément amoureux de sa femme, il le resterait sans aucun doute pour le restant de ses jours. Les coureurs de jupons endurcis, quand ils tombaient amoureux, tombaient plus violemment, et pour toujours.

Cette malheureuse prise de conscience s'accompagna d'un questionnement : elle n'avait aucune idée de l'objectif de cette rencontre avec son ancien amant. En apprenant qu'elle ne se retrouvait pas devant lui parce qu'il voulait la voir, mais à la demande de sa duchesse, elle reprit conscience de ce qui l'entourait.

— Dans ce cas, je ne comprends pas du tout ce que je fais là, et dans cet endroit en particulier, dit-elle avec une moue, à moins que votre épouse ne cherche à m'humilier !

— Pas une seule goutte de rancune ne coule dans les veines de madame la duchesse. C'est elle qui a eu l'idée de cette rencontre, mais c'est moi qui ai pensé à l'endroit où elle aurait lieu et à son exécution.

— Vraiment ! Je ne la connais pas, mais…

— Vous ne la connaissez pas, non. Mais moi, je vous connais, vous.

— Alors vous devez savoir que je n'aurais pas souhaité que nous nous retrouvions dans ces conditions !

— Ah non ? s'enquit le duc avec une grimace. Pourtant, toute la cour est présente, comme elle l'était à Fontainebleau. J'ai donc exaucé votre souhait de vous donner en spectacle de façon on ne peut plus publique. Seul le décor a changé.

La comtesse lança un coup d'œil à ses amis et parents, réunis le long du mur de miroirs, qui la regardaient tous dans un silence solennel mais pleinement expectatif. Elle détourna rapidement le regard, le posant sur les tabourets et le plateau en argent contenant une carafe en cristal et des verres. Elle leva le menton.

— Vous vous méprenez tristement si vous pensez que je vais bafouer les règles de la cour et m'asseoir pour boire un verre avec vous !

— Je ne me méprends pas, et je n'ai rien de triste. Les tabourets et le brandy ne sont pas pour vous.

Roxton glissa sa tabatière dans une grande poche de sa redingote et en vint au fait :

— Cette rencontre n'est pas à propos de vous, ni… hum… de *nous*, mais de votre fils…

— *Notre* fils.

— Voyons, Thérèse. C'est un mensonge. Vous le savez. Je le sais aussi. La duchesse le sait. Et mes tantes Salvan également, alors que c'est avec elles que vous avez comploté pour m'imposer la paternité de cet enfant.

La comtesse répondit avec un haussement d'épaules évasif :

— J'avais toujours prévu que vous me donneriez un fils. Ainsi, à mes yeux, c'est votre enfant.

Le regard du duc se leva vers le plafond peint avant de redescendre sur la comtesse.

— C'est d'une absurdité extrême.

— Ah oui ? Avec votre réputation de satyre, vous avez sans doute donné naissance à de nombreux enfants au cours des ans, alors pourquoi pas le mien également ?

— Si je n'étais pas un gentleman, je vous ferais remarquer que votre réputation n'est pas moins entachée que la mienne, et que la paternité contestable de votre fils ne surprendra donc personne. Mais puisque je suis un gentleman, poursuivit-il avec un sourire glacial, je vais vous épargner cette riposte. Mais il y a une chose dont je suis suprêmement certain : je ne suis pas le géniteur de votre fils. (Les coins de sa bouche se relevèrent.) Et là se trouve votre problème, n'est-ce pas ?

La comtesse fit la moue, la couleur qui envahit sa gorge indiquant que la pique du duc avait trouvé sa cible. Elle en ressentait une grande amertume, mais il disait la vérité. Mais puisque sa fierté avait été irrémédiablement meurtrie quand il l'avait abandonnée, il était hors de question qu'elle l'admette.

— Si vous n'êtes pas prêt à le reconnaître, alors je ne comprends pas du tout l'intérêt que vous lui portez. Cette rencontre entre nous n'a aucun sens. Mais elle en a pour ceux qui nous observent, n'est-ce pas ? ajouta-t-elle d'un air narquois. Nous sommes à la cour, et nous faisons partie de la noblesse. Plus nous démentons quelque chose, plus le contraire sera cru. Alors je vous en supplie, monsieur le duc, continuez à nier que vous êtes le géniteur de mon fils – c'est pour son bien. La vérité est peut-être de votre côté, mais quelle importance a-t-elle si je continue à répandre mon mensonge à voix basse tout en démentant publiquement que vous êtes son père ? Ils seront alors des centaines – non, des milliers – à croire à ma version des faits. La vérité n'a aucune importance. L'opinion publique fait de vous le père de mon fils. Et c'est tout !

Le duc compta jusqu'à cinq. Il se moquait complètement de cette femme et de son fils. De plus, il n'avait jamais prêté attention aux vulgaires commérages qui circulaient à propos de lui et de ses aventures. Si cela n'avait tenu qu'à lui, il n'aurait pas été là. Mais Antonia s'inquiétait pour l'enfant. Était-ce sa faute si sa mère était calculatrice et négligente ? avait-elle riposté. Non ! Il était innocent dans le petit drame que sa mère avait créé de toutes pièces et il méritait un avenir malgré elle.

Et puisque Roxton était prêt à tout pour éviter le moindre désarroi à Antonia, il était déterminé à obtenir l'issue qu'elle désirait – il devait s'assurer que l'enfant maltraité de la comtesse aurait un avenir. Ils pourraient ensuite mettre derrière eux cet épisode désagréable (pour lui) et éprouvant (pour elle). Mais il était bien décidé à atteindre cette issue souhaitée à sa manière, au diable les conséquences que cela entraînerait pour la comtesse Duras-Valfons. Il réprima sa fureur interne et répondit avec une indifférence étudiée, d'une voix agréable :

— Je vous en prie, entretenez ce mensonge si cela peut vous apporter une satisfaction creuse. Mais vous causez du tort à votre fils en lui refusant sa vraie paternité…

— Je me souviens d'une fois où nous nous promenions aux Tuileries… l'interrompit-elle comme s'il n'avait rien dit.

Une idée qu'elle garda pour elle la fit rire derrière sa main et elle poursuivit son récit nostalgique en regardant loin derrière le duc :

— Maurice, mon frère, était parti en envolée lyrique sur son séjour récent en province, où il avait rendu visite à son benjamin. Vous en souvenez-vous ? Il était fier comme un paon que le petit ait fait pousser une deuxième dent ! Vous mourriez d'ennui. Votre expression affligée et dégoûtée aurait mérité d'être immortalisée à l'huile ! Avec les autres femmes, nous sommes parties d'un tel fou rire que tout le monde autour de nous nous pensait écervelées.

Son sourire disparut et elle ajouta d'un ton doucereux :

— Qui aurait pu prédire que monsieur le duc de Roxton se marierait et, pire encore, qu'il déclarerait s'inquiéter pour le bien-être d'un enfant avec lequel il nie avoir le moindre lien ?

— Personne, j'imagine.

— Tout le monde dit que le mariage a ramolli votre cerveau.

— Tout le monde ne me connaît pas.

— Savez-vous ce qui se murmure dans votre dos… ?

— Y a-t-il assez d'heures dans une journée ?

Elle se mit à rire comme s'il venait de lui raconter une bonne blague. Ce rire nerveux n'avait rien de convaincant et poussa plusieurs personnes dans la foule à s'avancer, l'oreille tendue pour essayer d'entendre ce qu'ils se disaient.

— Très drôle ! Je suis sûre que vous pouvez deviner le sujet d'au moins une de ces rumeurs !

— Je n'en ai ni la patience, ni l'envie, je vous prie donc de me le révéler.

— On dit que vous avez été fauché dans la fleur de l'âge par une maladie qui ne touche habituellement que les jeunes innocents et les jouvencelles des couvents.

Quand le duc haussa les sourcils et attendit plus d'explications, elle ajouta avec délectation :

— Vous avez été contaminé par la maladie de l'amour !

— Quel cliché. Je m'attendais à tout un tas d'autres maladies bien plus infâmes.

— Mais, Roxton ! On se moque de vous car…

— … car être amoureux de sa femme est un péché mortel aux yeux de ceux qui fréquentent la cour ? Oui. Mais peu importe. Cela ne me fait ni chaud ni froid. Et je n'ai aucune envie d'être… hum… guéri. Cette maladie doit être héréditaire, car mon père en souffrait également. Mais nous nous égarons, le temps passe, et personne, surtout pas moi, ne veut être en retard pour la présentation de mon épouse. Je suis donc obligé de revenir au propos de cette rencontre, la raison pour laquelle j'ai fait apporter du brandy – j'aimerais boire à la santé et aux perspectives de votre fils.

— Ha ! N'êtes-vous pas un peu en avance ? ricana la comtesse. Vous devriez peut-être attendre qu'il porte le haut-de-chausses pour boire à sa santé ; il aura alors plus de chances d'avoir des perspectives et un avenir. Ne gâchez pas votre brandy pour un nourrisson !

— Je suis d'accord avec vous, avoua le duc en mettant son arrogance de côté. La plupart des nobles enfants peuvent s'estimer heureux s'ils survivent assez longtemps pour célébrer leur cinquième anniversaire. Ainsi va la vie. Mais madame la duchesse n'est pas de cet avis. (Un tendre sourire se dessina sur ses lèvres et une pointe de couleur vint teinter ses joues minces et rasées de près.) Elle voit le monde différemment. Elle estime que si un enfant reçoit une quantité excessive de soin et d'attention dès la naissance, il aura de meilleures chances de survie...

— C'est la miséricorde de Dieu qui décide si un enfant vivra ou mourra prématurément. (Elle fronça les sourcils.) Je ne comprends pas pourquoi vous l'autorisez à entretenir des idées aussi absurdes sur le monde.

— J'aime son monde. Y vivre est très... hum... joyeux.

— Bonté divine ! Ces inepties prouvent que vous souffrez bel et bien de la maladie de l'amour. Vous le niez quand j'affirme que vous êtes le géniteur de mon fils, mais vous autorisez votre femme à exercer un contrôle sur son avenir ? Balivernes ! Non ! C'est mon fils, j'en fais ce que je veux...

— Comme l'abandonner, affamé, aux soins d'une nurse avinée... ?

— Ce n'était pas ma décision ! Il fallait que je retourne à mes devoirs de courtisane. Cousine Philippa m'a proposé de trouver des paysannes qui pourraient prendre soin de lui. Et j'ai...

— Si un aveugle conduit un aveugle, ils tomberont tous deux dans la fosse, marmonna le duc, citant l'apôtre Matthieu, avant de souffler d'un air compatissant. Je suis sûr que la proposition de tante Philippa coïncidait avec votre mensonge selon lequel je suis le géniteur de l'enfant. Mais peu importe. Lui confier votre bébé était une bien mauvaise décision. Elle a peut-être donné naissance à cinq enfants, mais c'est le seul effort qu'elle a jamais fait pour eux. Son ignorance des besoins d'un enfant correspond à la vôtre – et c'est difficilement votre faute, puisque tous ceux qui côtoient la cour sont tristement négligents avec leur progéniture, à laquelle ils n'accordent aucun intérêt.

— Et pourtant, nous voilà, vous et moi, en train de discuter de ce sujet sans intérêt !

— Heureusement, il va bientôt être clos, lança-t-il malicieusement en la dépassant. Monsieur le marquis ! Monsieur le baron ! annonça-t-il à voix haute en s'inclinant bien bas pour les saluer. Madame la comtesse et moi sommes ravis que vous vous joigniez enfin à nous.

La comtesse fit volte-face, bouche bée, les yeux écarquillés. Le mari dont elle était séparée lui faisait face, arrivant en fanfare tel un artiste de cirque. Il était accompagné du grand frère de la comtesse, colporteur invétéré de ragots, Maurice de Chesnay. Elle recula en titubant et s'effondra sur l'un des tabourets tapissés que le duc avait gentiment placés à cet endroit au cas où quelque chose dans ce genre se produirait.

# QUINZE

CEUX QUI ÉTAIENT présents dans la galerie des Glaces pensaient avoir tout vu quand le duc anglais avait enfreint le protocole en s'asseyant sur un tabouret au milieu de la vaste pièce. Puis on leur avait servi une délicieuse rencontre entre deux anciens amants quand la comtesse Duras-Valfons s'était jointe à lui. Ils avaient eu une conversation à voix basse, et leur public n'avait pu se baser que sur chaque expression et geste du couple pour jauger leur humeur. Mais le duc restant, comme on pouvait s'y attendre, affable et énigmatique, ils avaient dû se tourner vers elle, et ce fut avec satisfaction qu'ils constatèrent qu'elle était sur le point de faire une scène. Mais personne n'aurait pu prédire qu'elle oublierait ses manières au point de commettre une transgression capitale, celle de s'asseoir sur un tabouret, un honneur réservé – sans exception – à la royauté et aux duchesses.

Une exclamation collective se fit entendre et tous furent sous le choc et se demandèrent précipitamment quelles seraient les conséquences de cet acte pour la comtesse quand cette infraction au strict protocole, mis en place par le Roi Soleil en personne, serait portée à la connaissance du marquis de Dreux-Brézé, grand maître des cérémonies de France. Un exil en province n'était pas exclu – au minimum, elle serait punie d'un congé imposé de ses obligations à la cour. Pour un courtisan dont la survie sociale et familiale dépendait de sa proximité à Sa Majesté, un exil revenait à être envoyé errer dans le désert.

Alors que les courtisans, aux yeux et aux mâchoires décrochées toujours tournés vers la comtesse, se régalaient mentalement de ce succulent banquet dont le plat principal était la lettre de cachet qu'elle pourrait recevoir, le duc passa devant la maîtresse qu'il avait abandonnée pour aller accueillir, en s'inclinant devant eux d'un grand geste, les nouveaux venus dans la galerie où régnait un silence de mort. Toutes les têtes se tournèrent brusquement vers cette scène stupéfiante. Sans aucun doute, le scandale qui suivrait, qui aurait tout d'un festin, resterait dans tous les esprits pendant les mois à venir.

Le marquis de Chesnay marchait au pas de course à côté d'une vinaigrette – cette chaise à deux roues tirée par un domestique en livrée robuste mais tout rouge –, en sueur et essoufflé par cet effort inhabituel. De toute sa vie, l'aristocrate n'avait jamais rien fait de plus éprouvant. Mais il continuait à marcher vivement pour suivre le moyen de transport favori de son beau-frère quand il se rendait au palais. Tout le monde savait que Thesiger, ce baron jacobite, était incapable de se déplacer autrement d'une pièce à l'autre ; il était excessivement gros.

Ils étaient pressés, car ils étaient en retard pour le rendez-vous qui avait été fixé, ce qui les faisait paniquer. Personne ne faisait attendre monsieur le duc de Roxton, à moins de n'avoir une excuse exceptionnelle – par exemple, une hémorragie due à la pointe d'une épée. Dans ces conditions seulement, le duc pouvait pardonner un crime tel que le manque de ponctualité.

Quand ils s'arrêtèrent devant le duc et la comtesse, les domestiques qui entouraient Chesnay et la vinaigrette se dispersèrent. Certains se mirent au garde-à-vous derrière le véhicule, tandis que plusieurs parmi les plus musclés s'attelèrent à la tâche de séparer maître et vinaigrette. Pour ce faire, ils devaient attraper le baron par les bras et, avec un « oh hisse ! », le tirer avec le plus de force possible de son siège. Il fut libéré, mais comme il chancelait, deux autres domestiques appuyèrent leurs épaules dans le dos de leur maître pour s'assurer qu'il ne basculerait pas, et quand il eut retrouvé son équilibre, ils se reculèrent pour reprendre leur souffle.

En temps normal, l'arrivée surprise de ces deux aristocrates aurait provoqué des ricanements, mais la foule était encore sous le choc après l'effondrement de la comtesse sur son tabouret, ils restaient donc tous paralysés et muets. Quant à la comtesse, pour s'empêcher de laisser exploser sa fureur d'être placée par la ruse en compagnie de son veule mari – qu'elle avait ignoré en public et dénigré en privé pendant des années –, elle put seulement mordre sa lèvre inférieure et enfoncer les ongles de sa main gauche dans la paume de sa main droite. Elle ne savait pas du tout comment Roxton avait organisé ce rassemblement public, mais elle était certaine d'une chose – le duc tirait les ficelles, et eux étaient ses marionnettes.

QUAND LORD VALLENTINE et le capitaine des gardes de la porte vinrent rejoindre le duc, Roxton dit à son meilleur ami :

— Veuillez nous servir à tous un verre de brandy. Nous allons porter un toast.

— Pardonnez notre retard, mon cher ami, lança Chesnay, toujours haletant et partiellement plié en deux, les mains posées sur ses genoux écartés.

Il s'approcha furtivement du duc en marchant comme un crabe et murmura :

— Nous avons eu un problème avec la première vinaigrette. L'une de ses roues s'est brisée, il a donc fallu en trouver une autre…

— Alors qu'il était installé dedans ? l'interrompit le duc en haussant un sourcil et en lançant un coup d'œil au baron, qui était occupé à tirer son gilet sur sa panse. Peu importe. Vous êtes là tous les deux, à présent.

Le marquis s'apprêtait à faire un commentaire quand son regard se posa par hasard sur sa sœur. Son visage perdit toute couleur, comme s'il ne l'avait pas vue avant.

— Que-que… Mon Dieu, laissa-t-il échapper. Elle est *assise* !

— Oui, répondit le duc d'une voix traînante empreinte d'une touche de satisfaction.

Les coins de sa bouche se réhaussèrent quand il ajouta :

— Mais ravalez votre indignation, ainsi nous pourrons terminer cette représentation théâtrale le plus rapidement possible.

Il fit volte-face et, son sourire toujours visible, tendit une main gantée à la comtesse en lui disant :

— Madame, si vous restez assise plus longtemps, votre frère ne sera pas le seul à penser que vous avez été faite duchesse. Je vous en prie, joignez-vous à nous pour porter un toast.

Machinalement, la comtesse plaça ses doigts dans la paume du duc et se leva.

— Un toast ? demanda-t-elle, curieuse, distraite par son toucher.

Elle regarda les autres personnes rassemblées autour du tabouret sur lequel était posé le plateau en argent. Ce fut seulement quand Lord Vallentine lui proposa du brandy qu'elle retira à contrecœur sa main de celle du duc pour l'accepter.

— Que fêtons-nous ? demanda-t-elle.

— Eh bien, la naissance du fils héritier de monsieur le baron, répondit Roxton, impassible.

Puisque Chesnay, Vallentine et Thesiger avaient à présent tous un verre à la main, il leva le sien en direction du baron et dit d'une voix puissante et claire qui atteindrait assurément l'assemblée :

— Monsieur le baron, nous vous félicitons pour la naissance de votre héritier. Qu'il puisse vivre longtemps et en bonne santé.

— Bravo ! déclara Lord Vallentine avant de boire son brandy d'une traite et avec délectation.

— À mon neveu ! ajouta le marquis de Chesnay, vidant entièrement son petit verre avant de le tendre à Sa Seigneurie pour qu'il le remplisse une seconde fois. J'ai l'honneur d'être non seulement son oncle, mais aussi son parrain.

— Merci, monsieur le duc, répondit le baron Thesiger d'un ton mal assuré, les joues roses, en évitant sa femme du regard. Merci à tous. Son… mon fils… l'arrivée de mon fils s'est longtemps fait attendre…

— Et maintenant qu'il est enfin arrivé, l'interrompit le duc d'un ton monotone et menaçant en tendant son verre vide à Vallentine avant de se tourner vers le baron, vous allez laisser votre épouse tranquille.

— Je vous ai donné ma parole, monsieur le duc.

— Voilà, Thérèse ! dit le marquis avec une moue de satisfaction. Votre souhait a enfin été exaucé. Vous allez être séparée de votre époux…

— En échange de mon fils, je n'aurai plus à partager sa couche ?

demanda la comtesse en retenant son souffle.

— C'est mieux ainsi, la rassura Chesnay, comprenant sa réaction de travers. Vous n'auriez pas pu l'élever. De cette façon, il obtient un père et vous obtenez votre liberté. C'est une offre très généreuse. Monsieur le baron n'était pas obligé de le reconnaître…

— Oui ! Oui ! Oui, l'interrompit la comtesse d'un ton dédaigneux, les yeux brillants. Êtes-vous à l'origine de cela ? demanda-t-elle au duc.

— Je ne peux pas m'en attribuer tout le mérite, avoua Roxton.

Il comprenait mieux la réaction de la comtesse que son frère. Chez elle, l'instinct de conservation était prédominant. Il savait que le bien-être de son enfant était la dernière chose à laquelle elle pensait. Il ajouta :

— C'est madame la duchesse qui a souhaité donner un avenir à votre fils…

— Oh, ce n'est pas de cela que je parle ! dit-elle avec dédain. Je parle de ma libération de mon devoir conjugal vis-à-vis de ce crapaud !

— Madame la duchesse sera rassurée d'apprendre que le fait d'être séparée de votre fils n'a jamais éveillé aucun… hum… instinct maternel chez vous, dit le duc d'une voix traînante et teintée d'amusement. Je doute que vous sachiez si votre fils respire ou non. Soyez tranquille, monsieur le baron, ajouta-t-il en se tournant vers son ancien camarade d'Eton pour s'incliner bien bas devant lui. Votre fils est en excellente santé et a été confié en province à une nourrice expérimentée…

— Un autre *souhait* de votre petite bêtasse de femme, monsieur le duc ? ricana la comtesse avec un petit rire amer.

Roxton lui répondit avec un sourire éblouissant :

— Elle est délicieusement petite, mais elle n'a assurément rien d'une bêtasse.

— Voyons, Thérèse ! s'exclama le marquis en levant au ciel une main couverte de dentelle d'un geste dramatique et impatient. Vous devez votre gratitude à monsieur le duc pour cette résolution très convenable, pour vous et pour votre enfant…

— Non, Maurice, le corrigea le duc. Je n'ai que faire ni de l'un, ni de l'autre. Sans madame la duchesse, je n'aurais pas fait l'effort de m'impliquer dans cette affaire. (Il s'inclina rapidement devant la comtesse et les gentilshommes pour leur dire au revoir.) Veuillez m'excuser. Je suis attendu ailleurs.

— L'était temps ! marmonna Vallentine, agacé.

Il emboita le pas à son meilleur ami quand il se détourna et remonta la galerie des Glaces, tandis que le capitaine des gardes de la porte faisait signe aux domestiques du duc d'approcher afin qu'ils débarrassent les tabourets, le tapis et le plateau.

— Antonia va se demander où nous sommes passés, ajouta Vallentine, et elle ne nous le pardonnera jamais si nous sommes en retard.

— Nous ne la décevrons pas, lui assura le duc en anglais. Elle savait qu'elle devait prendre son temps et ralentir son avancée dans les appartements officiels jusqu'au cabinet du Conseil de Louis. Cela ne doit pas être difficile, avec les vieilles tantes qui doivent… hum… traîner les pieds sous le poids des robes de cour qu'elles n'ont pas portées depuis des années. Sans parler des hordes qui veulent apercevoir Antonia dans la sienne…

Il s'interrompit et s'arrêta, distrait par des sons étouffés derrière lui, qui se faisaient de plus en plus bruyants. Ils étaient arrivés devant la double porte qui menait à l'extérieur de la galerie des Glaces, où deux suisses se tenaient au garde-à-vous. Derrière la porte, d'autres gardes empêchaient les curieux d'entrer dans la galerie. Le duc se retourna vers l'intérieur de la longue pièce, Vallentine à côté de lui. Ils se retrouvèrent face à une scène qui surprit Sa Seigneurie, bien que le duc lui, ne le fut pas réellement.

Une rangée de courtisans remontait la galerie à vive allure, de cette démarche glissante typique de la cour, s'étendant sur toute la largeur de la pièce, des miroirs aux fenêtres. Ce véritable mur était formé des mêmes aristocrates qui avaient été sous le choc en assistant à la petite pièce de théâtre donnée par le duc avec son ancienne maîtresse, le mari et le frère de celle-ci. À peine le duc s'était-il éloigné qu'ils avaient ramassé leurs mâchoires sur le plancher et s'étaient ressaisis, bien décidés à suivre le duc jusqu'à la présentation de son épouse à leur roi.

Vallentine supposa immédiatement qu'ils leur étaient hostiles — après tout, son meilleur ami venait d'enfreindre toutes les règles de la cour, que ces courtisans dédiaient leur vie à suivre. Il voulut donc s'avancer et les avertir directement qu'il n'accepterait aucune riposte, aucune insulte envers son meilleur ami, qu'ils avaient intérêt à bien se tenir pendant la présentation d'Antonia ; il n'hésiterait pas à les remettre à leur place, tous autant qu'ils étaient. Il en avait déjà assez de ces paons à la cervelle de moineau qui faisaient la roue, et la journée ne faisait que commencer. Mais quand il fit un pas vers l'avant pour protéger le duc, ces paroles sur le bout de la langue, Roxton lui serra doucement le bras.

— Permettez-moi, mon cher.

La mise en garde passionnée de Vallentine s'évapora avant qu'il n'ait eu le temps de prononcer un seul mot. Il hocha la tête et laissa le duc affronter la foule silencieuse qui s'était arrêtée devant lui.

Parcourant du regard les visages poudrés et fardés de ces nobles vêtus de leurs mornes tenues de deuil, Roxton adopta un air de défi, la mâchoire serrée, le regard fixe. Il attendait que l'un d'eux, ou plus, le condamne pour son infraction choquante à l'étiquette de la cour, le menace au minimum d'une lettre de cachet. Rien de tout cela ne le troublait. Il avait atteint son objectif et Antonia en serait satisfaite, et son bonheur était tout ce qui lui importait. Ainsi, constatant qu'aucun reproche ne fut immédiatement formulé, il perdit patience. Sa seule préoccupation immédiate était de ne pas être en retard pour la présentation d'Antonia, il mit donc abruptement un terme au prolongement indésirable de ce moment théâtral d'un coup d'éclat très adéquat.

Il s'inclina d'un geste marqué devant cette foule silencieuse, la cascade de délicate dentelle noire qui entourait l'un de ses poignets venant effleurer le parquet lustré. Il ne s'attendait pas à une réponse, mais à peine s'était-il redressé qu'un membre de cette noble assemblée, nul autre que le duc de Bouillon, grand chambellan de France, s'avança pour lui rendre cette révérence. Avant que Bouillon ne se soit relevé, l'un de ses pairs en fit autant, pour saluer à son tour monsieur le duc de Roxton. Puis un autre. Puis une dame d'honneur de la reine se fraya un chemin vers l'avant et se baissa en une révérence. Ne voulant pas être en reste, deux autres dames l'imitèrent. Rapidement, tous les aristocrates s'inclinèrent ou effectuèrent une révérence devant le duc anglais d'un geste unanime.

Sans un autre mot ni un autre geste, Roxton tourna les talons et quitta la galerie des Glaces, Vallentine le suivant de près. La foule s'avança brusquement, et tous se marchèrent dessus pour franchir la double porte et s'élancer à leur poursuite, car tous étaient impatients d'assister à la présentation de madame la duchesse de Roxton en tant que comtesse de Roucy.

# SEIZE

— LA VOILÀ ! lança Vallentine d'un air satisfait et d'une voix tellement puissante que plusieurs personnes présentes dans le cabinet du Conseil tournèrent brusquement la tête pour lui lancer des regards noirs.

Mais puisque les manières prétentieuses des courtisans lui restaient étrangères, il ignora cette réprimande visuelle et ajouta en anglais, de la même voix puissante :

— Je suis tout nerveux d'être ici. Mais elle vous rendra fier, je vous le garantis !

— Merci, Lucian. Maintenant que j'ai votre garantie, je vais pouvoir me détendre, lança malicieusement Roxton.

Il leva son lorgnon et tourna un œil agrandi vers son ancien valet, qui s'était discrètement éloigné d'Antonia et de sa suite Salvan pour le rejoindre.

— Je suppose que votre avancée dans les salles d'apparat s'est déroulée sans incident ? lui demanda le duc.

— Oui, Votre Grâce, lui assura Martin en anglais. Nous ne pouvions pas avancer très vite au milieu des touristes, mais elle était protégée de toutes parts et vos hommes se sont rapidement occupés de toute personne qui semblait vaguement douteuse. (Il s'autorisa un sourire.) Et puis-je supposer que votre propre entreprise a été couronnée de succès… ?

— De succès ? ricana Sa Seigneurie. La galerie était pleine à craquer de courtisans flagorneurs qui se sont tous inclinés devant Roxton, je dirais que cette entreprise s'est soldée par un sacré triomphe, oui !

— Cela fera plaisir à madame la duchesse.

— En effet, Martin, déclara le duc, ses joues s'empourprant légèrement. Et maintenant, accordons-lui toute notre attention.

Antonia avait parcouru la moitié de la pièce, coincée entre la vieille tante de Roxton, Victoire – sa marraine –, et Estée Vallentine, qui était juste derrière elle. Michelle Haudry et plusieurs femmes de la famille Salvan les suivaient dans cette procession. Les hommes de la famille étaient rassemblés près de la porte et discutaient entre eux à voix basse, tandis que toutes les autres personnes présentes se mélangeaient et bavardaient, feignant un manque d'intérêt pour ce qu'il se passait, alors qu'en réalité, tous les yeux étaient posés sur la comtesse de Roucy.

Louis, près de la cheminée, imperturbable, avait néanmoins du mal à cacher sa lassitude vis-à-vis de cet événement royal sans intérêt auquel il était obligé de participer. Ceux qui étaient présentés à la cour avançaient lentement, par petits pas glissants comme on le leur avait appris, combattant la nervosité et la nausée, priant de ne commettre aucune erreur, ce qui garantirait le dédain et la moquerie des autres courtisans.

Un chambellan « nommait » un gentilhomme ou une dame qui glissait alors jusqu'au roi avec son parrain ou sa marraine pour être gratifié par son monarque d'un banal commentaire, auquel la personne présentée répondait quelque chose d'aussi insipide. Et si c'était une dame qui était présentée, elle s'en allait ensuite en exécutant trois révérences alors qu'elle s'éloignait du roi à reculons. Si tout se passait bien, sans aucune bévue ni aucune hésitation en parole ou en geste, le courtisan était désormais « connu » de Sa Majesté et avait obtenu l'enviable privilège de pouvoir souper avec Louis et ses favoris dans sa salle à manger privée, si Louis se sentait enclin à lancer une telle invitation. Se retirer de la présence royale garantissait un soulagement immédiat, et toutes les personnes impliquées dans la présentation de l'aristocrate en question, leur devoir accompli, pouvaient de nouveau respirer.

Quand la comtesse de Roucy fut appelée, le silence envahit la pièce et tous les regards se posèrent sur Antonia. Ceux qui ignoraient l'existence de son titre français se tournèrent vers leurs homologues d'un air légèrement confus. Mais ne voulant pas laisser paraître cette ignorance, ils dissimulaient leur surprise sous un masque d'indifférence.

Prenant une profonde inspiration et ne montrant aucune émotion, Antonia s'avança, ses dames d'honneur veillant à garder une distance respectueuse tandis qu'elle exécutait une révérence bien basse devant le roi. Tous, du roi au courtisan le plus insignifiant, savaient que cette présentation avait une importance toute particulière. Antonia était présentée de son plein droit en tant que comtesse, mais en tant qu'épouse de monsieur le duc de Roxton, tout solécisme social de sa part le toucherait aussi vivement et pourrait porter atteinte à son amitié avec Louis.

Quand Antonia se baissa en une révérence marquée, exécutant ce geste avec une élégance naturelle que personne ne pouvait nier, un soupir de soulagement collectif s'échappa de la plupart des bouches, et certains reniflèrent de déception en constatant que la comtesse de Roucy était aussi élégante qu'elle était belle.

Tous les regards se tournèrent vers le duc, car tous voulaient voir comment il réagirait à la révérence de sa femme. Ce fut Vallentine qui exprima au mieux le sentiment collectif ; il donna un coup de coude à Martin, se pencha vers lui et chuchota :

— Regardez-le ! Il est fier d'elle comme Artaban, non ? Ne dites rien ! Je sais que c'est bien normal ! Et nous pouvons être satisfaits du rôle que nous avons joué dans sa réussite, hein ?

— Oui, milord, approuva Martin.

Souriant et regardant toujours Antonia alors qu'elle se relevait de sa révérence, il ajouta d'un ton plein d'ironie :

— Sans notre supervision experte, qui sait ce qu'il se serait passé ?

— Exactement !

Martin était sur le point de faire un autre commentaire quand quelque chose le surprit et lui fit perdre le fil de ses pensées. Il ne fut pas le seul à prendre une inspiration stupéfaite. Il entendit Vallentine en faire autant, et c'était parce que le roi avait décidé de s'écarter du protocole habituel.

— Il est vrai que vous êtes une fée, madame la comtesse, commenta Louis de France.

Alors qu'elle se redressait, Antonia leva des yeux pleins de surprise vers le roi. Son beau visage restait impassible, mais elle aperçut l'éclat de gaieté dans ses yeux bleus. Sa fossette se creusa.

— Et vous avez vraiment tout d'un roi, Votre Majesté, dit-elle d'une voix mesurée. C'est un plaisir pour nous deux, n'est-ce pas, de ne pas être déçus l'un par l'autre ?

Personne n'était assez proche d'eux pour entendre cet échange, mais tous furent témoins de la réaction du duc à cette dernière phrase. Il s'empourpra, battit des paupières et plaqua une main sur sa bouche pour, Martin en était persuadé, réprimer un éclat de rire.

Cependant, le chambellan et les conseillers du roi étaient tellement déroutés par le comportement de leur royal maître et par cet écart au protocole qu'ils ne savaient absolument pas ce qu'ils devaient faire ensuite. Quand ils sortirent enfin de leur stupeur, Antonia reculait devant le roi en exécutant les trois révérences obligatoires et le roi avait retrouvé tout son aplomb. Mais il arrêta son chambellan avant qu'il ne puisse appeler le prochain noble et, trouvant celui qu'il cherchait aux abords de la foule, indiqua à Roxton de le rejoindre d'un petit geste.

Quand le duc et la duchesse se croisèrent sur l'épais tapis, il lui lança un clin d'œil et elle lui sourit. Et quand Louis salua Roxton avec une familiarité décontractée dont il faisait rarement preuve, et seulement avec ses proches les plus intimes, il devint apparent que quoi que Sa Majesté et l'épouse du duc se soient dit, Louis avait apprécié. Le couple ducal avait rejoint une rare catégorie de courtisans ; ils faisaient à présent partie des favoris du roi, de ceux qui ne pouvaient trouver tort à ses yeux, ce qui signifiait qu'ils étaient enviés de tous. Il ne restait plus qu'à découvrir comment ils seraient reçus par la nouvelle maîtresse en titre de Louis, madame de Pompadour. La cour n'eut pas à patienter longtemps.

Quand Roxton rejoignit Louis près de la cheminée, Antonia se détourna, ayant exécuté sa dernière révérence sans incident. Elle avait accompli son devoir et sa présentation au roi était terminée, elle était donc impatiente de rejoindre ses dames d'honneur, sa belle-sœur et les Salvan rassemblées de l'autre côté du cabinet du Conseil bondé. Là se trouvaient également Vallentine et Martin Ellicott. Ils semblaient tous aussi soulagés qu'elle et étaient prêts à l'accompagner de l'autre côté du salon de l'Œil-de-bœuf, dans les appartements de la reine, à qui elle serait également présentée.

Mais quand Antonia voulut les rejoindre, plusieurs dames se placèrent devant elle. Pensant qu'elle s'était malencontreusement mise en travers de leur chemin, elle s'excusa poliment et se décala. Mais elles se déplacèrent avec elle, puis l'une d'elles s'approcha excessivement d'Antonia, la forçant à reculer pour pouvoir lever la tête et voir de qui il s'agissait. Elle reconnut cette femme et son instinct lui dicta de s'éloigner, mais elle n'en fit rien, se préparant à la suite. La belle et sculpturale comtesse Duras-Valfons lui bloquait le passage avec deux amies dans son dos. Elle s'était placée entre Antonia et sa famille, à la vue de Louis et de Roxton.

# DIX-SEPT

— Avez-vous quelque chose à me dire, madame ? demanda Antonia à la comtesse Duras-Valfons, d'une voix basse mais ferme.

— Oh ! Que vous êtes directe ! Aucune conversation polie. Lui, il trouve probablement cela charmant. Moi, je vous trouve naïve et vulgaire.

— Ce que vous pensez de moi n'a aucune importance.

— Jamais propos plus vrais n'avaient été prononcés ! répondit la comtesse avec un large sourire. Mais je ne pouvais pas manquer cette opportunité de vous dire à quel point votre époux monsieur le duc a été galant avec moi dans la galerie des Glaces, devant tous ceux qui importent, se gaussa-t-elle. Il m'a libérée de mon mari, ce qui prouve bien à quel point il tient toujours à moi…

— Non, madame, déclara Antonia sans rancœur. Monsieur le duc n'aurait jamais fait cet effort pour vous si je ne le lui avais pas demandé. Et c'était uniquement pour que votre fils puisse avoir un père.

La comtesse se raidit, mais garda le sourire. Elle répondit d'une voix doucereuse :

— Mon fils a bien un père : monsieur le duc de Roxton.

Si elle espérait intimider Antonia avec cette fanfaronnade, elle allait être déçue. La duchesse poussa un soupir agacé et fit preuve d'une sincérité prévisible :

— Vous oubliez que vous parlez à une femme qui est également mère. Les courtisanes n'y connaissent peut-être rien aux enfants, qu'elles soient mères ou non, mais moi, je passe chaque jour avec mon fils, je sais donc faire la différence entre un bébé arrivé dans ce monde depuis quelques semaines et un bébé né depuis de nombreux mois. Votre enfant ne peut pas être le fils de monsieur le duc, peu importe à quel point vous le souhaitez. Vous avez menti à tout le monde, ce qui est scandaleux et impardonnable. Mais votre fils est toujours un bébé, il a donc encore le temps d'avoir un avenir immaculé. Je vais donc vous dire quelque chose, madame…

— M-me *dire quelque chose* ? fulmina la comtesse.

— … pour le bien de votre fils, mettez votre amertume de côté…

— Mon amertume ? Mon Dieu.

— … et acceptez le fait que vous n'êtes plus la maîtresse de monsieur le duc…

— Je me moque de…

— Vous ne vous en moquez pas, madame, sinon vous n'inventeriez pas d'histoires.

— Es-espèce de… de… gamine présomptueuse, cracha Duras-Valfons, ébranlée.

Jamais personne ne lui avait parlé de façon aussi brusque, et encore moins une jeune fille qui fréquentait la cour depuis quelques heures seulement. Elle entra dans une fureur incandescente, qui se manifesta par le plus étrange des gloussements. Elle essaya de contrôler sa colère, parfaitement consciente de l'endroit où elle se trouvait et du fait que le roi, qui était d'une timidité notoire, n'apprécierait pas qu'elle fasse une scène, ce qui viendrait perturber la routine quotidienne de Sa Majesté. S'efforçant de ravaler sa rancœur bouillonnante, elle se pencha vers Antonia avec un grand sourire. Elle n'avait qu'une envie, la gifler. Mais au lieu de cela, elle espérait la pousser à se couvrir d'embarras. Son sourire se tordit et elle leva le menton en lançant un regard en coin vers la cheminée.

— Je suis certaine que vous ignorez la vraie nature de l'aristocrate que vous avez épousé. Tout le monde dit qu'il est tombé sous le charme de votre… (Elle s'interrompit, baissant les yeux pour parcourir exagérément du regard la poitrine généreuse d'Antonia.) *beauté*. Mais maintenant que je vous ai rencontrée, je comprends qu'il a choisi une épouse dont la faiblesse d'esprit égale la jeunesse…

— Pensez ce que vous voulez de moi, madame. Vous ne me connaissez pas. Mais vous vous trompez si vous pensez que je ne sais pas tout ce qu'il y a à savoir sur le passé de monsieur le duc.

— Dans ce cas, vous ne serez pas surprise si je vous dis qu'il est et restera toujours un… *porc infidèle et lubrique…*

— C'est vous qui êtes vulgaire, à présent, la tança Antonia, ses joues s'enflammant sous son épaisse couche de fard à joues. Je dois être sotte, dit-elle en penchant la tête de côté, car je ne comprends pas du tout pourquoi vous avez tant de rancœur envers lui. Quel crime a-t-il commis ? Monsieur le duc n'était-il pas on ne peut plus généreux envers vous quand vous étiez sa maîtresse ? Ne vous procurait-il pas du plaisir… ?

— *Comment ?* Je ne… Vous ne pouvez pas… fulmina la comtesse, perdant le fil de ses pensées quand Antonia répondit à ses propos au vitriol avec sa franchise décomplexée.

— Il est vrai que je suis jeune et inexpérimentée, mais je connais un peu la cour et sa mentalité, ayant vécu ici pendant un temps avec mon grand-père. Cela vous arrangerait si j'étais sotte, mais ce n'est pas le cas. Et vous vous remettriez plus facilement de l'immense perte de votre amant le plus expérimenté si vous étiez sûre que monsieur le duc m'a épousée pour n'importe quelle autre raison que celle qui vous met le plus mal à l'aise – parce qu'il est tombé amoureux de moi.

La fossette d'Antonia se creusa et elle ajouta simplement :

— Mon époux me donne tout son amour et son dévouement, et c'est réciproque. Et c'est tout ce qui importe réellement pour nous deux.

— Qui invente des histoires, à présent ? ricana la comtesse.

Mais sa gorge avait pris une teinte écarlate qui démentait sa prétendue indifférence. Elle haussa les épaules d'un air dédaigneux, veilla à ressortir son plus beau sourire et, pensant détenir la carte maîtresse, ajouta :

— Croyez à tous les contes de fée que vous voulez à propos de votre mari, je m'en moque totalement. Mais vous ne vous débarrasserez jamais de mon fils, une preuve tangible de la nature libidineuse de Roxton…

— Madame, je vous en supplie, n'ayez pas la cruauté d'utiliser votre fils, un innocent, comme arme de vengeance, riposta Antonia, regardant la comtesse de ses yeux verts embués de tristesse. Si vous souhaitez le corrompre avec vos mensonges et vos faux espoirs en lui assurant que monsieur le duc est son père, vous rendrez sa vie très malheureuse. Il ne mérite pas cela – aucun enfant ne mérite cela, peu importe les circonstances de sa naissance. Robert a toute la vie devant lui, et le baron Thesiger l'a reconnu. Que vous soyez malheureuse dans votre mariage ou non, n'êtes-vous pas reconnaissante que l'avenir de votre fils soit assuré ? En tant que mère, n'est-ce pas ce que vous souhaitez le plus pour lui ?

La comtesse perdit l'usage de la parole face à la franchise et à l'émotion d'Antonia. Elle ne parvenait pas tout à fait à croire que l'épouse du duc défendait un bébé qui n'avait aucun lien du sang avec elle et que la moitié des courtisans présents prenaient pour le fils bâtard de son mari. Il fallut plusieurs secondes à la comtesse pour rassembler ses idées, puis elle arbora un sourire forcé et feignit d'être amusée.

Elle lança un coup d'œil en direction de la cheminée. Le roi et Roxton étaient toujours en pleine discussion décontractée. Puisqu'elle était grande et que Roxton faisait une bonne tête de plus que le reste des courtisans rassemblés dans la pièce, elle le vit regarder par-dessus l'épaule du roi, dans leur direction, ce qu'il avait déjà fait plusieurs fois pendant qu'elle échangeait avec son épouse. Ces regards lui donnèrent l'assurance de croire à tort que le roi l'avait peut-être sollicité pour lui demander conseil, pour vérifier si elle ferait une bonne maîtresse royale. Après tout, le premier gentilhomme de la chambre, le duc de Richelieu, avait confié à la comtesse qu'il l'avait suggérée en tant que remplaçante de madame de Pompadour, qu'il détestait de toutes les fibres de son être et qu'il considérait comme indigne de la position de maîtresse en titre du roi. Il était déterminé à évincer cette roturière le plus rapidement possible.

Décidée à se libérer, pour le cas où le roi lui demanderait de se joindre à lui et au duc, elle était impatiente de mettre un terme à sa conversation avec Antonia – c'était elle qui l'avait engagée, mais la duchesse la mettait de plus en plus mal à l'aise, elle se sentait donc de plus en plus nerveuse.

— Mon fils ne vous regarde en rien, répondit impatiemment la comtesse, son regard distrait toujours posé sur le roi. Et je n'ai que faire de votre avis sur la façon dont il devrait être élevé. Quant à vous, vous feriez bien d'écouter mes conseils et d'arrêter de donner le sein à votre fils. Il est vulgaire, pour quelqu'un de sang noble, d'agir comme une vache, et il vaut mieux laisser cette besogne aux paysans faibles d'esprit…

— Eh bien, soupira Antonia, exaspérée. Je n'ai jamais remis en cause ou critiqué ce que vous faites de votre corps et avec qui, je vous prierai donc d'avoir la courtoisie de ne pas remettre en cause ce que je fais du mien ! J'ai déjà perdu assez de temps à essayer de vous faire entendre raison, alors madame, si vous voulez bien m'excuser, je suis en retard pour aller voir la reine…

— Savez-vous pourquoi le roi s'entretient avec monsieur le duc ? l'interrompit la comtesse comme si Antonia n'avait rien dit, avec un sourire supérieur et un geste de sa tête poudrée en direction du roi. Bien sûr que non ! Laissez-moi vous le dire. Il y a de très grandes chances que je sois choisie pour devenir la prochaine maîtresse de Sa Majesté. Et quand ce sera le cas, l'un de mes premiers décrets sera de débarrasser le palais des animaux de la basse-cour.

Elle gloussa de sa propre blague de mauvais goût et, pour s'assurer qu'Antonia avait bien compris, ajouta inutilement :

— Vous, la vache, et votre époux le porc, ne serez plus les bienvenus ici. Alors oui, je suis d'accord avec vous, votre présentation d'aujourd'hui était une perte de temps.

— Voyons donc qui est faible d'esprit, à présent, marmonna Antonia avant de dire à voix haute et avec ferveur : Madame, vous risquez d'être déçue. Le roi est amoureux de madame de Pompadour, et elle est amoureuse de lui. Ils sont tellement amoureux qu'ils n'ont d'yeux que l'un pour l'autre. Croyez-moi, je sais ce que c'est.

La comtesse, incrédule, gloussa comme une petite fille.

— Ils sont *amoureux* ? Ils n'ont d'*yeux que l'un pour l'autre* ? Ha ! Vous êtes vraiment naïve. Cette *traînée* aura quitté le palais d'ici la fin de l'année. Je vous le dis !

— Je vous assure, madame la comtesse, que je n'ai pas l'intention de quitter le palais, déclara une voix douce mais ferme appartenant à la marquise de Pompadour. Oh, à moins que ce ne soit en compagnie de Sa Majesté. Et c'est moi qui vous le dis. Vous pouvez y aller, madame. Sa Majesté la reine doit se demander pourquoi vous n'êtes pas à votre poste. Ah ! Madame la comtesse de Roucy ! s'exclama-t-elle dans le même souffle en adressant un sourire éblouissant à Antonia. Quelle joie de vous rencontrer enfin. Votre époux, monsieur le duc, m'a beaucoup parlé de vous…

# DIX-HUIT

L ES DEUX FEMMES se saluèrent de l'obligatoire révérence polie et
d'un baiser près de chaque joue, puis madame de Pompadour,
qui ne voulait pas détourner l'attention accordée au roi, lui proposa de
faire plus ample connaissance dans une alcôve. Plusieurs courtisans
avaient déjà tourné le dos à Sa Majesté, et d'autres en feraient autant
quand ils verraient à qui elle parlait. Mais Antonia, d'un petit geste,
demanda à la marquise de patienter un instant, poussant ses dames
d'honneur et les courtisans qui se trouvaient dans les environs à retenir
leur souffle.

La marquise ne montra cependant aucun signe d'agacement et
témoigna son accord en reculant, un geste imité par ses dames d'honneur et ceux qui se trouvaient à côté. Antonia eut alors la place de se
tourner dans ses larges paniers pour faire face à son mari et au roi. Le
destin avait voulu que les petits groupes de courtisans qui se tenaient au
plus près de leur monarque s'étaient dispersés, permettant à Antonia,
qui était la plus petite personne de la pièce malgré ses talons de cinq
centimètres, d'avoir un champ de vision dégagé jusqu'à la cheminée.

Elle n'accorda pas un seul regard à Louis, car elle tenait absolument
à rassurer le duc ; elle savait qu'il devait s'inquiéter pour elle depuis que
la comtesse Duras-Valfons l'avait abordée. À cette fin, elle posa légère-

ment une main sur l'avant de son corsage orné de perles – au niveau de son décolleté profond, là où était glissé le busc qu'il lui avait offert, niché entre ses seins – et sourit en le regardant dans les yeux, ses yeux noirs qui restèrent rivés dans ceux d'Antonia avec une intensité qui prouvait qu'elle avait vu juste à propos de son inquiétude.

Il avait beau afficher ouvertement son aisance à la cour, il sentit la tension se relâcher dans ses membres face au geste intime de son épouse et son poing se détendre dans sa poche. Il répondit à son sourire confidentiel avec l'un de ses sourires à lui, de ceux qui étaient entièrement réservés à Antonia, qu'il exprimait avec ses yeux et le plus petit haussement des coins de sa bouche. C'était tout ce qui était nécessaire pour communiquer avec elle.

Le duc ayant retrouvé sa tranquillité, il redonna toute son attention à Louis, et Antonia se tourna derechef pour se joindre à madame de Pompadour. L'échange intime et subtil entre les deux époux n'avait duré que quelques instants, et même si toute la pièce les observait, personne n'aurait pu le remarquer, à l'exception peut-être de Martin Ellicott, qui était parfaitement placé pour y assister, près de la marquise, avec Michelle Haudry à côté de lui.

— Monsieur le duc dit qu'il est très rare de rencontrer une femme dont la grande beauté est égalée par l'intelligence de son regard, dit Antonia à la marquise sur le ton de la conversation et avec cette franchise qui lui était propre, mais que vous faites partie de ces femmes, madame.

— Monsieur le duc est trop bon…

— Oh, non, madame. Il ne le dirait pas s'il ne le pensait pas. Je l'ai cru quand il me l'a dit, et maintenant que nous nous sommes enfin rencontrées, je peux être d'accord avec lui. (Sa fossette se creusa et ses yeux verts pétillèrent.) Ce n'est pas la même chose, si ?

La marquise partit d'un petit rire involontaire, instantanément captivée par cette petite beauté pleine de vie dont la franchise était rafraîchissante et la changeait des mensonges et des manigances des courtisans qui entouraient le roi et de l'hostilité sous-jacente qu'elle subissait en tant que maîtresse en titre. Elle décida immédiatement qu'elle et Antonia seraient de bonnes amies. Attentive au fait que ses moindres paroles étaient analysées, elle répondit avec mesure :

— Bien que je sois impatiente que nous fassions plus ample connaissance, je sais que Sa Majesté la reine attend de vous rencontrer. Nous aurons l'occasion d'apprendre à nous connaître autour de la table de Sa Majesté le roi, et peut-être un peu avant cela, dans mes appartements, si vous voulez vous joindre à moi pour le café ?

— J'en serais très heureuse, madame, répondit Antonia avec un enthousiasme sincère. Monsieur le duc apprécie réellement les soupers de Sa Majesté, je suis donc impatiente de me joindre à lui. Il est inhabituel que les épouses accompagnent leur mari, je suis donc doublement honorée que Sa Majesté fasse une exception.

— C'est inhabituel, en effet. Mais, ajouta la marquise en se penchant vers Antonia pour lui parler à l'oreille et ne pas être entendue par qui que ce soit d'autre, monsieur le duc votre époux s'est excusé auprès du roi, avec la plus grande politesse bien sûr, en lui expliquant que malheureusement, il ne pourrait pas assister aux futurs soupers de Sa Majesté si vous n'étiez pas avec lui.

Loin d'être surprise, Antonia poussa un soupir résigné.

— C'est la vérité, madame. Nous n'aimons pas être séparés, quelle que soit la raison.

Elle fronça les sourcils et ajouta avec le plus grand sérieux :

— Je ne sais pas comment nous faisions avant notre rencontre, ni comment nous nous en sortirions si nous devions être de nouveau l'un sans l'autre. C'est comme si nous avions toujours été ensemble. C'est ainsi que nous ressentons les choses tous les deux. J'ai toujours cru au destin.

— Au destin ? répéta madame de Pompadour avec un sourire en lançant un coup d'œil au roi devant la cheminée. Oh, oui ! Je suis une grande adepte du destin. Il me tarde de continuer notre conversation, mais pour l'instant nous devons nous dire au revoir, car votre famille attend de vous emmener voir Sa Majesté la reine…

— Oh là là ! Je parle pour ne rien dire ! Pardonnez-moi. Ah ! Et voilà Martin et madame Haudry qui viennent me chercher, annonça-t-elle avec un sourire en remarquant pour la première fois que Martin et Michelle Haudry patientaient derrière la marquise avec deux cousines Salvan qui lui servaient de dames d'honneur. Avant de partir, laissez-moi vous présenter…

— Mon Dieu ! Même elle, je ne l'aurais jamais crue capable de faire quelque chose d'aussi scandaleux, fulmina Estée. Présenter la maîtresse en titre du roi au valet de Roxton ! Incroyable ! Une honte !

— L'*ancien* valet de Roxton, chérie, la corrigea Vallentine. Par ailleurs, personne ici ne connaît Ellicott ni d'Ève ni d'Adam, alors quelle honte y a-t-il à cela ? Et puisque seule madame la duchesse peut se permettre ce genre de choses, elle n'a finalement rien fait de mal, n'est-ce pas ?

— Je suis d'accord avec vous, Vallentine, intervint tante Victoire, prête à partir, indiquant d'un hochement de tête aux autres Salvan qu'ils pourraient la suivre quand elle se mettrait en route. Elle est le soleil là où Roxton est la nuit. Quant à Pompadour, elle éprouve une telle satisfaction déplacée à propos de son nouveau statut qu'elle est persuadée que si on la présentait à un ramoneur, ce serait un immense honneur pour *lui* ! Je l'ai déjà dit, la bourgeoisie forme un groupe tout à fait nauséabond. Allons-y, dépêchez-vous ! Philippa nous attend…

— Vous voulez sûrement parler de Sa Majesté la reine, ma tante ? la corrigea Estée.

La vieille dame poussa un grognement dédaigneux.

— Ne soyez pas sotte, ma nièce ! La reine est pieuse, clémente et incroyablement insipide. Philippa n'a aucune de ces qualités. Et quand on s'attire les foudres de ma sœur, elle devient effroyablement vindicative. Rien ni personne ne l'effraye, pas même son fils, alors qu'il est général ! Ah ! À l'exception bien sûr de votre frère, son neveu. Et c'cst pourquoi, si je n'avais pas été la marraine de sa femme, j'aurais abandonné Antonia pour rejoindre Philippa dans les appartements de la reine il y a déjà une demi-heure.

Sa Seigneurie interpréta son observation de travers et s'emporta :

— Hé ! Madame la duchesse n'est absolument pas vindicative, et elle n'a assurément rien d'effrayant…

— Lucian ! l'interrompit son épouse avec un soupir exaspéré. Pas Antonia. *Roxton.* (Un léger frisson la parcourut.) Je suis bien contente d'être sa sœur. Et vous devriez vous réjouir d'être son beau-frère. Je n'ose même pas imaginer ce que ce serait si nous nous attirions ses foudres et que nous ne faisions même pas partie de sa famille. Il est déjà assez effrayant comme cela !

— Bien dit ! approuva Sa Seigneurie avec un soupir.

Mais Vallentine allait découvrir, avec surprise et inconfort, à quel point son meilleur ami pouvait être redoutable au retour du duc et de la duchesse à la villa après avoir soupé avec Louis, roi de France.

DIX-NEUF

L'HORLOGE DE LA bibliothèque sonna une heure et demie du matin quand deux carrosses s'arrêtèrent l'un derrière l'autre sous le passage cocher de la villa. Le duc et la duchesse descendirent du premier et furent accueillis dans la chaleur et la lumière du vestibule par le majordome et plusieurs valets de pied aux paupières lourdes. Le deuxième carrosse suivit le premier un peu plus loin dans la cour intérieure où, à la lumière des torches, plusieurs membres du personnel vinrent aider à le décharger des malles de vêtements et de tout l'attirail dont leurs maîtres avaient eu besoin pour leur visite au palais.

Et tandis que leurs domestiques personnels épuisés et ensommeillés étaient impatients de sortir de ce deuxième carrosse pour aller rejoindre leur lit après une journée qui avait commencé à l'aube la veille, le couple ducal était parfaitement éveillé et très animé. Quand on les eut débarrassés de leurs capes en velours, manchons en fourrure et gants en cuir de chevreau, Antonia attendit qu'on eût récupéré l'épée et l'écharpe du duc, puis elle tomba dans ses bras. Elle leva les yeux vers lui, feignant un air penaud.

— J'ai envoyé Gabrielle se coucher, monsieur le duc. Je suis désolée, mais il faudra que vous m'aidiez à me déshabiller.

Il rit doucement.

— Je vois bien que vous êtes déçue que cette tâche me revienne.

— Je vous assure que je suis dévastée de vous déranger ainsi.

— Pourquoi donc, ma vie, puisque je suis passé maître dans l'art de vous déshabiller… ?

— En effet, mais je crains de ruiner votre ensemble, dit-elle avec un tendre sourire. Je suis persuadée qu'assez de farine est tombée dans mon corsage pendant le jeu de *bullet pudding* pour nous recouvrir tous les deux !

— Merci pour cette mise en garde.

Soulevant le menton d'Antonia d'un doigt, il approcha sa bouche de la sienne autant que possible sans pour autant l'embrasser.

— Dans ce cas, ajouta-t-il, il vaudrait peut-être mieux que je me déshabille avant de vous proposer mon aide.

Incapable de résister, elle l'embrassa.

— Oh, je préfère largement cette idée ! Mais je crois que je devrais vous aider avant que vous ne m'aidiez.

Il sembla réfléchir à cette proposition en se redressant, puis il secoua la tête.

— Non, ma chérie.

— Non ? Mais, pourquoi pas ? Je…

— Ce serait un supplice.

— Oh ? Parce que vous me pensez incapable de vous déshabiller ? s'enquit-elle en feignant d'être offensée.

— Petite malheureuse, c'est parce que vous savez parfaitement que je suis incapable de vous résister. Il suffirait que vous déboutonniez deux, peut-être trois boutons de mon gilet pour que je sois fichu. Je serais tellement impatient de me débarrasser de ces vêtements que mon gilet finirait tout abîmé.

Elle posa ses mains à plat sur l'avant de son gilet en soie noir orné de perles et le regarda entre ses cils.

— Je ferai très attention, et je vous promets que je prendrai mon temps…

Il pouffa de rire.

— Mon Dieu, c'est que vous voulez vraiment me torturer !

— … afin que votre gilet ne soit pas abîmé.

— Je vous remercie pour votre considération, mais…

— Je suis très prévenante, n'est-ce pas ? répondit-elle gaiement en jouant avec un bouton recouvert de soie de son gilet. Et si nous nous y mettions ?

— Ici ?

Il haussa un sourcil et quand elle continua à défaire le bouton, il ajouta avec un coup d'œil en direction de la bibliothèque :

— Ou là-bas ?

— Là-bas, approuva-t-elle en le guidant sur le carrelage en marbre noir et blanc vers la bibliothèque, où deux valets de pied impassibles leur ouvrirent la porte, attendirent qu'ils entrent et refermèrent les deux battants sans ciller face à leurs nobles maîtres. Il vaut mieux continuer derrière une porte fermée, car Estée dit que maintenant que je suis votre duchesse, je dois faire preuve de bienséance et de retenue…

— À Dieu ne plaise ! dit le duc d'une voix traînante.

Antonia gloussa et passa les bras autour de son cou.

— Je suis de votre avis ! (Elle s'appuya contre lui.) J'avoue que je n'avais pas envie d'attendre que nous soyons dans notre chambre à coucher. Depuis que je vous ai vu ce matin dans votre tenue toute noire, je n'ai qu'une envie, c'est de vous déshabiller !

— Ma pauvre chérie, murmura-t-il sans aucune compassion.

Il la prit dans ses bras et la porta dans la pièce sombre jusqu'à la cheminée.

— C'est bel et bien un supplice, auquel je vais mettre fin avec beaucoup de plaisir…

— Vous voilà, tous les deux ! annonça une voix accueillante.

C'était Lord Vallentine. Il était jusque-là étendu sur la méridienne, où il somnolait par intermittence, mais en entendant des voix, il s'était redressé et se tenait maintenant bien droit. Son bonnet de nuit était de travers et sa robe de chambre en soie était froissée. Il bâilla.

— Vous arrivez à point nommé, ajouta-t-il. Le souper est en chemin. Et j'ai pas peur de vous dire que je suis affamé. On commençait à croire que vous ne seriez pas rentrés avant le chant du coq !

À peine une minute après la déclaration de Sa Seigneurie, un contingent de valets de pied apporta un chariot à thé et des plateaux chargés de tranches de viande, de fruits de saison et d'un assortiment de tartes et de pâtisseries. Pendant qu'ils disposaient l'argenterie et la porcelaine sur la table basse entre la cheminée, la méridienne et les bergères, le duc et la duchesse eurent le temps de retrouver leurs esprits, la faible lumière dissimulant leurs joues rouges de désir.

Si Vallentine avait remarqué quoi que ce soit d'anormal, il ne fit aucun commentaire. Et puisqu'il était bien décidé à assouvir sa faim, il libéra la méridienne et s'occupa de remplir son assiette. Le duc et la duchesse se joignirent à lui, mais déclinèrent le repas et préférèrent ne prendre qu'une tasse de café. Sur ce point, Sa Seigneurie avait une remarque à faire :

— J'imagine que vous avez tous les deux assez mangé à la table de Louis, dit-il avant de s'asseoir dans la bergère en face d'eux et de mordre dans une généreuse part de tourte au faisan.

Il avait à peine avalé sa première bouchée qu'il enfourcha plusieurs tranches de jambon avec sa fourchette en argent, ajoutant :

— J'ai à peine eu le temps de tremper mes lèvres dans la crème de céleri de votre chef qu'Estée est devenue toute verte et est allée se mettre au lit…

— Est-elle souffrante ? s'enquit le duc, sa cuillère en argent en suspens au-dessus de son café.

— Et le bébé… ? murmura Antonia en retenant son souffle.

Vallentine déglutit et secoua vigoureusement la tête.

— Non ! Non ! Inutile de paniquer ! Ils vont bien tous les deux. Son médecin lui a prescrit un tonique et du repos. Il est de l'avis mûrement réfléchi – même si je l'avais déjà dit à Estée – que passer toute la journée debout à la cour dans sa condition délicate, c'était trop pour elle. J'ai attendu qu'elle s'endorme pour redescendre.

Il émit un bruit guttural, mais il préféra ne rien ajouter et se concentra de nouveau sur son assiette.

— J'imagine qu'il a fallu que vous utilisiez vos grandes compétences pour l'apaiser, si elle était dans tous ses états, dit le duc sans aucune compassion en buvant une gorgée de café. Et que quand vous y êtes arrivé, vous aviez perdu votre appétit.

— Oui, dit Vallentine en regardant son meilleur ami. Quelque chose dans le genre. Mais à sa décharge, avoir affaire à des gens comme les Salvan, en particulier vos tantes acerbes, est épuisant et suffirait à me donner moi aussi envie de me mettre au lit et d'y rester !

— Dans ce cas, vous serez ravi d'apprendre qu'après avoir assisté au mariage de Montbelliard, il n'y a qu'une seule autre… hum… affaire dans laquelle votre aide sera demandée, et quand ce sera réglé, vous pourrez avec ma bénédiction éviter les Salvan pour l'éternité, comme la peste qu'ils sont.

— J'accepte cette proposition ! Quelle affaire ? s'enquit Vallentine, intrigué. Quoi qu'il en soit, vous pourrez compter sur mon aide infaillible.

— Cela peut attendre. Gardez le peu de force qu'il vous reste pour la cérémonie de mariage. Aujourd'hui, nous allons tous nous reposer.

— Je compte passer toute la journée à dormir, lire et me prélasser dans mon bain, annonça Antonia.

Elle lança un regard en coin au duc et ajouta tendrement :

— N'hésitez pas à vous joindre à moi, monseigneur.

— J'aurais été amèrement déçu de ne pas recevoir d'invitation, mignonne.

Antonia gloussa et embrassa le dos de la main du duc.

— Voilà qui me rend heureuse !

— Mais notre fils risque de protester s'il ne reçoit pas la même invitation…

— Ne vous inquiétez pas, je m'assurerai que les nourrices lui donnent le sein avant de l'amener dans nos appartements. Julian pourra rejoindre ses parents après leur bain cette fois-ci, mais pas avant, pour éviter qu'il ne tombe dedans.

— Voilà qui est très sage, commenta le duc, réprimant un sourire.

Vallentine avait l'impression qu'il n'aurait pas dû entendre cette conversation si intime ; il s'étouffa sur les miettes de sa pâtisserie, réussissant néanmoins à lâcher, dans une tentative de changer de sujet :

— Hé ! Vous ne portez pas votre robe de cour !

— Vos talents d'observation sont sans égal, Lucian, fit remarquer le duc en reposant sa tasse sur sa soucoupe.

— Ces paniers ridicules étaient uniquement requis pour ma présentation, expliqua Antonia. Après avoir fait ma révérence devant la reine, j'ai enfilé quelque chose de plus adapté pour le souper du roi. Je me suis changée dans les appartements du duc de Touraine, que monseigneur utilisait régulièrement pour badiner quand son cousin était en déplacement avec l'armée. Et puisque monsieur le duc est général, il reste presque toujours avec son régiment, ces pièces sont donc inoccupées. (Elle sourit au duc.) Nos malles et nos domestiques avaient un endroit où nous attendre pendant notre souper avec le roi. Ce qui nous arrangeait bien, n'est-ce pas, monseigneur ?

— Ah ! C'est donc pour ça que vous aviez un vrai cortège de carrosses pour aller au palais, commenta Vallentine. Pour vous éviter de revenir vous changer à la maison ! Malin.

Antonia était sur le point de raconter un incident amusant qui était survenu pendant le souper avec Louis de France à Vallentine, mais elle fut distraite par le duc, dont le regard restait fixé sur la bergère en face de lui. Martin Ellicott se trouvait dans ce fauteuil, les poings sur les genoux et les yeux fermés. Elle n'en fut pas surprise, car elle avait aperçu Martin presque à l'instant où Vallentine avait révélé sa présence dans la bibliothèque. Mais elle fut surprise de constater que le duc n'avait pas l'air de comprendre que Martin n'était pas en train de les ignorer, mais qu'il était simplement endormi.

— Monseigneur, ne saviez-vous pas que Martin pouvait dormir de cette façon ? demanda-t-elle, curieuse.

— Je ne le savais pas, non.

— Moi aussi, ça m'a étonné, commenta Vallentine en posant des morceaux de poulet dans son assiette avant de reprendre sa fourchette en argent. Il dit qu'il a appris à faire ça il y a des années, grâce à un ancien soldat devenu valet qu'il avait rencontré lors de notre séjour au *castello* du *Marchesi* Del Monte...

Roxton fut sincèrement pris au dépourvu.

— C'était il y a plus de dix ans.

— Ça doit être ça, répondit Sa Seigneurie d'un ton neutre. Vous avez une bien meilleure mémoire que moi. Je ne me souviens même pas de ce que j'ai mangé hier !

Quand Vallentine se leva pour se servir une tasse de café, ce fut à Antonia que revint la mission de fournir plus d'explications au duc, pour qui tout cela était une vraie révélation.

— Martin m'a confié que c'est grâce à cette capacité à se reposer n'importe où, n'importe quand et dans n'importe quelle position qu'il pouvait accumuler assez de sommeil pour vous servir. Il dit que lors de ses premières années en tant que valet de monseigneur, quand vous et

Vallentine vous amusiez pendant votre Grand Tour, il a dû s'adapter à de nombreuses choses.

— En effet, dit malicieusement le duc.

— J'espère qu'il ne vous a rien révélé à propos de ces années-là, hein, gamine ? s'enquit Vallentine d'un air sombre.

— Martin ne trahirait jamais la confiance de monsieur le duc, répondit Antonia, offensée. Il m'a seulement parlé de ses habitudes de sommeil quand je l'ai interrogé. J'ai découvert ce talent quand monsieur le duc m'a envoyée en Angleterre et que Martin m'a accompagnée jusque chez ma grand-mère. Je n'ai pas pu dormir pendant tout le voyage, mais lui pouvait s'endormir quand il le voulait.

— Et comment pouvons-nous le… sortir de là ? s'enquit le duc.

— Il ne me l'a pas dit, avoua Sa Seigneurie. Mais si j'ai bien appris quelque chose à propos de cet homme, c'est qu'il sera mortifié quand il se rendra compte qu'il a dormi en votre présence !

— Je vais m'en charger, déclara Antonia en se levant de la méridienne.

Elle s'approcha de Martin et, tournant le dos au duc et à Vallentine, elle le réveilla en utilisant la simple technique qu'il lui avait montrée. Il s'était confié à elle après lui avoir fait promettre qu'elle ne révélerait jamais ce secret à personne. Il se réveilla presque instantanément et la regarda en battant des paupières. Quand elle lui sourit, il comprit soudain où il était et qui l'avait réveillé d'un profond sommeil. Il regarda derrière elle, apercevant Lord Vallentine avachi dans l'autre bergère et le duc, en train de boire son café sur la méridienne, son regard fixe posé sur lui.

— Madame la duchesse ! Monsieur le duc ! s'exclama-t-il en voulant se lever de son fauteuil. Pardonnez-moi… Je…

— Ce n'est pas la peine, l'interrompit Antonia, lui indiquant de rester tranquille en posant une main sur son épaule. Nous sommes entre amis, et monseigneur et moi sommes rentrés tard. Mais nous sommes contents de voir que vous nous avez attendus, dit-elle avec un sourire.

Quand elle regarda derrière elle puis reporta son regard sur lui avec un éclat dans ses beaux yeux, d'un air qu'il avait appris à bien connaître, Martin se détendit et lui rendit son sourire, se demandant ce qu'elle allait ajouter. Il n'allait pas être déçu.

— Vous avez de quoi souper… Oh ! enfin, ce qu'il reste du souper, car Vallentine a mangé de quoi remplir l'estomac d'un éléphant…

— Non mais dites donc ! se plaignit Sa Seigneurie, mordant à l'hameçon comme à chaque fois. Vous auriez une faim d'éléphant, vous aussi, si vous n'aviez pas mangé une miette depuis le petit déjeuner. Je parie qu'Ellicott est tout aussi affamé.

— Il l'est sûrement, approuva le duc. Mais contrairement à vous, Lucian, Martin a non seulement appris l'art de s'endormir quand bon lui semble, mais je le soupçonne également d'avoir entraîné son estomac, pendant des années, à n'avoir besoin de subsistance que quand il était certain que j'étais … hum… occupé, ou que je m'étais retiré pour la nuit et que je n'avais plus besoin de ses services.

Il fixa son ancien valet du regard et lui dit sans une once de sarcasme :

— Votre premier souci était de ne pas me déranger.

— En effet, Votre Grâce, avoua Martin, mal à l'aise, regardant les autres avant de ramener son regard sur le duc. Mais j'agissais toujours de mon plein gré, ajouta-t-il très sérieusement, et non par servitude, et aussi car je suis par nature une créature de discipline et-et d'ordre.

— J'en suis certain, excessivement reconnaissant et assez impressionné, déclara le duc d'un ton qui n'invitait aucune contestation.

— Martin est plein de surprises, n'est-ce pas, monseigneur ? observa Antonia avec un sourire, apaisant la tension dans la pièce en ajoutant d'un ton espiègle : Contrairement à Vallentine, qui n'a rien à cacher.

— Hé ! Voilà qui est injuste ! J'ai des secrets, moi aussi !

— Comment pourrais-je le savoir, riposta placidement Antonia, si ce sont des secrets ? Révélez-en un pour que je puisse vous croire.

Sa Seigneurie agita un doigt vers elle.

— Je vais pas tomber dans ce piège ! Si je vous le disais, ça serait plus un secret, hein ?

Antonia se tourna vers le duc.

— Vallentine a-t-il le moindre secret, monseigneur ?

— Pourquoi lui poser la question à lui ? Si j'ai un secret, il m'appartient !

— Mais monsieur le duc sait tout, si vous avez un secret, il sera donc au courant.

— Ha ! C'est ce que vous pensez !

— Oui. Et c'est ce qu'il pense aussi.

Vallentine mordilla sa lèvre inférieure, en pleine réflexion, puis il se redressa et claqua des doigts, comme s'il venait de se rappeler quelque chose d'une importance capitale.

— Ah, ah ! J'ai trouvé ! Et je n'ai pas besoin de le révéler pour vous le prouver, car c'est un secret que nous partageons tous les deux.

Sans changer d'expression, Antonia répondit calmement :

— Vous vous méprenez, monsieur. Détrompez-vous.

# VINGT

LE HASARD (même si Antonia était en fait persuadée que c'était réfléchi) voulut que le duc choisisse cet instant pour se débarrasser de sa tasse auprès d'un valet de pied, donnant à Antonia l'opportunité de fusiller Sa Seigneurie de ses yeux verts écarquillés, lui faisant comprendre sans avoir besoin de dire quoi que ce soit qu'il avait commis une grave erreur de jugement en déclarant cela.

Elle savait très bien que ce secret auquel il faisait allusion était la lettre de supplication du comte de Salvan, qu'il lui avait envoyée par le biais de sa grand-mère et qu'elle avait brûlée dans le jardin après en avoir partagé le contenu avec Lord Vallentine et lui avoir fait promettre de ne pas en parler au duc.

Cela l'embêtait de lui avoir caché l'existence de cette lettre, mais pas au point de l'empêcher de dormir, car elle savait très bien que lui en parler déclencherait une suite d'événements, dont l'un des plus importants serait que le duc mettrait sa menace à exécution et tiendrait sa promesse de tuer Salvan. Elle ne voulait pas qu'il se rende en province pour aller provoquer le comte en duel ; il ne méritait ni le temps, ni l'énergie du duc. Plus grave encore, quelque chose pourrait lui arriver pendant le voyage, ou il pourrait faire une erreur tactique à l'épée et être blessé, ou pire, tué ! Ignorer Salvan et cacher l'existence de sa lettre était le moindre mal, et Vallentine avait été d'accord avec elle, ce qui avait donné assez d'assurance à Antonia pour continuer à garder ce secret entre eux pour que le duc n'en sache rien.

— Maintenant que j'y pense, vous avez raison, madame la duchesse, déclara Vallentine comme s'il y réfléchissait, ajoutant avec un soupir feignant la résignation : C'est à cause de l'heure tardive. Le manque de sommeil m'a embrouillé l'esprit, et j'en suis désolé.

— Présentez-vous des excuses à madame la duchesse parce que vous avez… hum… vendu la mèche ? demanda le duc à son meilleur ami en se retournant vers la cheminée et en croisant sans ciller le regard de Sa Seigneurie. Ou est-ce parce que vous n'avez réellement aucun secret à cacher ?

— Je n'ai aucune mèche à vendre, si c'est la question que vous posez.

— Je suis soulagé de l'entendre. Mais ce n'est pas vraiment la question que j'ai posée, si ?

— Ah non ?

— Non.

— Alors que me demandez-vous ?

— Si vous avez des secrets à garder.

— Je viens de dire que non.

— Non. Vous avez dit que vous n'aviez aucune mèche à vendre.

Vallentine fit la grimace et haussa les épaules, mais ses paumes étaient devenues moites et mentalement, il tremblait.

— C'est pareil.

Le duc marqua une pause, soutenant toujours le regard de son meilleur ami. Enfin, il dit :

— Si vous deviez soudain vous souvenir d'un secret qui vaudrait la peine d'être… hum… partagé, il s'agirait du meilleur moment pour tout avouer.

Vallentine se tortilla sur son coussin, puis il se pencha vers l'avant pour poser sa tasse de café sur la table basse. Il n'autorisa pas une seule fois son regard à dévier vers la duchesse ; il regardait le duc d'un air abattu, la bouche entrouverte pour répondre. À son grand soulagement, il fut épargné par une interruption qui tombait à point nommé. Il s'affala dans son fauteuil et se passa une main sur le visage.

— Je ne sais pas pourquoi vous pensez que Lucian pourrait vous cacher quoi que ce soit, Roxton, déclara Estée en soufflant d'incrédulité, sortant de l'ombre pour rejoindre la famille devant la cheminée. S'il ne peut rien cacher à sa femme, il ne peut certainement rien cacher à son beau-frère !

— Hé, chérie ! Que faites-vous debout à cette heure-ci ? s'exclama Vallentine avec un soupir de soulagement inconscient, se relevant d'un bond pour aller offrir rapidement son bras à sa femme.

Estée était arrivée dans la bibliothèque suivie de près par deux de ses dames de compagnie ; l'une portait une bassine en porcelaine et l'autre tenait des sels de pâmoison et un mouchoir. Son sommeil agité lui avait donné une apparence désordonnée. Elle portait un bonnet de nuit, l'épaisse et longue tresse noire qui retombait par-dessus son épaule était attachée par un large ruban en soie et sur sa chemise de nuit était boutonnée une robe de chambre en soie à fleurs qui cachait très peu son ventre rond.

— Pensez-vous que votre fils va finir par me laisser dormir une nuit entière ? grommela-t-elle tandis que Sa Seigneurie l'aidait à s'installer dans la bergère.

En voyant les restes du souper étalés sur la table basse, elle appuya un mouchoir bordé de dentelle contre son nez et sa bouche et dit avec un haut-le-cœur :

— Je vous en prie, débarrassez cette nourriture, sinon je vais être malade !

Lord Vallentine hésita, car il savait que Martin Ellicott n'avait encore goûté à aucun plat, mais ce dernier reposa poliment son assiette propre et se dirigea plutôt vers le chariot à thé pour se servir une tasse de café. Le duc ordonna d'un petit geste que la table basse soit débarrassée, puis il congédia les valets de pied.

Entre l'arrivée de madame et l'agitation qui en découla chez les domestiques, Antonia, perturbée que Vallentine eût été sur le point d'avouer l'existence de la lettre de Salvan, eut le temps de reprendre son sang-froid. Elle rejoignit le duc sur la méridienne, enlevant ses mules et coinçant ses pieds chaussés de bas sous ses jupons. Quand il plaça un coussin tapissé contre son flanc, l'invitant à se blottir contre lui, elle accepta volontiers sa proposition. Mais si elle ne se trompait pas, derrière le sourire qui accompagnait cette invitation, elle crut déceler une pointe de déception. Elle se sentit très malheureuse et fut persuadée qu'il savait que Salvan lui avait écrit. Comment avait-elle pu croire un seul instant qu'il ne le savait pas ? Elle avait à la fois l'impression d'être une personne méprisable et une petite sotte. Mais quand le duc prit la parole, elle fut tirée de la réprimande qu'elle s'infligeait par la pensée et relégua la lettre de Salvan dans un coin de sa tête, pour un petit moment du moins.

— J'imagine que vous nous souriez ainsi pour une raison bien précise, Lucian ? s'enquit Roxton.

Sa Seigneurie fut incapable d'effacer son sourire imbécile et sentimental.

— Si quelqu'un m'avait dit il y a dix ans – non ! deux ! – que nous finirions blottis devant la cheminée, mariés tous les deux et avec chacun un fils – enfin, vous, vous avez un fils héritier, et moi, si Dieu le veut, j'en aurai bientôt un –, j'aurais pensé cette personne bonne pour l'internement à Bedlam ! Et pourtant, c'est ce qui est arrivé !

— C'est peut-être moi qui devrais être internée, se plaignit Estée. Quelle idée de quitter la chaleur de mon lit pour descendre à cette heure-ci.

— Pourquoi êtes-vous descendue, chérie ? Si notre fils vous empêchait de dormir, il valait mieux faire les cent pas sur le tapis de notre chambre plutôt que de se risquer à prendre l'escalier.

— Si Roxton avait des chambres à coucher au rez-de-chaussée, comme tout bon Français, je n'aurais pas eu besoin de prendre l'escalier.

— Pardonnez-moi, madame, répliqua Antonia, mais si nos chambres étaient ici et non à l'étage, alors la bibliothèque aurait été en haut, et il aurait fallu que vous montiez, et non que vous descendiez, vous auriez donc quand même dû passer par l'escalier, n'est-ce pas ?

— Voilà qui est incontestable ! déclara Vallentine en riant.

Estée, agacée, leva les mains au ciel.

— Je n'ai pas envie de contester quoi que ce soit. Ni de parler de chambres, de bibliothèques ou d-d'*escalier*. Et si cela avait pu attendre demain matin, je serais restée dans ma chambre. Mais je savais qu'à l'heure du petit déjeuner, je n'avais aucune garantie de vous trouver, l'un comme l'autre. (Son regard de reproche passa d'Antonia au duc avant de revenir sur la duchesse.) Vous avez cette manie, aux moments les plus étranges – je n'arrive pas à mettre le doigt ni sur une routine, ni sur des circonstances spécifiques –, de disparaître dans vos appartements sans prévenir, et nous – votre propre famille – n'avons plus l'autorisation de vous voir pendant des jours ! Ce n'est vraiment pas pratique.

— Je suppose que non, répondit le duc sans aucune compassion. Mais puisque nous n'avons pas l'intention de changer nos habitudes, il va falloir que vous le supportiez au mieux.

— C'est vrai, ma très chère belle-sœur. Nous aimons passer du temps tous les deux. Mais s'il devait y avoir quelque chose dont monsieur le duc devrait être mis au courant, les domestiques porteraient immédiatement ce problème à sa connaissance. N'est-ce pas, monseigneur ? demanda-t-elle en tournant la tête sur le coussin pour le regarder.

— Exactement, mignonne, approuva le duc.

— Mais d'abord, je ne comprends pas pourquoi il faut que vous disparaissiez… commença à se plaindre Estée avant d'être interrompue par son mari, qui serra sa main et se pencha vers son oreille.

— Tous les jeunes mariés veulent passer du temps l'un avec l'autre, non ?

Estée le regarda en battant des paupières, l'air de ne pas comprendre, puis elle se tourna vers le couple ducal en fronçant les sourcils. Ils n'ajoutèrent rien de plus, elle laissa donc échapper en soufflant :

— Ce que vous faites de votre temps quand vous êtes en privé ne regarde que vous…

— En effet, déclara le duc.

— … mais ce que vous faites en public regarde tout le monde, poursuivit-elle avec un sourire satisfait. Et c'est ce qui m'intéresse, car j'ai déjà reçu deux lettres ce soir, et je ne sais pas laquelle croire.

— C'est ce qui vous empêche de dormir ? s'enquit Sa Seigneurie, incrédule. Des commérages à propos de votre frère ?

Estée leva le menton.

— Ce ne sont pas des commérages si c'est la vérité.

— Ce sont des commérages si cela ne regarde en rien vos correspondants, qui ne font que les propager ! riposta son époux.

— Et c'est pourquoi il faut que je sache si c'est vrai ou non, pour que je puisse écrire ma réponse avant que ces commérages ne se propagent encore plus.

— Laissez-moi deviner l'identité de l'un de vos correspondants, intervint le duc. Mon cher… hum… ami Armand, le duc de Richelieu… ?

Estée fut tellement surprise qu'elle put seulement hocher la tête.

— Je suis sûr qu'il était impatient de vous raconter sa version de l'histoire, dans l'espoir que ce soit celle qui serait répétée.

— Puis-je leur raconter notre souper avec le roi, monseigneur ? demanda Antonia en se redressant et en plaçant les mains sur ses genoux.

— Je vous en prie, ma fée. Il sera bien plus agréable de revivre la soirée si le récit des événements passe par vos mains habiles.

Les yeux d'Antonia pétillaient.

— Je ne pense pas que monsieur le duc de Richelieu serait d'accord avec vous, monseigneur. Nous savons d'ailleurs que ce n'est pas le cas, n'est-ce pas ?

Elle se tourna vers les Vallentine et Martin pour leur dire avec sérieux :

— Je vais commencer par vous dire que monseigneur a prévenu monsieur le duc de Richelieu, mais que ce dernier ne l'a pas écouté et a insisté pour participer au jeu de *bullet pudding* avec madame de Pompadour et moi.

— *Bullet pudding* ? répéta Vallentine en tendant l'oreille. Ce jeu avec une pile de farine, une balle et des joueurs qui essayent de la récupérer et qui s'en mettent partout dans un désordre de tous les diables ?

— Celui-là même !

— Mais, le *bullet pudding* n'est-il pas un jeu qui se joue à Noël ? s'enquit-il.

— Puisque Noël approche, je me suis dit qu'il serait très amusant de faire découvrir ce jeu à Sa Majesté et à la cour, expliqua Antonia avant de sourire au duc. Et monseigneur était du même avis.

— Mon Dieu ! s'exclama Estée, sous le choc. Vous ne l'avez quand même pas laissée jouer à ce jeu avec le roi ? demanda-t-elle à son frère.

— Pas avec le roi, mais *pour* le roi, la corrigea le duc.

— Armand n'en a pas parlé dans sa lettre, dit Estée. Il a seulement évoqué le souper, puis des jeux de cartes.

— Tout ce dont rêve monsieur le duc de Richelieu, c'est que sa participation au *bullet pudding* soit… hum… effacée de la mémoire collective.

— Mais nous ne pouvons pas laisser cela arriver, n'est-ce pas, monseigneur ? répondit Antonia avec un sourire éblouissant.

— En effet. Nous ne pouvons pas. En particulier quand on sait que Louis a déclaré qu'il s'était rarement autant amusé…

— … car son premier gentilhomme de la chambre a terminé la soirée recouvert de farine, c'est bien cela ?

Le duc sourit quand un souvenir lui revint à l'esprit.

— Les… ennuis d'Armand ont sans doute contribué à la bonne humeur de Sa Majesté, ma vie. Mais ne négligez pas votre effet sur le roi…

— Mais, répondit Antonia, réellement surprise, je n'ai fait que mettre Sa Majesté à l'aise.

Le duc lui serra doucement la main.

— Vous êtes trop humble, mignonne. Tant de courtisans se sont essayés sans succès à cette tâche simple mais en réalité exceptionnelle-ment difficile.

Antonia inclut les autres dans la conversation quand elle dit sur le ton de la confidence :

— Monsieur le duc m'a dit que Sa Majesté s'ennuyait très facile-ment, et c'est la raison pour laquelle j'ai décidé de lui présenter le jeu du *bullet pudding*.

— Madame la duchesse, vous pourriez peut-être nous décrire l'en-droit où le jeu a eu lieu, et nous dire qui était présent… ? suggéra Martin.

— Oh, oui ! Pardonnez-moi, je suis un peu trop empressée, dit Antonia. Mais je vous en prie, ne m'interrompez pas, car il est tard et je pourrais alors oublier quelque chose d'important. Si c'est le cas, vous devrez me le dire, monseigneur.

Quand le duc hocha la tête, elle se tourna vers son public et raconta leur soirée.

# VINGT-ET-UN

— V ous le savez déjà certainement, continua Antonia, mais vous, Martin, vous l'ignorez peut-être : tous ceux qui souhaitent être invités à manger avec le roi en font la demande et se retrouvent sur une liste dans laquelle le roi choisit avec qui il souhaite partager son souper. Les courtisans n'ont aucune garantie que leur nom sera appelé par le placeur, mais ils attendent tous avec beaucoup d'espoir dans l'escalier privé qui mène à la porte des appartements où se déroule le souper. Il y a beaucoup de monde et les valets de pied n'arrêtent pas de courir dans tous les sens en agitant les mains pour réclamer le silence et l'ordre. Monseigneur et moi savions déjà que nous serions appelés, car le roi avait écrit à Monseigneur quelques jours plus tôt pour nous inviter à souper.

— Nous étions donc prêts pour la soirée.

— Ce que veut dire monsieur le duc, c'est que nous sommes venus avec nos domestiques, des tenues de rechange et tout ce dont nous avions besoin pour divertir le roi grâce à une partie de *bullet pudding* après le souper, expliqua Antonia. Madame de Pompadour savait également que j'avais choisi ce divertissement. Après lui avoir expliqué le jeu et ses règles, ainsi que les dispositions que j'avais prévues pour éviter que nous ne finissions recouvertes de farine de la tête aux pieds, elle a accepté de jouer avec moi.

— Je ne m'attendais pas à cela, intervint Estée avec une grimace. Je suis surprise que Pompadour ait participé de bonne grâce à une activité aussi ridicule. Mais c'est peut-être parce qu'elle veut toujours rester au centre de l'attention du roi, et qu'elle ne voulait donc pas que vous vous mettiez en scène sans elle.

— Armand voudrait vous faire croire que la marquise est encline à ce genre de comportement, déclara le duc, mais elle est étonnamment humble.

Estée ricana avec dédain.

— C'est la moindre des choses, pour une bourgeoise !

— Monsieur le duc de Richelieu est incroyablement jaloux de la maîtresse du roi, au point que c'en est embarrassant pour lui, confia Antonia sans relever l'affront plein de dédain fait par sa belle-sœur à la marquise. Et je vous en parlerai plus longuement tout à l'heure, mais pour en revenir à la première partie de notre soirée…

» Monsieur le duc de Roxton et moi-même, en tant que comtesse de Roucy, avons été appelés par le placeur et admis dans la salle à manger du roi. J'ai alors découvert quelque chose avec stupéfaction, quelque chose qu'assurément, seuls ceux invités dans ces appartements savent, après l'avoir découvert avec surprise : les pièces qui composent les appartements privés de Sa Majesté sont luxueuses et disposent de tout le confort nécessaire, mais elles sont réellement minuscules. Oh là là ! Elles sont bien plus petites que les pièces de cette villa. Je vous l'assure, madame. Si le roi savait comment nous vivons et quelle taille font les pièces de l'hôtel, ou s'il devait un jour visiter Treat, il serait incroyablement envieux. Il vaut donc mieux qu'il ne sache rien des propriétés et de la grande fortune de monsieur le duc. Cela dit, je pense qu'il serait surtout contrarié par la liberté dont nous jouissons, car nous pouvons vivre nos vies comme nous l'entendons, contrairement à lui. (Elle pencha la tête de côté.) Monseigneur, vous régnez sur votre propre territoire sans avoir à porter le fardeau nécessaire de la vie publique que Sa Majesté doit subir. Ce qui me convient parfaitement, car même si vous feriez un très bon roi, je ne vous le souhaiterais pas.

Les joues légèrement rouges d'embarras, le duc répondit d'une voix mesurée :

— Si j'étais roi, vous seriez bien sûr ma reine…

— Pardonnez-moi, monseigneur, mais je ne voudrais pas être votre reine. Je serais votre maîtresse…

— Antonia ! la sermonna sa belle-sœur, choquée. Ne soyez pas sotte. Bien sûr que vous seriez sa reine.

Antonia secoua la tête.

— Non, madame. La reine mène une vie bien différente de celle que je voudrais vivre avec le roi. Mais si j'étais sa maîtresse, nous passerions tout notre temps ensemble dans ses appartements privés, comme le fait Louis avec madame de Pompadour. Les voir dans un cadre aussi intime permet de confirmer qu'ils sont réellement amoureux. N'est-ce pas, Renard ?

— En effet. Le souper, ma fée ? l'encouragea le duc.

— Nous étions seize convives serrés autour de la table à manger du roi, qui est devenu très agité et amusant, et s'est mis à raconter de nombreuses blagues. S'il y a bien une chose à dire sur Louis de France, c'est que quand il est avec ses amis, il est entièrement différent de la personne qu'il expose aux yeux du monde dans les grandes salles publiques. Il est vrai qu'il est timide avec les inconnus, et il l'était un peu avec moi, au début, mais le voir avec monsieur le duc, qui le met toujours à l'aise, était un privilège.

» Après le repas, le roi a congédié les domestiques et – vous devrez me croire sur parole – il s'est rendu dans une petite pièce adjacente à la salle à manger pour nous préparer lui-même le café…

— Vous voulez dire qu'il supervisait les domestiques ? la corrigea Estée.

— Non, madame. Tous les domestiques étaient partis. Le roi a préparé le café de ses propres mains.

— C'est vraiment incroyable !

— Oui, madame, c'était incroyable. Le café a été servi avec des assiettes de macarons, de nougat et de fruits de saison. Les macarons étaient tellement délicieux que j'ai demandé la recette au roi…

— Bien évidemment, lança malicieusement Vallentine, ajoutant en riant : Ne nous dites rien : non seulement Louis prépare le café, mais il pâtisse également !

— Il n'avait pas confectionné ces macarons en particulier, non, répondit Antonia avec sérieux. Mais il m'a avoué qu'il avait observé le chef les préparer, et aussi qu'une cuisine est attenante aux appartements privés et qu'il y pâtisse parfois. Il dit que cette activité l'apaise.

— Eh bien, Roxton, si un jour votre chef tombe malade, intervint Vallentine d'un ton pompeux, vous savez à qui vous pourrez faire appel !

— En échange de sa recette de macarons, continua Antonia, toujours aussi sérieuse, j'ai proposé au chef de Sa Majesté la recette de la friandise préférée de Vallentine, le nougat aux amandes.

— Vraiment ? s'enquit Sa Seigneurie en levant le menton. Assurément, en entendant parler du nougat préféré du premier épéiste de France et d'Angleterre, Sa Majesté a dû sauter sur l'occasion d'en obtenir la recette.

— Il n'a pas vraiment… hum… sauté, répondit le duc avec un petit sourire furtif. Il a plutôt crachoté dans son café.

— Pourquoi a-t-il fait une chose pareille ?

— Antonia s'est sentie obligée de prévenir Sa Majesté de l'effet qu'a ce nougat sur vous.

Vallentine pâlit. Il dévisagea Antonia, mortifié.

— Vous n'avez pas fait ça !

— Bien sûr que si, Lucian, répondit Antonia. Je ne pouvais décemment pas transmettre une recette de nougat à Sa Majesté sans lui dire que quand vous en mangez, vous souffrez de ballonnements terribles, car le roi pourrait souffrir du même désagrément.

Elle se tourna vers le duc et lui demanda, comme si elle ne s'était jusque-là pas posé la question :

— C'était la bonne chose à faire, n'est-ce pas, monseigneur ?

— Naturellement. Tout ce que le roi mange, boit et vit est d'une importance capitale, non seulement pour ses médecins, mais pour le pays tout entier, et c'est ainsi depuis sa naissance. La France doit avoir un roi fort et en bonne santé, qui ne doit souffrir de rien – et en aucun cas de ballonnements et de flatulences. Il a sûrement apprécié votre préoccupation pour son bien-être, mignonne.

— Apprécié ? grommela Vallentine. Tant et si bien que ses médecins ont dû croire qu'il était frappé d'apoplexie quand il s'est mis à rire de moi au point d'en cracher dans son café ! Je ne pourrai plus jamais le regarder dans les yeux !

— Mais, vous n'avez jamais regardé Sa Majesté dans les yeux,

Lucian, répliqua sa femme, les larmes aux yeux tant elle riait. D'ailleurs, vous vous êtes seulement rendu à la cour aujourd'hui parce qu'Antonia y était présentée. Sinon, vous affirmez que rien ni personne ne saurait vous y traîner !

— Vos compétences à l'épée ne sont pas remises en question, déclara le duc, ajoutant avec un sourire en coin : Mais… si j'étais votre adversaire et que je voulais… hum… prendre le dessus, je vous proposerais assurément du nougat avant l'affrontement.

— Il s'agissait de votre premier souper avec le roi, et c'est *ma* réputation qui est en lambeaux ! dit Vallentine d'un air boudeur en lançant un regard en coin empreint de reproche à la duchesse avant de se tourner vers Martin. Si vous avez du mal à tolérer certains aliments, je vous conseille de le garder pour vous, sinon Sa Majesté pourrait en entendre parler !

— Je ne vois pas du tout quel problème il y aurait à ce que la famille, ou d'autres, sache que les asperges répugnent Martin, et monseigneur également, répondit Antonia. C'est leur goût qui les dérange. N'est-ce pas, Martin ?

Martin inclina la tête.

— Exactement, madame la duchesse.

Le duc haussa un sourcil d'un air interrogateur.

— Madame la duchesse ignore-t-elle la moindre chose à votre sujet ?

— Si c'est le cas, ça va pas durer ! déclara Sa Seigneurie en levant les yeux au ciel sans laisser le temps à Martin de répondre. À force de nous laisser amadouer, nous finirons par ne plus avoir aucun secret pour elle !

Antonia haussa les épaules d'un air suffisant.

— Oui, mais seulement si vous voulez bien me révéler ces secrets.

— Elle marque un point, mon amour, s'enthousiasma Estée.

— Allons, ne l'encouragez pas, chérie ! répondit Vallentine d'un air sombre, son agacement étant néanmoins démenti par la lueur hilare dans ses yeux bleus.

— Vallentine, ne vous inquiétez pas, je vous en prie, le roi et les autres convives auront vite oublié toute cette histoire de nougat, l'apaisa Antonia. Monsieur le duc de Richelieu a fait bien pire impression pendant la partie de *bullet pudding*, et c'est ce que tout le monde va retenir de la soirée. Vous disiez que Sa Majesté a plus ri pendant que nous jouions au *bullet pudding* que pendant tout le reste de la soirée ? demanda-t-elle au duc.

— Oui. Et la… hum… l'indignation publique de monsieur le duc de Richelieu après s'être couvert de honte était assurément le moment le plus mémorable de tous les soupers du roi auxquels j'ai eu le plaisir de participer. Je n'ai jamais été autant diverti. Merci, ma vie.

— Je suis heureuse de l'entendre, dit Antonia avec un sourire éclatant.

— Mais je pense qu'en sa qualité de premier gentilhomme de la chambre, Richelieu va s'assurer que le *bullet pudding* n'apparaisse plus jamais sur le menu des divertissements de Sa Majesté.

Antonia soupira, mais elle n'était pas déçue.

— Monseigneur, vous avez pourtant conseillé plusieurs fois à monsieur le duc de Richelieu de ne pas participer au jeu. Mais plus vous le mettiez en garde, plus il était déterminé à se joindre à nous pour la partie.

— Ha, ha, ha ! rit Vallentine en secouant la tête en direction du duc. Je suis sûr que vous avez beaucoup insisté pour qu'il ne participe *pas* !

Le duc semblait chagriné, mais ses yeux noirs brillaient.

— Je vous assure, Lucian, que j'ai fait de mon mieux pour… hum… l'en empêcher, mais, hélas, sans succès.

— Je vais tout vous raconter depuis le début, annonça Antonia, puis elle attendit que sa famille se calme pour commencer.

# VINGT-DEUX

— J'avais prévu des blouses, que madame de Pompadour et moi avons enfilées par-dessus nos vêtements pour éviter que les nuages de farine ne nous retombent dessus et abîment nos robes, leur dit Antonia avec un sourire satisfait. C'était très astucieux de ma part, non ? Nous avons aussi ôté nos chaussures pour jouer chaussées de nos bas. Puis nous avons mis des bonnets sur nos têtes, on ne voyait donc plus que nos visages. Nous ressemblions à des blanchisseuses, mais Sa Majesté et monseigneur nous ont complimentées et ont dit que nous étions ravissantes. Nous savions bien sûr que c'était uniquement par politesse, car nous nous étions vues dans un miroir ; madame s'est mise à glousser comme une petite fille en voyant notre apparence ridicule. Mais aucune de nous ne s'en inquiétait, car nous étions toutes les deux très impatientes de jouer.

— Si seulement nous avions tous été là pour vous voir, commenta Estée en poussant un soupir de déception. Je vous en prie, racontez-nous la suite !

— Sa Majesté n'avait aucune idée de ce qui allait se passer, continua Antonia. Mais monseigneur était au courant, car je lui avais déjà raconté la fois où nous avons joué au *bullet pudding* avec Theo à Noël, chez grand-mère. Ainsi, quand monseigneur a conseillé à Sa Majesté et au reste des convives de reculer leurs chaises contre les murs du salon, le roi s'est d'abord montré réticent, car il voulait rester le plus près possible. Mais quand il a compris qu'il pourrait finir recouvert de farine à cause de nos facéties, il a rapidement demandé aux valets de pied d'installer tout le monde en périphérie de la pièce.

» Madame et moi nous sommes retrouvées au centre, avec un monticule de farine placé sur un plateau lui-même surélevé sur un socle. Nous pouvions nous déplacer librement autour du pudding, et tous les convives nous voyaient bien. Une balle de pistolet a délicatement été déposée sur le dessus du monticule de farine, bien visible de tous. Nous étions toutes deux équipées d'un couteau à beurre et chacune notre tour, nous pouvions découper une part de pudding de farine, le but étant que la balle reste sur le dessus le plus longtemps possible, sans que nous la fassions tomber.

» Mais quand, à force de donner des coups de couteau dans la farine, la balle finit par tomber dedans, la personne qui l'a fait tomber doit fouiller dans la farine pour la retrouver, pas avec le couteau ou ses mains, mais avec ses dents.

— Mon Dieu ! Je n'arrive pas à croire qu'on puisse faire une telle chose, qu'on puisse plonger la tête dans une pile de farine, commenta Estée avec le souffle coupé.

— Pas étonnant que la farine ait volé dans tous les sens, ajouta Martin avec un petit rire.

— Précisément ! approuva Antonia. Mais ce que vous devez imaginer, c'est qu'après avoir coupé une bonne partie du pudding à la farine, madame et moi étions dans tous nos états, car nous faisions de notre mieux pour ne pas faire bouger la balle ! Plus le pudding est petit, plus la balle tient dans un équilibre précaire sur ce qu'il reste du monticule, et plus les joueurs deviennent nerveux et maladroits. Nous poussions peut-être même des petits cris de nervosité – je ne m'en souviens pas vraiment. Ce dont je suis sûre, c'est que nous gloussions, ce qui rendait le jeu encore plus périlleux, mais d'autant plus palpitant.

Antonia, un grand sourire aux lèvres, ajouta fièrement, mais inutilement :

— Nous avions vraiment l'air ridicules, n'est-ce pas, monseigneur ?

Le duc hocha la tête, les épaules secouées par l'hilarité en y repensant. Il toussa dans son poing pour s'éclaircir la gorge et dit d'une voix tremblotante :

— Avant la chute de la balle, nous étions tous en train de rire avec vous. Sa Majesté et moi étions en larmes et pouvions à peine parler.

— Mais où était donc Richelieu, hein ? s'enquit Sa Seigneurie. Je croyais qu'il s'était immiscé dans la partie ?

— Oh, c'est bien ce qu'il a fait, Vallentine, lui assura Antonia. Mais avant de vous raconter comment monsieur le duc de Richelieu s'est retrouvé couvert de farine, il fallait bien que je vous explique le jeu et que je vous dise à quel point madame et moi nous amusions.

Elle sourit au duc et dit aux autres sur le ton de la confidence :

— Heureusement que les médecins de Sa Majesté n'étaient pas là, car je suis sûre qu'ils auraient arrêté le jeu de crainte que leur royal maître ne souffre de douleurs au cœur !

» Mais pour revenir à monsieur le duc de Richelieu… Madame de Pompadour et moi avions creusé le pudding, il n'en restait plus qu'un tiers, et nous avions jusque-là réussi à éviter que la farine ne vole dans tous les sens. C'était avant que nous nous mettions à glousser de nervosité. Mais c'est alors que Richelieu a décidé de se joindre à nous. Monseigneur affirme qu'il a voulu participer parce que le roi s'amusait et que le jeu a remporté un franc succès, mais que ce divertissement n'était pas une idée à lui. Par ailleurs, et c'est probablement ce qui importe le plus, il est très jaloux de l'influence de madame de Pompadour sur son roi.

» Comme nous vous le disions, monseigneur lui a déconseillé de se joindre à nous, car il ne portait ni blouse, ni bonnet. Mais Richelieu est un homme très fier, il a dit qu'il n'avait pas besoin de ces protections ridicules et réservées aux faibles femmes. Il a affirmé en fanfaronnant qu'en tant que gentilhomme, il récupérerait la balle sans déranger un seul grain de farine.

— Naturellement, je l'ai encouragé à honorer sa fanfaronnade, dit le duc d'une voix traînante, non seulement en tant que gentilhomme, mais aussi parce qu'en sa qualité de premier gentilhomme de la chambre auprès de Sa Majesté, il a le devoir de s'assurer que tous les divertissements proposés au roi sont appropriés.

— Je suis certain que vous avez su mettre en place le parfait collet pour prendre monsieur le duc au piège, commenta Martin en riant.

— Un collet pour le prendre au piège ? lança Estée en poussant un soupir dédaigneux. La chasse n'a rien à voir…

— Surtout que son arrogance l'a poussé à intervenir sans se poser de questions, répondit le duc à Martin, avant de dire à sa sœur dans un aparté : Quand vous vous sentez dépassée, rangez vos griffes, ma chère. Mignonne, continua-t-il d'une voix plus douce en se tournant vers Antonia, je vous en prie, racontez-nous comment monsieur le duc de Richelieu a tenté de remporter la partie de *bullet pudding*.

— Nous avions réussi à faire en sorte que la balle reste sur le dessus de la farine, reprit Antonia. Puis monsieur le duc de Richelieu s'est approché avec son propre couteau et a commencé à faire le tour du socle et à regarder ce qu'il restait du pudding sous tous les angles, car il cherchait à trouver un moyen de planter son couteau pour découper une part de pudding tout en récupérant la balle en même temps ! Madame et moi nous sommes reculées. Nous avons dû lire dans les pensées l'une de l'autre, car nous nous sommes rapprochées et nous sommes pris la main ; nous avions anticipé l'issue des manœuvres de monsieur le duc sans avoir besoin de dire un seul mot ! C'est alors que j'ai lancé un coup d'œil à monseigneur, et j'ai bien vu qu'il pensait la même chose que nous ! Il riait avec le roi, et madame et moi étions tellement heureuses de les voir de si bonne humeur que nous nous sommes mises à glousser. Et c'est à ce moment-là que c'est arrivé !

» Monsieur le duc de Richelieu avait tellement confiance en lui qu'en s'approchant du socle, il a trébuché sur ses propres pieds, ce qui l'a fait tomber la tête la première dans le pudding. *Pouf !* Un nuage de farine s'est instantanément envolé et lui est retombé dessus. Non seulement son visage a disparu dans la farine, mais en plus, sa tenue de deuil en soie, qui était noire et parée de perles aussi exquises que sur la tenue de monseigneur, a été recouverte de farine, au point qu'on l'aurait cru tout vêtu de gris…

— Oh là là ! Pauvre Richelieu ! s'exclama Estée, à la fois hilare et à bout de souffle, ne ressentant que peu de compassion pour le premier gentilhomme de la chambre.

— Il était tellement choqué de trébucher qu'il a oublié de fermer la bouche et a pris une grande inspiration en tombant dans la farine, continua Antonia en prenant une bouffée d'air pour un effet dramatique. Et quand il s'est relevé pour reprendre son souffle, il crachotait et s'étouffait, il s'est enfoncé les doigts dans les yeux et de la farine lui est sortie par le nez !

— J'imagine qu'à ce stade, il devait y avoir un sacré chahut dans toute la pièce ! s'exclama Sa Seigneurie en se tapant le genou. J'aurais aimé voir ça !

— J'aurais aimé que vous y assistiez aussi, Vallentine, répondit Antonia. Il y avait beaucoup de cris et de rires dans notre public, mais madame et moi étions tellement déterminées à finir la partie que nous avons précipitamment dépassé monsieur le duc, qui continuait à tituber aveuglément, pour atteindre ce qu'il restait du pudding. Sans hésiter, nous avons plongé la tête dans la farine, mais avec nos yeux et nos bouches fermés, chacune bien décidée à récupérer en premier la balle entre nos dents ! (Elle se recula contre le dossier, les mains sur ses genoux.) Et voilà ! C'est ainsi que s'est déroulé notre soirée, pendant laquelle nous avons joué au *bullet pudding* devant le roi. Nous avons réellement passé un moment merveilleux, n'est-ce pas, Renard ? demanda-t-elle en levant la tête vers le duc, le sourire aux lèvres.

— Oui. Tout le monde a passé une excellente soirée. Grâce à vous.

— Eh bien ? Qui a attrapé la balle en premier ? s'enquit Sa Seigneurie. Et qu'a fait Richelieu après s'être débarrassé de la farine dans ses yeux ?

— Madame de Pompadour a attrapé la balle. Elle l'a remise à Sa Majesté sous un tonnerre d'applaudissements, leur dit Roxton.

— Vous l'avez laissé gagner ! lança Vallentine à Antonia d'un ton accusateur.

— Non, Vallentine. J'avais très envie d'attraper cette balle, riposta Antonia avant de hausser les épaules. Mais peut-être que madame en avait encore plus envie, pour éviter qu'elle ne finisse en possession de monsieur le duc de Richelieu.

— Mais il avait peu de chances de l'attraper, n'est-ce pas, s'il était aveuglé par la farine et qu'il s'en était mis partout ! inféra Vallentine. Quel imbécile !

— Remettre la balle au roi devant tous ses plus proches amis et sous les yeux d'Armand, c'était le coup de grâce de madame de Pompadour, dit le duc avec un sourire et un clin d'œil à Antonia. Et elle pourra toujours remercier sa bonne amie la comtesse de Roucy pour cela.

— Monseigneur, je l'apprécie beaucoup et je suis très contente qu'elle ait trouvé la balle et remis Richelieu à sa place.

— Et c'est réciproque, ma chérie. Vous avez gagné une alliée puissante en la maîtresse en titre du roi.

— Je me demande ce que pensera la reine de l'amitié entre votre épouse et Pompadour, fit remarquer Estée au duc en haussant un sourcil parfaitement arqué. Tante Philippa aura certainement quelque chose à dire sur le fait qu'une femme de la famille devienne dame d'honneur de la reine tout en entretenant une relation amicale avec cette parvenue bourgeoise. Ces deux réalités ne sont assurément pas compatibles, si ?

Le regard d'Antonia se détacha de sa belle-sœur pour aller se poser sur son époux, puis revint sur Estée.

— Tante Philippa et la reine n'ont aucune raison de s'inquiéter, madame, car je n'ai pas l'intention de devenir dame d'honneur.

Estée resta interdite.

— Comment pourrait-il en être autrement ? riposta-t-elle en lançant un regard méfiant à son frère. Roxton a bien dû vous dire que le titre de comtesse de Roucy s'accompagne d'obligations et de responsabilités. La reine attendra de votre part que vous respectiez ces obligations, comme tous les autres courtisans. (Elle ricana.) Vous ne pouvez tout simplement pas dire non à Leurs Majestés.

— Mais c'est ce que j'ai fait, madame. Pas une seule heure de mon temps ne sera dédiée à être dame d'honneur de la reine, car il s'agirait d'une heure que je passerais loin de monseigneur et de Julian. Et ce serait insupportable.

Estée, stupéfaite, détacha son regard d'Antonia pour se tourner vers le duc.

— Roxton ! Dites-lui. Elle ne peut pas faire fi de ses obligations !

Le duc resta de marbre.

— Je ne peux pas. Et je n'en ai pas envie.

# VINGT-TROIS

— B  IEN SÛR, en tant que duchesse, vous pensez pouvoir faire ce qu'il vous plaît, rétorqua Estée. Et c'est bien normal, puisque Roxton vous encourage en ce sens. Mais je dois vous rappeler à tous les deux ce qu'il s'est passé la dernière fois qu'un membre de notre famille a bafoué un ordre royal – et c'est de ma mère que je parle, pas de Jean-Honoré. Cela a conduit à sa disgrâce et à son exil…

Vallentine réprima un bâillement et dit à l'oreille de sa femme :

— Inutile de faire la leçon à la gamine à deux heures du matin…

— Vous avez peut-être réussi l'impossible une fois encore, continua Estée en ignorant son époux et en s'adressant à son frère. J'ai entendu dire que vous vous étiez bien mis en scène dans la galerie des Glaces pour remettre Duras-Valfons à sa place ; tant mieux pour vous, et je suis certaine que Louis vous a pardonné ces infractions à l'étiquette, car il souhaite également mettre Thérèse au pas. Mais enfin ! Même votre grande amitié ne peut justifier qu'il contourne les règles de la cour pour votre femme…

Le duc fixa sa sœur sans rien laisser paraître de ce qu'il pensait. Il accepta un ballon de brandy que Martin lui tendait, et dit à Estée avant d'en prendre une gorgée :

— Quand vous êtes fatiguée et à cran, votre sang Salvan se met à… hum… bouillonner, déborde comme du lait qu'on aurait trop chauffé et laisse une mauvaise odeur dans l'air… (Il but une gorgée du liquide doré et releva les yeux vers sa sœur.) Pensez-vous vraiment que j'aurais fait subir les événements assommants de la journée à ma femme et à ma famille si je n'avais pas déjà une solution à ce casse-tête ?

— Je vais leur dire à quel point vous êtes ingénieux, annonça gaiement Antonia.

— Je vous en prie, ma fée. Votre intervention me met déjà de meilleure humeur.

Après avoir échangé un tendre sourire avec son mari, Antonia se tourna vers le couple face à elle, incluant Martin dans son explication :

— Il y a une coutume récurrente à la cour, qui consiste à confier un poste non à la personne à qui il revient, mais à un membre de sa famille. C'est cette personne qui récupère les responsabilités liées à cette position, et ce en échange d'une rétribution. (Elle se tourna vers le duc avant de reporter son regard sur le couple.) C'est ainsi qu'un poste à la cour peut rester dans la même famille pendant des générations. Ce qui importe, c'est que ce rôle soit rempli, et pas de savoir qui le remplit. Ainsi, tout le monde est satisfait. C'est seulement dans le cas où personne ne peut assumer les responsabilités liées à ce poste, qui se retrouve alors vacant, que le roi, s'il le désire, peut le confisquer et le revendre au plus offrant.

— Je vous demande pardon, madame la duchesse, s'enquit Martin, curieux, mais le poste occupé à la cour par votre grand-mère, la précédente comtesse de Roucy, est jusqu'alors resté vacant… ?

— Tout à fait, Martin, répondit Antonia. Grand-mère est morte dix ans avant ma naissance et depuis, il n'y a eu aucune femme dans la famille pour reprendre son poste.

— Et j'imagine qu'il se trouve justement que personne à la cour, et encore moins la reine, ne s'est rendu compte depuis la mort de votre grand-mère qu'elle avait une dame d'honneur en moins ? railla Estée.

Le duc esquissa un mince sourire.

— En effet. Personne ne s'en est aperçu. Louis n'était qu'un enfant et n'avait pas encore épousé Marie Leszczynska quand la comtesse est morte.

— Voilà qui résout le problème ! affirma Vallentine avec assurance, sans pour autant avoir la moindre idée de ce qui avait été résolu.

Il parvint néanmoins à enchaîner sur une question pertinente qui surprit tout le monde :

— Quel rôle atrocement important la comtesse de Roucy doit-elle remplir en tant que dame d'honneur de Sa Majesté, gamine ?

— Oh, c'est un rôle très important, en effet, Vallentine, dit gravement Antonia, d'un ton qui contrastait avec l'étincelle dans ses yeux verts. La comtesse de Roucy est responsable des gants de Sa Majesté…

— Responsable de ses gants ? Je le savais !

Vallentine retomba contre le dossier de la méridienne et plaqua une main contre son front en ajoutant :

— Seigneur ! Vous imaginez, faire le pied de grue pendant toute une matinée pour pouvoir glisser une paire de gants sur les royales mains, puis devoir revenir précipitamment le soir pour les enlever ? Si ce n'est pas la définition même d'une tâche abrutissante, alors je ne sais pas ce que c'est ! (Il adressa un clin d'œil à Antonia.) Je parie que grâce au plan astucieux que vous avez élaboré, vous n'êtes pas près de vous occuper des gants royaux.

— Exactement. Nous allons poursuivre nos vies, et je n'aurai pas à passer une seule heure au palais. Comme je vous le disais, monseigneur est très ingénieux. Tout est réglé et cette solution convient à tout le monde, même à Leurs Majestés. Madame de Pompadour est satisfaite également. Et voilà !

— Vous comptez confier les obligations qui reviennent à la comtesse de Roucy à une autre femme de la famille ? déclara lentement Estée, prenant un instant pour digérer ce qu'Antonia venait de leur expliquer.

— Oui, madame.

— Vous pouvez toujours compter sur votre frère pour trouver une solution, annonça Vallentine en levant son verre ballon en direction du duc. Et pourquoi voudriez-vous passer un seul instant l'un sans l'autre, hein ? Mais je me demande toujours comment vous avez réussi à convaincre n'importe quelle parente que je connais d'accepter un poste aussi abrutissant et pénible. Il faut avoir un petit pois à la place du cerveau…

— Comment pouvez-vous dire une chose pareille, Lucian ? l'interrompit son épouse, instantanément agacée. Toutes les courtisanes, et d'ailleurs toutes les femmes de la noblesse, donneraient n'importe quoi pour occuper un poste de dame d'honneur de la reine…

— Si seulement elles avaient n'importe quoi à donner, marmonna Vallentine en se reculant sur la méridienne.

Mais il avait à peine appuyé ses omoplates contre l'épais velours qu'il se redressa violemment en entendant la suite de la phrase de sa femme, le brandy tournoyant dans son verre.

— … poste que je serai honorée d'accepter.

— Hein ? lâcha Vallentine en faisant volteface pour se tourner vers sa femme, pâlissant face à son sourire suffisant. Comment ? Vous ? dit-il en secouant la tête de gauche à droite. Oh, non ! Oh, non ! Non ! Moi vivant ? Jamais !

Estée balaya la réaction dramatique de son mari du revers de la main et leva ses beaux yeux au ciel.

— Ne soyez pas si surpris, Lucian. Qui pourrait être mieux placé que la sœur de monsieur le duc, la belle-sœur de la comtesse de Roucy, pour occuper un poste aussi prestigieux ?

— Prestigieux ? répéta Sa Seigneurie d'une voix aigüe et grêle. Il n'y a rien de prestigieux au fait d'être responsable d'une paire de gants !

— C'est que vous n'y connaissez rien, répondit Estée d'un air suffisant. Qu'il s'agisse de gants, de bas, de rubans ou d'éventails, ces objets et le fait d'en être responsable n'ont que peu d'importance ; ce qui importe, c'est la proximité offerte avec la petite oreille de Sa Majesté. Et on ne peut s'en approcher davantage que quand on manie ses gants. N'est-ce pas, Roxton ?

Avant que le duc n'ait le temps de répondre, Vallentine se tourna vers lui, se leva d'un bond et pointa brusquement un long doigt osseux dans sa direction.

— Qu'ai-je bien pu vous faire pour mériter ça ? lâcha-t-il.

— S'agit-il d'une question rhétorique, Lucian ? répondit froidement le duc.

— Vallentine ! Il est impoli de montrer monsieur le duc du doigt, se plaignit Antonia en fronçant les sourcils.

— Antonia a raison. Ne montrez pas mon frère du doigt, exigea

Estée de son mari. Je ne comprends pas votre colère, car cet immense honneur qui m'est accordé ne vous regarde en rien !

— Ne me regarde en *rien*, hein ? répéta Vallentine en grinçant des dents. Vous vous trompez ! Bien sûr que ça me regarde !

— Asseyez-vous, Lucian, ordonna le duc à voix basse.

— Quand je pense aux absurdités de tout à l'heure, à propos de vendre la mèche et comme quoi il s'agissait du moment parfait pour vous révéler mes secrets ! Ha ! continua Vallentine en ignorant l'ordre de s'asseoir et agitant à présent les bras, ses yeux furieux rivés sur le duc. Je vois clair dans votre jeu ! Vous allez laisser votre sœur poursuivre cette idée ridicule d'occuper un poste à la cour aussi longtemps qu'il le faudra pour me pousser à bout et pour que je sois assez désespéré pour tout vous révéler…

— Lucian, vous ne pouvez pas accuser mon frè…

— Non ! Non, ma femme ! explosa Sa Seigneurie en plaçant un doigt sur ses lèvres avant de lui faire signe de se taire d'un geste de la main. Vous avez eu droit à la parole, c'est mon tour maintenant. Je sais comment ça va se passer. Votre frère finit toujours par gagner. (Il se tourna derechef vers le duc.) Mais je veux que vous sachiez, Roxton, qu'Ellicott n'a rien à voir dans cette histoire – rien !

Le duc lança un coup d'œil à Martin, qui restait aussi immobile qu'une statue près du chariot à thé, carafe de brandy à la main, faisant de son mieux pour passer le plus inaperçu possible. Reportant son regard sur Vallentine, le duc lui dit doucement :

— J'en suis conscient, mais merci de le préciser.

— Bien sûr que vous l'êtes ! s'exclama Sa Seigneurie avec un sourire en coin. Comme vous êtes conscient de tout le reste !

Le duc inclina la tête pour approuver la véracité de cette déclaration, puis il se remit à boire son brandy sans autre commentaire.

Estée tamponna ses yeux humides et adressa un regard confus à Antonia.

— Je ne comprends pas du tout ce qu'il se passe, ma très chère belle-sœur. Est-il toujours question de votre poste de dame d'honneur, ou parlent-ils d'une tout autre chose ? Je suis perdue !

— Je pense que nous sommes passés à autre chose, madame, avoua Antonia dans un murmure. Mais Vallentine semble convaincu qu'il existe un lien entre le poste à la cour et ce qu'il s'apprête à confier à monseigneur.

Vallentine ravala une boule dans sa gorge et s'efforça non seulement de regarder Antonia, mais de croiser ses yeux vert clair. Ils étaient dénués de toute duplicité et il sentit son visage s'empourprer de culpabilité. Il s'inclina légèrement devant elle, se sentant misérable.

— Je vous demande pardon, madame la duchesse, mais je vais trahir votre confiance…

# VINGT-QUATRE

QUAND ANTONIA se redressa en écarquillant les yeux et en formant un « oh » silencieux avec sa bouche, il sut qu'elle avait compris et se sentit encore plus abattu. Mais cela ne l'empêcha pas de se tourner vers son meilleur ami pour lui faire sa confession :

— Il est tard. D'ailleurs, il est même tôt le matin, et je suis sûr que nous aimerions tous être au lit avant le lever du soleil, je vais donc en venir directement au fait : je vous ai caché quelque chose.

Il lança un bref regard à la duchesse, puis s'adressa de nouveau au duc :

— C'est parce que j'ai promis à la duchesse de ne pas vous parler de-de… de la lettre de Salvan. C'était une erreur. Mais sur le moment, si vous pouvez me croire, nous pensions tous les deux qu'il s'agissait de la bonne chose à faire.

Il soupira et laissa ses mains retomber le long de son corps.

— Mais vous étiez déjà au courant, n'est-ce pas ? Vous le saviez probablement déjà au moment où elle me l'a montrée et où je lui ai fait cette promesse. Mais vous savez quoi ? ajouta-t-il en levant son menton carré. Bien que je regrette de vous avoir caché quelque chose, je ne regrette pas de lui avoir fait une promesse. (Il regarda Antonia, puis il pointa Roxton du doigt.) Et je l'ai fait pour vous. Elle… je… *nous* espérions vous protéger. Tout à fait ! Vous protéger, vous. Et que pensez-vous de moi suite à cela ? Que je suis un scélérat qui vous a trahi, voilà ce que vous pensez !

— Je ne pense rien de tel, Lucian, riposta le duc d'un ton qui suggérait qu'il était offensé par une telle accusation.

— Quelle lettre de Salvan ? Quelles absurdités racontez-vous, Lucian ? demanda Estée, son regard passant de son mari à son frère, puis à sa belle-sœur, avant de revenir sur le duc. Nous discutions du poste d'Antonia à la cour, mais Lucian a dévié sur quelque chose de tout à fait insensé ! Il faudrait que Salvan soit… soit complètement *fou* pour écrire à Antonia, car il sait que cela signifierait que vous honore-riez votre parole de le tuer. Non ! Je n'y crois pas ! Il ne prendrait pas ce risque. Quelqu'un a imité sa signature et veut vous faire croire que c'est lui qui a écrit cette lettre. Il doit y avoir tout un tas de personnes dans la famille, à commencer par les vieilles tantes, qui seraient prêtes à faire une chose aussi tordue. Après tout, si vous tuez Salvan, Montbelliard deviendra comte, et cela arrangerait vraiment la famille. Non. Salvan est une créature faible et pathétique, mais il n'est assurément pas idiot. Lucian ! Antonia ! Vous avez été dupés tous les deux. Lucian ! Asseyez-vous immédiatement à côté de moi, sinon je vais vraiment être malade, ce qui réveillera le bébé, et nous n'aurons jamais la paix !

— Vous vous trompez, ma femme. Salvan est bel et bien un idiot, et il a bel et bien écrit à Antonia, déclara Vallentine, toujours bouillon-nant. Et je ne m'assiérai pas tant que votre frère ne m'aura pas donné sa parole qu'il ne vous envoie pas à la cour pour servir de laquais à la reine dans le seul but de me punir pour ma trahison ! (Il se détourna de sa femme et regarda le duc.) Et maintenant que je vous ai tout avoué et que je me suis excusé, vous allez arrêter de m'embêter et m'assurer que vous avez choisi l'une de vos folles parentes Salvan pour reprendre le poste d'Antonia à la cour.

— Vallentine, dit Antonia à voix basse, c'est entièrement ma faute. Ne soyez pas en colère contre monsieur le duc, mais contre moi. Il est totalement innocent, et si vous pensez qu'il enverrait sa sœur à la cour dans le seul but de vous punir, c'est que vous le connaissez très mal ! Et c'est tout ce qu'il y a à dire là-dessus.

Elle se leva de la méridienne et, chaussée de ses bas, elle tourna le dos aux autres pour faire face au duc et posa les mains sur ses genoux croisés. Elle leva le regard vers les yeux foncés de son mari et y retrouva cette lueur de déception. Abattue, elle prit une inspiration tremblotante, mais elle garda la tête haute et dit simplement :

— Monseigneur, vous ne pouvez pas rejeter la faute sur Lucian. Il n'a fait que respecter ma demande. À présent, je sais que je n'aurais pas dû vous mettre, lui et vous, dans une position aussi délicate. Mais il dit la vérité quand il affirme que nous voulions uniquement vous protéger. Ce n'est donc pas lui que vous devez punir, mais seulement moi, dit-elle avec un sourire tremblotant. Vous savez… vous devez bien savoir… que la seule raison pour laquelle je vous ai caché la lettre de Salvan, c'est parce que je vous aime plus que les mots ne sauraient l'exprimer.

Le duc posa une main sur celle de sa femme et s'accorda un instant pour maîtriser ses émotions, puis il dit à voix basse :

— Je le sais, ma vie. Mais vous et moi… nous ne pouvons pas avoir de secrets l'un pour l'autre. Le mariage nous a uni et nous ne sommes plus qu'un. Ce qui implique que nous devons *tout* partager. Si nous nous cachons des choses, cela nous mènera sur un chemin qu'aucun de nous deux n'a envie d'emprunter. Il y aura toujours des fauteurs de trouble qui essayeront de se mettre entre nous. Si ce n'est pas aujourd'hui, ce sera demain ou le jour suivant.

» Cette journée a parfaitement prouvé cela. La comtesse Duras-Valfons a essayé, sans succès, de semer le doute entre nous. Elle a échoué, car nous avons toujours été honnêtes l'un envers l'autre à son sujet. Cela vous a donné assez d'assurance pour lui faire face quand elle vous a confrontée, car vous saviez parfaitement que rien de ce qu'elle pourrait faire ou dire ne pourrait créer un schisme dans notre mariage. Je suis excessivement fier de la façon dont vous avez géré la situation. Mais avoir des secrets l'un pour l'autre peut aussi blesser ceux que nous aimons.

— En poussant Vallentine à choisir entre nous deux, par exemple ?

— Exactement.

Elle hocha la tête.

— Je le comprends à présent. Je n'avais pas vu les choses ainsi, mais vous avez raison. (Elle releva les yeux des doigts du duc, avec lesquels elle jouait.) Personne, ami ou ennemi, ne pourra jamais se mettre entre nous. Je ne le permettrai jamais.

— Nous deux, ensemble, nous ne le permettrons jamais.

Il l'attira vers lui et dit d'une voix qu'elle seule pouvait entendre :

— Nous en parlerons plus amplement en privé. Mais d'abord, je dois abréger les souffrances de Lucian et corriger la grande présomption de ma sœur à propos de vos obligations à la cour. (Il sourit en la regardant dans les yeux.) Ensuite, nous pourrons aller nous coucher et dormir dans les bras l'un de l'autre jusque dans l'après-midi.

— Cela me plairait vraiment. Monseigneur ! C'est le chef des services secrets qui vous a parlé de la lettre de Salvan.

Ce n'était pas une question, et le duc n'hésita nullement avant d'incliner la tête pour lui donner raison.

— J'ai aussi appris que c'est votre grand-mère qui a servi d'intermédiaire à cette correspondance. Je m'occuperai également d'Augusta, en temps voulu.

— Pourquoi ne pas m'avoir dit plus tôt que vous étiez au courant ? demanda-t-elle, curieuse.

— Cela aurait terni votre présentation et les souvenirs de cette journée. Je ne pouvais pas faire cela.

— Ah, monseigneur, vous êtes si prévenant, répondit-elle d'une petite voix en reniflant pour ravaler ses larmes.

Avant de reculer, elle se pencha vers l'avant, l'embrassa délicatement sur la joue et ajouta :

— Je n'avais pas l'intention de vous décevoir, mais je sais que c'est le cas, et j'en suis vraiment désolée.

— Plus de secrets entre nous.

— Plus de secrets entre nous, répéta-t-elle avec un sourire avant d'ajouter gaiement : Et puisque nous sommes déjà demain, les souvenirs d'hier sont intacts et resteront ainsi avec nous pour toujours, n'est-ce pas ?

— Pour toujours.

Elle hocha la tête et n'ajouta rien de plus à ce sujet, reprenant sa place à côté de lui et plaçant ses mains sur ses volumineux jupons en soie noirs. Elle présenta ses excuses aux autres pour leur avoir tourné le dos, puis elle ajouta inutilement :

— Mais c'était inévitable, car il fallait que nous nous disions ces choses ici et maintenant.

# VINGT-CINQ

— **B**IEN, je suis content que ce tête-à-tête vous ait fait du bien à tous les deux, déclara Sa Seigneurie avec un sourire en coin, mais nous autres, nous sommes toujours aussi malheureux et confus.

— Lucian, nous nous connaissons depuis Eton, dit le duc. Et pourtant, vous agissez parfois comme si vous ne me connaissiez pas du tout. Antonia a raison. Vous devriez me connaître assez pour savoir que la dernière chose que je ferais, c'est chercher votre malheur. Et je ne reviendrai jamais sur mon décret qui interdit à ma sœur d'accepter un poste à la cour. Comme je vous l'expliquais, la présentation d'Antonia n'était qu'une formalité à endurer pour qu'elle puisse assister aux petits soupers de Louis avec moi. Je n'ai aucune envie qu'elle appartienne à la cour de quelque autre manière, et elle n'en a pas envie non plus.

Il se tourna vers sa sœur et poursuivit :

— En effet, votre lignée est impeccable, et je suis sûr que Leurs Majestés et vos parentes Salvan verraient d'un bon œil que vous deveniez dame d'honneur de la reine, mais vous n'êtes pas et n'avez jamais été assez… hum… aguerrie pour endosser un tel rôle. Je tiens trop à vous, et à Lucian, pour vous jeter dans ce nid à vipères. Pour prospérer et s'en sortir indemne dans un environnement aussi toxique, il faut être doué d'une intelligence développée et d'un sens de la ruse qui dépasse vos capacités…

— Vous me pensez sotte ! s'exclama Estée avec une moue en reniflant.

— Non. Ce dont vous êtes douée, en revanche, c'est d'une… hum… sensibilité développée et fragile, répondit le duc de son ton le plus diplomatique. Le rôle de grande hôtesse dans un salon parisien vous convient mieux que celui de noble au service de la couronne, rôle dans lequel vous vous retrouveriez coincée dans les machinations cachées qui naissent dans les entresols du palais.

Estée fut apaisée. Elle aurait apprécié le prestige lié à la position de dame d'honneur de la reine, mais elle était assez pragmatique pour savoir que l'attrait de la nouveauté s'épuiserait en une semaine et qu'elle finirait malheureuse. Et si elle prenait le temps d'y réfléchir un peu plus, elle ne pouvait qu'être d'accord avec son frère : les nobles français n'étaient rien de plus que des laquais glorifiés auprès de leur roi. Il lui avait dit une fois que le grand-père de l'actuel roi, Louis xiv, avait incité ses nobles à quitter leurs domaines et leurs terres en leur octroyant des postes prestigieux mais sans intérêt à la cour, ce qui servait en réalité à mutiler leur pouvoir, ajoutant que la noblesse anglaise ne se laisserait jamais avoir par une telle fourberie de la part de leur monarque. La dernière fois qu'un roi Stuart avait tenté quelque chose de similaire, on l'avait envoyé promener de l'autre côté de la Manche et les nobles anglais avaient proposé le trône à sa fille et son beau-fils.

À l'époque, elle s'était sentie profondément offensée par son analyse, car du sang noble français coulait dans ses veines. Mais après plus ample réflexion, elle avait dû admettre à contrecœur qu'il avait visé juste. Raisonnable quand cela l'arrangeait, elle était soulagée que son sang ne soit qu'à moitié français et de pouvoir revendiquer un lien de parenté avec une maison ducale anglaise. Par ailleurs, l'idée de servir de laquais à n'importe qui, même à la royauté, était indigne d'elle.

Mais elle était agacée de ne pas avoir eu l'occasion de refuser le poste de responsable des gants de la reine, devancée par une parente que son frère jugeait plus apte à reprendre les obligations de la comtesse de Roucy. Ainsi, même si elle était prête à obtempérer et à ne plus discuter sur ce point, elle continua à faire la moue et demanda avec méchanceté :

— Alors, quelle cousine Salvan sotte et terriblement indigente a supplié qu'on lui confie un poste aussi ingrat auprès de la reine ?

Le duc esquissa un mince sourire. Sa réponse amère ne le surprenait pas, et il était soulagé que sa sœur ne fasse pas plus d'histoires. Néanmoins, il ne s'attendait certainement pas à ce qu'elle reste calme quand il révèlerait l'identité de leur cousine Salvan. Ainsi, puisque Vallentine et Martin étaient toujours dans l'ignorance, il s'assura de leur fournir une explication complète avant de leur révéler un nom :

— Elle n'est ni sotte, ni pauvre. Et elle n'a rien réclamé. À vrai dire, elle était surprise quand madame la duchesse et moi lui avons proposé ce poste. Il peut sembler insignifiant – en effet, transmettre ses gants à Sa Majesté est superficiel –, mais la simple proximité avec la reine place cette dame d'honneur au centre de la maison royale. Ce poste d'observation privilégié la mettra dans une position unique pour rapporter tout ce qu'elle verra et entendra…

— Une espionne ? l'interrompit Estée. Pour votre compte ?

— Le mien, mais pas seulement…

— Pour le compte de notre ancien camarade d'école, Ned Shrewsbury, je parie… commenta Vallentine en claquant des doigts.

— Ned ? l'interrompit Estée, qui n'était pas plus avancée.

— Edward, Lord Shrewsbury, a récemment été promu chef des services secrets anglais, chérie. Il a fréquenté Eton avec Roxton et moi. Nous l'appelions l'Épagneul, pour des raisons évidentes.

— Elles ne le sont pas pour moi, déclara Estée avec sérieux.

Sa Seigneurie se tapota le bout du nez et répondit d'une voix qui en disait long :

— Il gardait toujours l'oreille dressée…

— Il a de grandes oreilles ?

— Non… enfin, si ! Maintenant que j'y pense, c'est vrai qu'il a de grandes oreilles. Mais ce n'est pas pour cette raison que nous le qualifiions d'épagneul. Les épagneuls creusent dans la boue et découvrent ce qui s'y cache avant tout le monde. Ned était donc bien placé pour découvrir les secrets des autres. Comprenez-vous ?

Quand les yeux d'Estée s'écarquillèrent en même temps qu'elle comprenait, Martin Ellicott se dit qu'il s'agissait du moment idéal pour saisir sa chance :

— Je vous demande pardon, monsieur le duc, mais une Française serait-elle prête à espionner pour le compte d'un Anglais ?

Sa question mit un terme à la préoccupation du couple et Estée se tourna brusquement vers Martin, scandalisée, pour lui lancer un regard noir.

— Un Salvan ne trahirait jamais son roi !

— C'est une excellente question. Tout ce que je lui ai demandé, c'est de m'envoyer des rapports factuels de la vie à la cour, expliqua le duc en ignorant l'emportement de sa sœur. Ce que je ferai de ces rapports – qui seront codés et sans signature – ne regarde que moi, et elle ne souhaite rien savoir à ce propos.

— Et en échange de ces… hum… rapports, elle se contentera de gérer les gants de la reine ? s'enquit Sa Seigneurie en se penchant vers Roxton et en se tapotant la tempe. Êtes-vous certain qu'elle n'est pas légèrement simplette ?

Le duc afficha un sourire narquois face à cette absurdité, et après avoir adressé un clin d'œil à Antonia, il dit à Vallentine :

— Madame la duchesse pourra confirmer que la femme en question n'est pas seulement l'une des plus intelligentes que je connaisse, mais également que le lien du sang que nous partageons est gratifiant. Je fais entièrement confiance à ses capacités. Elle assumera ce nouveau rôle avec succès, sinon elle ne se le serait pas vu proposé.

— Il est gratifiant, comme vous dites, de savoir que certains Salvan ont été bercés moins près du mur !

Cette remarque agaça instantanément Estée.

— Lucian ! Vous oubliez que mon frère et moi sommes tous les deux des Salvan.

— Je l'ai dit une centaine de fois ; vous êtes ce que les Salvan ont fait de meilleur. Et vous n'êtes pas des Salvan, mais des Hesham. Votre sang est anglais, il a seulement été pollué par une goutte de sang fran…

— Puis-je poser une autre question ? s'enquit Martin en ignorant la dispute du couple.

Quand le duc l'y autorisa d'un geste de la main, il ajouta :

— Il m'est impossible de concevoir qu'une femme intelligente puisse sauter sur l'occasion d'être au service de la reine, qui selon les dires de tous, est une créature douce mais insipide et pieuse. Vous envoyer ces rapports servira sans aucun doute à la stimuler mentalement, mais qu'espère-t-elle obtenir personnellement d'une telle position ?

— Ah ! Le parrain de Julian est vif d'esprit, n'est-ce pas, monseigneur ? répondit gaiement Antonia. Puis-je répondre ?

Quand le duc hocha la tête, elle dit à Martin :

— Un poste à la cour lui permettra d'être régulièrement en proche contact avec madame de Pompadour et le roi, ainsi que leurs amis. Son souhait le plus cher serait de devenir une amie intime de madame et grâce à cette amitié, de faire progresser les ambitions de sa famille, en particulier de son beau-père. Il désire ardemment devenir lui aussi ami avec la marquise. (Elle sourit au duc.) Nous faisons pleinement confiance à la nouvelle responsable des gants de la reine et nous sommes persuadés que tous ses efforts seront couronnés de succès, autant pour nous que pour l'avancement de sa famille, n'est-ce pas, monseigneur ?

— Tout à fait. Je prédis qu'elle et la marquise deviendront de grandes amies. Elle est peut-être née Salvan, et son père est duc et général, mais le beau-père de madame Haudry est un fermier général, elle a donc beaucoup d'empathie pour la maîtresse du roi. Pompadour a besoin d'une alliée à la cour qui comprend l'environnement hostile dans lequel elle se retrouve. Selon mes estimations, le roi proposera un poste supérieur au sein du gouvernement à monsieur le fermier général avant l'été prochain.

— Et je prédis... *Non !* Tante Philippa déteste la maîtresse bourgeoise du roi, riposta Estée. Elle n'autorisera jamais une Salvan à lier une amitié avec cette créature...

— Tante Philippa fera ce que je lui dis de faire, déclara le duc sur un ton définitif avant de se tourner vers Sa Seigneurie tout en lançant un coup d'œil à Martin pour l'inclure. Vous devez assister à un mariage demain, vous aurez donc besoin de quelques heures de sommeil avant ce... hum... supplice.

Il indiqua qu'il allait se lever, agitant ses larges manchettes retournées, signe que la soirée touchait à sa fin. Une fois debout, il tendit la main à sa duchesse. Mais quand sa sœur émit un bruit guttural, comme si elle s'étouffait, il se tourna vers elle en haussant un sourcil.

— Haudry ? *Michelle* Haudry ? intervint Estée d'une voix rauque, les yeux écarquillés, ce nom pénétrant enfin sa conscience. C'est donc en cela que consiste votre *perfide projet* pour la fille tombée en disgrâce du duc de Touraine ? Faire d'elle une dame d'honneur de la reine ? Et elle est d'accord p-pour vous servir d'*espionne* ? demanda-t-elle, incrédule. Tante Philippa et nos cousins Salvan sont peut-être obligés de se conformer à vos plans, mais même vous, malgré votre grande arrogance, vous ne pouvez pas réellement croire que vous avez assez d'influence sur la reine et ses dames d'honneur pour qu'elle approuve votre candidate au poste de responsable de ses gants !

— C'est pourtant ce qu'elle a fait, madame, répondit joyeusement Antonia en se relevant d'un bond de la méridienne pour glisser ses pieds chaussés de bas dans ses mules en velours et sa main dans la paume bien chaude du duc. Ne vous inquiétez pas inutilement. Tout est réglé et tout le monde est satisfait. Entre ma présentation et notre souper avec le roi, monsieur le duc et moi avons été invités dans le salon privé de la reine, où madame Haudry a gracieusement accepté le poste de dame d'honneur de Sa Majesté. Bonne nuit, ma très chère famille.

Sur ce, elle et le duc disparurent dans le petit renfoncement sombre qui menait à l'escalier permettant de rejoindre leur chambre. Sur la deuxième marche, elle se retourna, se jeta à son cou et tomba dans sa tendre étreinte.

— Enfin seuls ! Quant à vous, mon adorable mari, il est grand temps que vous vous débarrassiez de ces vêtements et que vous exhibiez, pour mes yeux seulement, votre grande arrogance.

# VINGT-SIX

Q<sup>UAND ON DÉPOSA</sup> Sa Seigneurie et Martin Ellicott sous le passage cocher de la villa l'après-midi suivant, ils revenaient du mariage d'Hubert Gabriel Louis Hyacinthe Salvan Montbelliard et d'Élisabeth-Louise Salvan Gondi Touraine.

Le majordome les conduisit dans la bibliothèque, où ils trouvèrent le duc assis à son bureau. Il portait une tenue d'intérieur décontractée : une robe de chambre en soie de style chinois sur une chemise blanche propre en lin fermée par une cravate d'un tissu raffiné similaire, un gilet en soie noir, un haut-de-chausses en velours et des mules en maroquin souple passées à ses pieds chaussés de bas. Il refermait les pages pliées d'une lettre grâce à son sceau ducal qu'il pressait contre la cire chaude. Quand il eut terminé, il plaça cette lettre, avec une dizaine d'autres, sur un plateau en argent tenu par un valet de pied en livrée qui s'absenta ensuite afin de veiller à ce que ces lettres soient distribuées par le messager le plus rapide de son maître. Les deux valets de pied qui se tenaient au garde-à-vous près de la double porte furent congédiés et le duc se retrouva seul avec Sa Seigneurie et Martin.

Ils s'installèrent devant la cheminée, où on avait plus tôt placé le chariot à thé et la cafetière. En manque de sommeil, Vallentine appuya sa joue sur son poing pour soutenir sa tête et ferma brièvement les yeux. Il calcula qu'il n'avait eu que trois heures de sommeil profond, et que moins de dix heures s'étaient écoulées depuis la dernière fois qu'il s'était assis à cet endroit exact ce matin même. Il était d'autant plus fatigué après avoir vidé quatre verres de punch bien fort lors du repas de mariage. Il était donc impératif qu'il boive un café noir corsé pour rester éveillé.

Une main se posa légèrement sur son épaule et il ouvrit les yeux, découvrant que Martin lui en avait servi une tasse. Tandis qu'il savourait sa boisson en silence, il fut reconnaissant qu'Ellicott, avec qui il avait assisté au mariage, transmette au duc tout ce qu'il s'était passé ce matin-là – lors de la cérémonie qui s'était déroulée à l'église Notre-Dame située rue de la Paroisse, et plus tard, lors du petit banquet de mariage qui avait été organisé juste à côté, dans l'élégante maison de ville de monsieur Haudry située rue Hoche, maison qu'il utilisait occasionnellement quand il était en ville pour affaires ou pour rendre visite à sa famille.

— La seule Salvan à assister à la cérémonie était madame Haudry, comme vous l'aviez demandé, Votre Grâce, lui dit Martin. Et puisque la sœur de Montbelliard vit à mille lieues d'ici, le marié a beaucoup apprécié la présence de Sa Seigneurie. Mais, et je suis sûr que Vallentine le confirmera, le jeune couple était tellement heureux de se retrouver enfin devant le curé qu'aucun d'eux ne s'est vraiment soucié de savoir qui était présent.

— Une heure quarante ! Une longue heure et quarante minutes d'ennui, dame ! grogna Vallentine. Sans parler de ce qu'il y a eu avant et après, au repas de mariage. Je sais pas vous, Ellicott, mais quand on a enfin réussi à s'échapper de l'église, j'étais prêt à avaler ma ration de punch, et plus encore !

— Votre avis sur le repas ?

Vallentine fit la grimace et rassembla ses esprits pour répondre :

— De ce que j'ai pu en déduire, les habituels parents pingres s'étaient réunis pour apaiser leur estomac et fourrer leur nez là où il ne fallait pas. Il devait s'agir de la première fois que les Salvan se retrouvaient sous le toit d'un riche fermier général, ils en étaient tous verts de jalousie ! (Il lança un regard en coin à Martin.) Ça me semble être une évaluation correcte, qu'en pensez-vous, Ellicott ?

Martin sourit.

— En effet, milord…

— Hé ! Hé ! l'interrompit Vallentine en agitant un doigt vers lui. Qu'est-ce que je vous ai dit ?

— En effet… *Vallentine*, rectifia Martin en s'empourprant.

— C'est mieux, répondit Sa Seigneurie en fermant les yeux et en s'appuyant un peu plus contre les coussins.

Le duc s'adressa à Martin sur le ton de la confidence, comme si son meilleur ami n'était plus dans la pièce :

— Vous serez peut-être surpris de l'apprendre – et j'ai découvert ce détail à propos de Lucian quand nous étions encore à Eton –, mais c'est quand il a bu des quantités qui seraient intolérables pour d'autres que ses idées sont les plus claires.

Martin était bel et bien surpris, mais il ajouta à son tour une remarque :

— Heureusement que vous étiez là l'un pour l'autre quand vos amis allaient trop loin, car je ne vous ai jamais vue, Votre Grâce, boire jusqu'à la débauche.

— Ne pensez pas qu'on n'a pas essayé de l'enivrer ! commenta Vallentine du fond de sa bergère.

— L'ironie, mes chers, dit le duc d'une voix traînante, avec un sourire en coin et les joues légèrement teintées, c'est qu'il faut être sobre pour mieux savourer la… hum… débauche sous toutes ses formes.

Revenant à ce qui lui importait le plus, il demanda à Martin :

— Si je me fie à l'estimation de Lucian quant au nombre d'invités au banquet de mariage, dois-je en conclure que monsieur Haudry n'a appliqué mon décret que pour la cérémonie ? Il a invité toute la ribambelle des Salvan à profiter de ses largesses… ?

— Seulement quelques privilégiés, Votre Grâce, répondit Martin. Madame Haudry s'est donné la peine de m'assurer – car elle savait que j'assistais au mariage pour vous représenter et qu'elle s'adressait donc à vous par mon biais – que l'invitation de son beau-père à la famille de la mariée ne faisait aucune mention du mariage et n'incluait que ses plus proches parents. Leur grand-mère, madame Touraine-Brissac, s'est assurée que les membres de la famille concernés garderaient cette invitation pour eux. Je dois ajouter, d'après mon observation de ceux qui étaient présents, que vos tantes ne semblaient pas savoir ce qu'elles faisaient là, qu'elles avaient tout l'air, comme le dit l'adage, de poissons hors de l'eau chez le fermier général. Elles ont tout compris seulement quand les mariés sont arrivés, les derniers à entrer dans le salon avec le curé, et que monsieur Haudry a bu à leur santé et à leur bonheur.

— Je vous envie presque d'avoir assisté à cet heureux rassemblement, commenta le duc avec un petit sourire satisfait. Les vieilles tantes ont dû se protéger derrière leurs quatre siècles et demi de noblesse dans le cadre opulent de la maison de monsieur le fermier général. Elles ont échappé à une humiliation totale, puisque cette invitation n'a pas atteint le cercle plus large de leur famille et de leurs amis. J'espère que tante Philippa a été convenablement remise à sa place. Et qu'elle a témoigné à ses deux petites-filles le respect qu'elle leur doit. Après tout, l'une d'elles est maintenant l'épouse de l'héritier du comte de Salvan, et l'autre est la seule Salvan qui a un poste à la cour… (Il surprit Martin en train de froncer les sourcils.) Qu'est-ce qui vous trouble ?

— Ce n'est pas moi qui suis troublé, Votre Grâce, c'est madame Haudry. Elle a fait remarquer que madame Touraine-Brissac n'était pas elle-même… que sa grand-mère était étrangement pleine d'entrain.

— C'est-à-dire ?

— Madame Haudry a dit que sa grand-mère était arrivée à la réception avec un éclat dans le regard et un sourire plaqué sur le visage, comme si elle seule était au courant d'un secret important. Elle a dit que la marquise avait un air, et je la cite, « de mystérieuse suffisance ».

— A-t-elle émis une hypothèse quant à la raison de cet… hum… de cet air ?

Vallentine retrouva assez d'énergie pour répondre :

— Sa petite-fille impossible à marier a enfin pris un époux, et nul autre que l'héritier du comte de Salvan. Ça pourrait être une explication.

— Vous avez tout à fait raison, milo… Vallentine, approuva Martin, avant de dire néanmoins au duc : Madame Haudry a surpris sa grand-mère alors qu'elle demandait à monsieur Haudry, de son ton le plus enjôleur, s'il voulait bien que le couple abuse de sa générosité en s'installant dans sa maison de ville pour une semaine ou deux. Ils devaient n'y séjourner que pour leur nuit de noces et une nuit supplémentaire avant de partir pour Arles.

— Tante Philippa a formulé cette demande directement auprès du fermier général ?

— Oui, Votre Grâce.

— Cela a dû être terriblement gênant pour elle, répondit le duc sans aucune compassion. Pour quelle raison veut-elle que le couple repousse son voyage et reste ici ?

— Elle a dit à monsieur Haudry qu'elle devait recevoir une grande nouvelle la semaine prochaine, nouvelle que le couple devrait entendre en personne, et non depuis le fin fond de la province, lui dit Martin. Monsieur Haudry a accepté sa requête sans hésiter et a mis sa maison de ville à leur disposition pour aussi longtemps qu'ils le souhaiteront. Il a demandé si cette nouvelle pouvait être que le père de la mariée, monsieur le duc de Touraine, allait venir rendre visite aux jeunes mariés. Ce à quoi la marquise a répondu, avec un petit rire poli, que son fils était occupé par ses responsabilités militaires, mais qu'en apprenant lui aussi cette nouvelle qu'elle attendait, il était possible qu'il demande une permission à Sa Majesté afin de venir en personne présenter ses félicitations à sa fille et son nouveau gendre.

— Ses félicitations ? répéta Roxton, légèrement surpris. Est-ce bien le mot qu'elle a utilisé ?

Quand Martin hocha la tête, le duc s'appuya contre son dossier et rumina un instant.

— Je me demande… commença-t-il avant d'exprimer à voix haute ce qu'il pensait : Repousser l'installation du couple à Arles semble tout à fait logique si ma tante connaît l'existence de la lettre de Salvan…

— Comment ? laissa échapper Vallentine en se redressant, plus alerte qu'il ne l'était depuis son entrée dans la bibliothèque. Comment pourrait-elle bien savoir que cette pourriture a écrit à Antonia ?

— Elle n'est pas sotte, et elle est habile en politique, répondit doucement le duc. En l'absence de son fils, cela fait des années qu'elle a pris sa place à la tête de la famille Touraine. Et depuis l'exil de Salvan, elle agit en son nom ici et à Paris…

— Salvan lui aurait-il confié son intention d'écrire à madame la duchesse ? se demanda Martin. Madame Touraine-Brissac lui aurait assurément déconseillé ce choix suicidaire.

— Ou alors, elle l'aurait encouragé, répondit Roxton d'un ton cryptique. Mais elle a d'autres moyens… hum… sournois d'obtenir des informations.

— D'autres moyens ? s'enquit Vallentine. Quels moyens ?

— Les membres de la police secrète française sont à sa solde, expliqua le duc. Je le sais, car je paye plus généreusement qu'elle. Et je m'entends également mieux avec le lieutenant général de police de Paris, monsieur de Marville. Il ne me l'a pas encore confirmé, mais c'est à coup sûr grâce à ces contacts que tante Philippa a entendu parler de la lettre de Salvan.

— Elle est peut-être au courant de son existence, mais saurait-elle ce que cette fouine a écrit ? s'enquit Vallentine.

— Tout l'intérêt de payer la police secrète, c'est de débusquer ces informations, répondit le duc. Quand la lettre est partie de chez Salvan pour être envoyée à Paris, elle s'est sûrement retrouvée sur le bureau d'un larbin de la police dont le rôle spécifique consiste à examiner la correspondance de la noblesse ou de ceux envers lesquels le roi a manifesté un intérêt.

» Et en tant que courtisan tombé en disgrâce et banni par lettre de cachet, Salvan fait partie de ces personnes surveillées. La police secrète ouvre ces lettres, les lit et recopie celles dignes d'être rapportées. Ces copies sont ensuite rassemblées et envoyées quotidiennement à monsieur le comte de Maurepas qui, en tant que secrétaire d'État à la Maison du roi, est responsable de la transmission de ces informations à Sa Majesté. La lettre originale est habilement rescellée et renvoyée à son destinataire, sans que ni lui ni l'expéditeur n'en sachent rien.

» L'ironie étant que la police secrète n'est un secret pour personne, et ses méthodes non plus. On part du principe que toutes les lettres qui passent par la poste parisienne peuvent potentiellement être ouvertes. C'est la raison pour laquelle j'emploie mes propres messagers et que j'ai des informateurs dans leurs rangs qui s'informent sur les autres.

» Pour revenir à la lettre de Salvan… Après qu'elle a été lue et que des copies en ont été faites, elle a été rescellée et envoyée en Angleterre, à la grand-mère d'Antonia, pour qu'elle puisse la glisser dans sa propre correspondance avec sa petite-fille…

— Je vous demande pardon, Votre Grâce, l'interrompit Martin, qui digérait et essayait de comprendre tout ce que leur disait Roxton, mais puisque l'Angleterre possède également un réseau sophistiqué d'espions et un service au sein du gouvernement en charge de l'espionnage, j'imagine qu'une lettre envoyée par un comte français tombé en disgrâce à la grand-mère de la duchesse de Roxton a dû alerter les larbins concernés, non ?

— En effet. Et c'est de cette façon que j'ai fini par... hum... découvrir que Salvan avait écrit à Antonia.

— C'est moi qui aurais dû vous le dire, pas l'Épagneul, dit Vallentine d'un air penaud en lançant un regard en coin gêné à Martin. Dame, Roxton, grogna-t-il en donnant un coup sur l'accoudoir rembourré de sa bergère, j'ai l'estomac retourné à chaque fois que je pense au fait que je ne vous ai pas prévenu !

— Il est réconfortant de savoir qu'au moins l'un de vos organes est repentant, dit le duc d'une voix traînante.

Il poussa un soupir, se redressa et ajouta :

— Mais il sera bientôt apaisé ; vous allez pouvoir vous racheter, car je vais avoir besoin de vos services...

— Quoi que ce soit, je suis votre homme !

— Je le sais, Lucian. Merci.

— Dommage qu'aucun larbin de la police secrète parisienne ne vous ait parlé de la lettre de Salvan avant qu'elle ne parte pour Londres, fit nonchalamment remarquer Sa Seigneurie.

— C'est dommage, en effet, grommela le duc en serrant les dents. Soyez rassuré, il ne s'agit que d'un petit accident de parcours dans mon réseau d'informateurs. Ce... hum... cet écart de conduite est en train d'être réglé en ce moment même.

— Bien. Il n'y a rien de pire qu'un mollasson incompétent !

— Vous êtes troublé, Martin, dit le duc avec un sourire en coin. Ce... hum... mollasson incompétent ne sera pas tué, seulement démis de ses fonctions.

— Je ne pensais pas du tout à cet individu, Votre Grâce, admit Martin. L'incompétence devrait être punie promptement, et le manque de loyauté sévèrement...

— Bien dit ! lança Vallentine.

— J'ai été frappé par votre remarque précédente, continua Martin, comme quoi madame Touraine-Brissac pourrait encourager Salvan à écrire à madame la duchesse, tout en étant consciente qu'un acte aussi périlleux déclencherait une suite d'événements qui conduirait à sa mort.

— Dégoisez-vous toujours ainsi, Ellicott ? s'enquit Sa Seigneurie avec curiosité.

— Oui, déclara le duc avec un sourire satisfait.

— Je crois comprendre ce que vous voulez dire, dit Vallentine. Mais laissez-moi être clair : vous pensez que tante Philippa a probablement mis l'idée d'écrire cette lettre dans la tête de Salvan tout en sachant très bien que s'il le faisait, Roxton mettrait à exécution sa menace de le tuer ?

— Précisément, répondit le duc en inclinant la tête.

Vallentine et Martin se tournèrent l'un vers l'autre en même temps, sourirent de leurs réactions similaires, et Sa Seigneurie demanda sans ménagement :

— Pourquoi ? Pourquoi ferait-elle une chose pareille ? C'est une pourriture, mais il reste son neveu.

— Réfléchissez, Lucian, dit le duc. Quand Salvan mourra de la pointe de mon épée, non seulement Montbelliard héritera du titre de comte de Salvan, mais il pourra aussi restituer sa fortune à la famille, ainsi que leurs postes à la cour à ses différents membres. Par ailleurs, il est jeune et tante Philippa pense pouvoir le manipuler bien mieux qu'elle n'a jamais pu manipuler Jean-Honoré.

— Vous la disiez habile en politique, dit Sa Seigneurie. Et si elle est derrière cette lettre, alors elle est encore plus fourbe que ce que j'aurais pu imaginer ! Je vais vous dire autre chose : je n'ai encore jamais rencontré de grand-mère que j'apprécie !

— IL EST VRAI QUE tante Philippa et Augusta Fitzstuart partagent quelques points communs, répondit le duc. Elles sont toutes les deux intelligentes et fourbes. Mais là où la première s'est servie de ces caractéristiques pour naviguer les couloirs de Versailles et accroître la fortune familiale, la deuxième a préféré cultiver sa vanité et son appétit charnel, laissant son intelligence stagner et sa fourberie pourrir et évoluer en jalousie malveillante. Tous les moyens sont bons pour atteindre ce qu'elles veulent, elles n'ont aucune pitié. Tante Philippa fera tout ce qui est en son pouvoir pour sa famille, et Augusta pour elle-même. Et elles n'ont toutes les deux que faire de savoir qui se dresse en travers de leur chemin.

» Mais je m'égare. Lucian, vous allez m'accompagner à Limoges, plus précisément au château d'Ambert. J'ai écrit à monsieur le comte de Salvan et j'ai fait envoyer cette lettre par mon messager le plus rapide. Il saura bientôt que je viens honorer ma parole de mettre fin à ses jours. Je veux que vous soyez mon second…

— Bien sûr. Ce serait un privilège pour moi, déclara Sa Seigneurie. Ce sera un duel inégal, qui sera terminé avant même d'avoir commencé. Je n'envisageais pas une fin rapide pour Salvan, mais il tremblera dans ses bas dès qu'il lira votre lettre et vivra dans un état d'extrême terreur jusqu'à ce que tout soit terminé. Je peux m'en contenter. Mais je reste perplexe sur un point ; je me demande bien quel homme en France pourrait volontiers accepter de servir de second à cette fouine. Si personne ne se porte volontaire, comment comptez-vous apporter une conclusion satisfaisante à cette histoire ? En admettant bien sûr que Salvan accepte de se mesurer à vous.

— Il acceptera. Il n'a pas le choix. Et ne désespérez pas, nous lui trouverons un second. J'ai écrit au duc de Touraine pour réclamer sa présence afin qu'il arbitre cet affrontement. Son bataillon se trouve actuellement à une demi-journée de cheval de Limoges. Je l'ai chargé de trouver un soldat parmi ses hommes qui pourra servir de second à Salvan, quelqu'un avec un honneur impeccable, égal à celui de monsieur le duc. Ainsi, tout se déroulera, sera archivé et rapporté sans parti pris et sans bavure. Il est hors de question que ma réputation soit entachée ou que la mort de Salvan à la pointe de mon épée soit glorifiée.

Quand le duc se leva, Vallentine et Martin l'imitèrent. Sa Seigneurie se frotta les mains.

— Quand partons-nous ?

— Après-demain. Les préparatifs pour notre voyage et pour le retour de nos épouses à Paris sont bien entamés. Je veux que vous teniez compagnie à la duchesse, dit Roxton en se tournant vers Martin. Elle va avoir besoin de vous ; d'autant plus si… hum… l'impensable devait se produire. Et, Lucian, ajouta-t-il rapidement avant que l'un des deux hommes ne puisse l'interrompre, je crains que ce soir et demain ne soient pas des moments agréables pour vous, car vous allez devoir parler de ce qui se prépare à Estée…

— N'allez-vous pas lui dire ? s'enquit Vallentine.

Il sentit l'appréhension l'envahir instantanément quand il imagina la réaction démesurée qu'aurait sa femme. Il y aurait des larmes, beaucoup de larmes, des coussins seraient lancés, des insultes également.

— Vous êtes le chef de famille et son frère, ajouta-t-il. Et c'est vous qui allez affronter Salvan en duel.

— C'est votre droit en tant qu'époux d'informer votre femme de votre intention de me servir de second, je ne saurais vous en priver, dit le duc d'une voix traînante. Et je ne suis pas despotique au point de… hum… d'abuser de mon autorité.

— Vous avez certainement choisi le bon moment pour faire preuve d'un peu d'humilité ! grommela Vallentine.

— Tel est mon droit, en tant que chef de famille, répondit le duc en s'inclinant poliment devant son beau-frère avant de lui donner une tape sur l'épaule et d'ajouter sans artifice : Il me reste un jour et deux nuits à passer avec ma femme et mon fils avant que vous et moi ne nous mettions en route. Je compte passer ce temps avec eux, seul et sans interruption. Est-ce trop demander ?

Vallentine secoua la tête.

— Pas du tout. Je ne suis qu'un imbécile égoïste.

— Puis-je vous faire une recommandation, milord ? s'enquit Martin Ellicott à voix basse.

Quand Vallentine hocha la tête, il suggéra :

— Afin d'amoindrir l'inquiétude de Lady Vallentine et d'empêcher son esprit de s'égarer vers la plus choquante des issues possibles du duel entre son frère et son cousin, distrayez-la en lui parlant des prochaines rénovations importantes qui vont avoir lieu dans vos appartements à l'hôtel. Vous pourriez alors éviter de passer de longues heures à apaiser ses peurs et ses idées macabres. Ne m'avez-vous pas dit que vous ne vous étiez pas encore mis d'accord sur une palette de couleurs définitive pour… ?

Les yeux bleus de Vallentine s'écarquillèrent quand il comprit. Il claqua des doigts.

— Les échantillons ! Dame ! Quelle excellente idée !

Il rejoignit le bureau du duc à grandes enjambées et ouvrit brusquement l'un des tiroirs du bas. Il en sortit un petit sac en velours rempli d'échantillons et de nuanciers de couleurs qu'il leva tel un trophée de chasse.

— Je sais ce que je vais faire. Je vais lui annoncer la nouvelle pour Limoges et tout de suite après, quand elle sera encore en train de la digérer et avant qu'elle ne puisse s'imaginer les pires choses qui soient, je contre-attaquerai – je sortirai ce sac et lui dirai que j'hésite encore à propos de ses choix de couleurs. Je me montrerai peut-être même têtu, et quand elle tentera de parer cela, je riposterai d'une flèche en déclarant que je n'ai pas fait les mêmes choix qu'elle. (Il laissa échapper un petit rire embarrassé.) Elle m'attaquera d'une fente, mais j'imagine qu'elle sera assez distraite… Non ! Elle sera furieuse contre moi, et avec un peu de chance, elle le restera jusqu'à ce que nous partions pour Limoges. Cela l'empêchera de s'inquiéter inutilement. Merci, Ellicott. Vous êtes inestimable.

— Quant à vous, Lucian, vous êtes le plus courageux d'entre nous, lança malicieusement le duc.

— Oui, hein ? répondit Lord Vallentine avec un sourire éclatant.

Après avoir fait cette déclaration et passé le sac en velours sur son épaule, Sa Seigneurie s'éloigna pour aller croiser le fer verbalement avec sa femme.

QUAND VALLENTINE EUT QUITTÉ la pièce, le duc retourna derrière son bureau et s'assit, indiquant à Martin de s'installer en face de lui. Sur le sous-main devant lui était posé le portefeuille rouge ouvragé, orné de dorures et des armoiries ducales. Le duc écarta ses longs doigts sur ce symbole de son rang et de sa fortune, puis il releva les yeux vers son ancien valet.

— J'aimerais vous confier certains documents pendant mon absence… dont une copie de mon testament… pour le cas où… hum… l'impensable arriverait et que seule ma dépouille mortelle devait revenir à Paris…

— Votre Grâce, je vous en prie ! Il n'y a pas le moindre risque qu'une chose pareille se produise !

— Je doute fortement que cela arrive, mais nous savons que Salvan n'a rien d'honorable. Il fera tout pour sauver son enveloppe mortelle, au détriment de son âme immortelle. Ainsi, tout est possible, dit Roxton avec un sourire en coin. Il faut donc prévoir toutes les éventualités, qu'elles soient réelles ou de l'ordre de l'imaginaire.

— Et vous voulez que ce soit *moi* qui conserve ces documents ? Pourquoi pas Sa Seigneurie, ou un estimé parent… ?

— Et pourquoi pas vous ? Je vous fais confiance…

— Merci, Votre Grâce. Mais, Vallentine est votre meilleur ami !

— J'ai de nombreux amis et estimés parents, mais je peux compter sur les doigts d'une main ceux à qui j'accorde ma confiance. Et vous oubliez que Vallentine sera avec moi.

Le duc retira ses doigts de l'étui en cuir, se recula dans sa chaise et ajouta :

— Si Antonia vous avait montré la lettre de Salvan et vous avait demandé de ne pas m'en parler, qu'auriez-vous fait ?

Martin n'eut aucune hésitation avant de répondre :

— Je lui aurais déconseillé de faire ceci et j'aurais fait tout mon possible pour la convaincre de vous montrer cette lettre.

— Et si elle n'avait pas suivi vos conseils, qu'elle l'avait quand même brûlée ?

— Cela ne m'aurait pas dissuadé de vous en parler, et de prévenir madame la duchesse de mon intention de le faire.

— C'est bien ce que je pensais. Je me dis que si elle s'était confiée à vous, elle aurait suivi vos conseils… (Le duc prit une profonde inspiration et se réinstalla sur sa chaise.) Et cette situation dans laquelle nous nous retrouvons aurait été réglée plus rapidement et avec moins de… hum… complications. Mais je suis conscient qu'elle suivra toujours son cœur, et j'en resterai éternellement reconnaissant. La façon dont cette affaire s'est déroulée ne me trouble donc pas excessivement.

— Vous saviez qu'un jour, vous finiriez par mettre à exécution votre menace de tuer Salvan ?

— Oui.

— Vous m'avez dit que le portefeuille contenait votre testament, Votre Grâce, mais puis-je savoir quels autres documents vous souhaitez me confier ?

— En plus de mon testament et plusieurs lettres, vous y trouverez un document – une liste de consignes, si vous voulez – pour la duchesse. Ce document concerne plusieurs propriétés non grevées, des parents et métayers qui jouissent de ma munificence, et certains de mes domestiques, en France et en Angleterre, qui doivent recevoir des présents particuliers. Vous y trouverez également mes vœux concernant l'éducation de mon… de *notre* fils…

Roxton s'interrompit et un long silence s'installa. Martin savait que le duc luttait contre un tourment interne en lien avec la duchesse et leur bébé. Dans l'éventualité de sa mort, le duc laisserait derrière lui une jeune épouse inconsolable avec un nourrisson. Martin était bien conscient, et il était certain que le duc l'était aussi, que si cela devait arriver, il s'agirait d'une tragédie familiale qui se répéterait.

En sa qualité de valet, Martin était habitué à ce que le duc garde tout pour lui et à attendre qu'on le sollicite pour prendre la parole. Mais dans son nouveau rôle d'ami et confident, il devait faire avancer la conversation pour que le duc puisse retrouver son sang-froid.

— Votre Grâce, vous avez mentionné des lettres… ? Que voulez-vous que je fasse de ces lettres… ? Que je les envoie… ?

— Non. Vous pourrez les remettre en mains propres. Deux d'entre elles sont pour la duchesse, et l'autre est pour mon fils. Elle pourra la lui transmettre quand elle le jugera assez vieux pour la lire. Au fait, il faut que vous sachiez que mes exécuteurs testamentaires sont madame la duchesse, le duc de Touraine, Lord Vallentine et votre estimée personne…

— Seigneur ! Moi ?

Les lèvres du duc tressaillirent.

— Vous semblez horrifié. Je vous accable encore. Mais je ne vous présenterai pas d'excuses.

Il soupira et ajouta d'une voix traînante pleine d'ironie :

— C'est le prix à payer pour faire partie d'une famille aussi illustre et pour être le fidèle ami de son illustre chef. C'est un fardeau qui est lourd à porter pour vous, mais pas pour moi…

— Je suis… je suis réellement honoré, Votre Grâce, répondit Martin sans relever son sarcasme. Je ne vous décevrai pas, vous et madame la duchesse.

— Je le sais, Martin, sinon nous n'aurions pas cette conversation. Si vous vouliez bien ne pas m'interrompre, j'ai d'autres choses à vous dire…

— Bien sûr – je vous demande pardon !

— Les exécuteurs testamentaires auront juridiction sur les propriétés et les revenus considérables qui resteront en fidéicommis jusqu'à ce que mon fils atteigne la majorité, expliqua le duc. Quant à Antonia, elle sera libre de gérer comme elle l'entend le reste de mes possessions et domaines. Cela ne conviendra à personne, ce qui est compréhensible, puisqu'elle est jeune et que c'est une femme. Beaucoup me pensent déjà sénile ne serait-ce que parce que je l'ai épousée. Mais je n'ai que faire de l'opinion des autres à propos de mon mariage. Et comme vous le savez, dans tous les domaines, c'est moi-même que je cherche à satisfaire, ce que je fais donc.

» Mais en lui accordant cette… hum… liberté si elle devait se retrouver veuve, je la condamne à subir une opposition et une entrave de la part de presque tout le monde. Pour surmonter cela, elle aura besoin d'un confident, quelqu'un à qui elle peut implicitement faire confiance, qui lui témoigne une loyauté excessive, mais qui n'a pas peur de lui dire la vérité, et qui a ses intérêts et ceux de mon fils au centre de son être, de son cœur. Et pour ma propre tranquillité d'esprit, je dois m'assurer qu'elle aura toujours cette personne dans sa vie. Je crois que vous êtes cette personne, Martin… L'êtes-vous ?

Quand son interlocuteur battit des paupières, ravala ses larmes et baissa la tête avant de la hocher, il ajouta doucement :

— J'ai besoin de vous entendre le dire.

— Oui ! Oui, Votre Grâce. Je suis cette personne. De-de toutes les fibres de mon être.

Le duc se leva. Martin l'imita. Mais quand Martin reprit la parole, le duc se rassit.

# VINGT-HUIT

— Puisque vous vous êtes si gracieusement confié à moi et m'avez honoré de ces responsabilités si l'impensable devait se produire, je me demande, Votre Grâce, si vous m'autoriseriez à vous parler de ce que j'ai décidé pour l'avenir ? s'enquit Martin en souriant d'un air mal assuré. Cela ne prendra qu'un instant.

Il ne suivit pas l'exemple du duc et resta debout, ce qui poussa Roxton à demander :

— Ne souhaitez-vous pas vous asseoir pour m'en parler ?

— Non, Votre Grâce.

Sur ce, le duc s'appuya contre son dossier et lui indiqua de poursuivre d'un geste de la main.

Martin toussa dans son poing pour éclaircir sa gorge sèche. Il était nerveux, parce qu'il se demandait non seulement si sa proposition serait acceptée, mais aussi si le duc ne la considérerait pas comme une grande présomption. Mais il ne le saurait jamais s'il ne lui faisait pas part de son projet.

— Après que vous et madame la duchesse avez changé ma vie à jamais en faisant de moi un gentleman indépendant financièrement, vous m'avez dit que j'aurais peut-être envie de vous maudire plutôt que de vous remercier. Que sans la nécessité de travailler pour gagner ma vie et avec la possibilité de vivre comme je l'entends, vous vous demandiez comment j'allais remplir mes journées. Je m'interroge à ce propos depuis, et j'ai trouvé une réponse.

— Déjà ?

— Oui, Votre Grâce.

Quand le duc n'ajouta rien, Martin continua :

— Je me suis demandé comment je pourrais vous remercier pour votre gentillesse et votre générosité et vous rendre la pareille…

— La duchesse et moi ne voulons pas que vous nous rendiez la pareille. Vous avez perdu votre temps. (Le duc esquissa un sourire en coin.) Mais puisque votre temps vous appartient et que vous pouvez en faire ce que vous voulez, vous êtes libre de le… hum… gaspiller comme vous l'entendez.

— Ce que je souhaite, c'est être utile pour vous et madame la duchesse, continua Martin avec sérieux. Et je pense avoir trouvé un moyen de l'être.

— Poursuivez.

— Ma proposition, si elle vous convient à tous les deux, me permettrait d'apporter ma contribution à cette estimée famille et d'occuper mes journées de façon profitable. (Martin ne put réprimer un sourire.) Je crois bien que je ne m'ennuierai plus jamais. Chaque jour apportera son lot de défis, de distractions, et sans aucun doute de surprises.

— Ah, me voilà intrigué.

— Vous n'avez peut-être pas encore pensé au moment où Julian portera le haut-de-chausses, mais moi, si. Je sais que quand mon filleul enfilera son premier haut-de-chausses, il quittera la nursery et la compagnie exclusivement féminine de ses nurses et s'engagera sur le long chemin pour devenir un homme.

» Puisqu'il est votre héritier, il aura son propre personnel, qui sera intégré aux nombreux foyers que vous habitez et qui répondra aux besoins inhérents à ce rôle : tuteurs académiques, maître d'escrime, professeurs de maintien et de danse, de musique, d'équitation, et tout un tas d'autres précepteurs requis dans l'éducation et la formation d'un futur duc de Roxton. Sans parler des domestiques nécessaires au bon fonctionnement de ce personnel, des valets aux cuisiniers en passant par les valets de pied et un tailleur. Il est inutile de vous rappeler tous ces détails, Votre Grâce, mais je les mentionne pour que vous sachiez que j'ai tout pris en compte et vous permettre ainsi de bien réfléchir à ma proposition.

— Qui est… ?

— En tant que parrain de Julian, j'aimerais avoir l'honneur de remplir le rôle de majordome de son personnel, déclara Martin. Naturellement, je ne me permettrais jamais de prendre la moindre décision à propos de son bien-être sans consulter Vos Grâces, mais je vous épargnerais volontiers – en particulier à madame la duchesse – les décisions relatives à la gestion quotidienne de son foyer ; je pourrais m'occuper des domestiques, des menus, et de jongler avec les emplois du temps des divers maîtres et tuteurs.

» Madame la duchesse se fera sûrement du souci pour Julian quand il aura son propre foyer à gérer, même si son fils vivra encore sous le même toit que vous, et c'est bien naturel. Et, pardonnez-moi pour cette supposition, mais en tant que fille d'un médecin que certains ont qualifié de… *radical* et qui l'a autorisée à recevoir la même éducation qu'un garçon et à vivre une enfance unique, madame la duchesse n'appréciera peut-être pas que Julian, en tant qu'héritier du titre, doive être élevé d'une certaine manière, afin qu'il soit prêt à prendre sa place de sixième duc. Je suis certain que madame la duchesse apportera sa propre perspective à l'éducation de son fils et que Julian ne pourra qu'en bénéficier. Mais je pense que si je deviens son majordome, celui qu'elle pourra consulter sur les questions quotidiennes, elle aura moins tendance à s'inquiéter, vous aurez moins de raisons de vous faire du souci, et la tranquillité à laquelle vous tenez tant sous votre toit sera maintenue.

— Ma parole, Martin, vous avez assurément bien réfléchi à la question. Puis-je vous demander – même si bien sûr cela ne me regarde en rien – ce que vous comptez faire en attendant ? Vous pouvez faire ce que vous voulez quand vous le voulez. Mais je suis sûr que vous avez calculé que vous ne pourrez pas prendre la responsabilité du personnel de mon fils avant au moins quatre ou cinq ans.

— J'ai bien pris cela en considération, Votre Grâce, répondit Martin, s'asseyant inconsciemment au bord de sa chaise en souriant au duc de l'autre côté du bureau. Au cours des quelques prochaines années, si Dieu le veut, d'autres enfants viendront rejoindre votre nursery. J'espère pouvoir être utile à madame la duchesse, de quelque façon qu'elle le souhaitera, pour l'aider à jongler avec les besoins de ses enfants pendant leurs premières années. Et – pardonnez cette présomption – je pourrais apaiser ses craintes et ainsi, quand il sera temps pour Julian de quitter la nursery, elle sera rassurée de savoir que je serai celui en charge du personnel de son fils.

Martin prit une inspiration. Nullement découragé par l'impénétrabilité du duc – quelque chose auquel il faisait face depuis deux décennies et qui faisait trembler les plus faibles dans leurs bottes –, il continua :

— Je sais que Votre Grâce aura tout un tas de discussions avec madame la duchesse à propos de vos enfants, mais puisque vous avez d'autres problèmes à gérer en lien avec vos domaines et les affaires d'État en Angleterre, mon implication vous soulagerait au moins en partie de la nécessité de vous impliquer dans les conversations préliminaires au sujet de votre nursery.

— Et cela occuperait assez votre temps, et de façon satisfaisante ?

— Oui, Votre Grâce. Je pourrais, de temps en temps, passer quelques mois par an à Moran Hall. Mais sinon, mon seul projet consiste à faire partie de cette famille.

Le duc le croyait, mais il se sentit quand même obligé de demander :

— Et vous souhaitez sincèrement devenir le majordome du personnel de mon fils ?

— Ce serait un immense honneur, Votre Grâce.

Le duc se leva, et Martin aussi.

— Je parlerai de votre proposition à madame la duchesse, mais je pense savoir ce qu'elle dira…

— J'espère sincèrement qu'elle lui semblera convenable…

— Convenable ? répéta Roxton en poussant un petit soupir plein de gratitude. Tout comme moi, elle sera folle de joie de savoir que le bien-être de notre fils sera entre de très bonnes mains.

— C'est très gratifiant, Votre Grâce. Merci.

Le duc tendit la main au-dessus de son bureau et Martin la serra chaleureusement.

# VINGT-NEUF

Plus tôt dans l'après-midi, le duc avait laissé Antonia dans son bain, ses femmes de chambre rinçant la poudre de ses longs cheveux couleur miel et lavant le parfum, la poudre et la peinture qu'elle avait dû porter à la cour. Alors qu'il retournait dans leurs appartements après sa conversation avec Martin, il s'attendait à la trouver en train de lire près du feu en attendant que ses cheveux sèchent.

Mais quand il entra dans leur chambre à coucher, il découvrit la chaise à porteurs qu'elle avait reçue pour son anniversaire devant les hautes fenêtres. Les brancards n'étaient pas glissés dans leurs supports et la porte était grande ouverte sur la vue du parc royal. Il entendit sa femme et son fils avant de les voir. Elle lisait à voix haute, et leur bébé poussait des petits cris de joie.

Ils n'étaient pas seuls. Deux femmes de chambre, après avoir enveloppé une seconde fois les cheveux de la duchesse, rassemblaient les dernières serviettes humides dans un panier, tandis qu'un valet de pied était occupé à installer le nécessaire pour le café et la cafetière en argent sur son support. En voyant le duc, ils se dépêchèrent tous de partir.

Roxton passa la tête par l'embrasure de la porte de la chaise et s'accorda un instant pour graver dans sa mémoire l'image enchanteresse de sa femme et son enfant coupés du monde.

Antonia était lovée sur le siège en velours, appuyée contre la paroi tapissée de soie avec les genoux relevés. Elle portait une tenue décontractée – une robe de chambre en soie sur sa chemise et ses bas – et était couverte d'un châle en cachemire. Ses cheveux étaient rassemblés en une longue et épaisse tresse qui retombait sur l'une de ses épaules et qui était enveloppée de bandes de tissu absorbant pour faciliter le séchage. Leur bébé était installé contre ses genoux.

D'une main serrée, il agitait un épais ruban en satin qui retenait la tresse de sa mère et dans son autre poing, il tenait un bâton de dentition en corail au manche en argent et encerclé d'un anneau de clochettes argentées. Elles tintaient dès qu'il bougeait la main, et il poussait chaque fois des petits cris de joie.

— Bonjour, ma très chère famille.

— Monseigneur ! Vous revoilà enfin ! Et vous arrivez juste à temps. L'une des nourrices va bientôt venir pour redonner le sein à Julian. (Elle fronça les sourcils.) Il n'a pas bien dormi du tout la nuit dernière. Céleste ne me l'a pas dit, mais je le vois bien. Il n'est pas de bonne humeur, malgré ses petits cris. Je crois que sa poussée de dents l'empêche de dormir.

— Impossible d'être de bonne humeur quand on a mal aux dents, répondit-il.

Il prit son fils dans ses bras et recula pour permettre à Antonia de sortir de la chaise.

— Dois-je m'interroger sur la présence de votre véhicule citadin dans notre chambre ?

— J'ai demandé que Julian me soit emmené dedans, dit-elle d'un ton neutre en glissant ses pieds dans ses mules en brocart. Ainsi, il n'oubliera pas qu'il aime se déplacer dans la chaise à porteurs de sa mère. (Elle leva le menton pour recevoir un baiser.) Merci. Vous nous avez manqué.

— Vous m'avez manqué aussi, dit-il en déposant un nouveau baiser léger sur son front.

Ils rejoignirent le canapé près du feu, et quand elle fut installée, il replaça leur fils sur ses genoux. Il jeta un coup d'œil au livre qu'elle avait laissé sur la table basse, une petite lettre cachetée servant de marque-page, et lui demanda sur le ton de la conversation :

— Quel conte de fées lui lisiez-vous ?

— Monseigneur, je ne suis pas sûre que les histoires de madame d'Aulnoy soient adaptées aux enfants, répondit-elle avec un long soupir.

En entendant cela, le duc, qui préparait le café, se tourna et la regarda d'un air pensif, le pot à lait en porcelaine à la main.

— Je suis d'accord. Certains de ses contes ne conviennent même pas aux adultes. Et duquel est-il question, ma fée ?

— *Le Mouton.* Je ne l'avais jamais lu. C'est l'histoire d'un prince qui est transformé en bélier par une méchante fée et d'une princesse dont le père, le roi, ordonne la mort. Mais le bûcheron ne parvient pas à exécuter cet ordre. Alors, l'un des animaux de la princesse, son chien, sacrifie sa vie pour la sauver. Il se passe beaucoup d'autres choses, mais je ne supporterais pas de répéter le reste, je peux seulement vous dire que le bélier tombe amoureux de cette princesse, et que quand elle met trop de temps à le rejoindre, il meurt d'un cœur brisé.

— En effet, ma belle, c'est bouleversant. Mais rassurez-vous, notre fils est trop jeune pour comprendre ce que vous lisez. Il profite uniquement du son de votre voix.

— C'est pour cette raison que je me suis efforcée de prendre une voix joyeuse en lisant, pour lui. J'avais envie de pleurer, car le chien m'a fait penser à ce pauvre Tan… Renard, je voulais tant que l'histoire se finisse bien…

— Que le bélier redevienne un beau prince pour que lui et la belle princesse puissent vivre heureux et avoir beaucoup d'enfants ?

Antonia embrassa la joue rose de son fils et sourit au duc.

— Oui ! Comme nous !

— Comme nous, répéta Roxton en laissant échapper un petit rire.

Il se remit à préparer leur café et l'apporta sur un plateau en argent qui contenait également deux tasses et une petite assiette de délicates pâtisseries. Il déposa le tout sur la table basse devant le canapé et s'assit à côté d'elle. Puis il prit son fils sur ses genoux pour qu'Antonia puisse boire son café.

— Je pense que je vais recommencer à lui lire Tacite, annonça Antonia. Ou bien Suétone, ou Tite-Live – n'importe quel auteur antique serait plus adapté que ces horribles contes de fées.

— Les Julio-Claudiens sont bien moins affreux, railla le duc.

— Monseigneur, vous l'avez dit vous-même, Julian se moque de savoir ce que je lis tant que je lis à voix haute. Je vais donc lire ce qui me plaît, dit-elle avec un sourire effronté.

Elle but une gorgée de café, pensa à quelque chose et dit d'un ton catégorique :

— Je ne pense pas que votre père vous aurait lu les contes de madame d'Aulnoy.

— Je ne me souviens pas de ce détail, seulement qu'il me faisait la lecture, souvent.

— Ce sont de charmants souvenirs à avoir. Mais non, il ne vous aurait pas lu ces contes de fées.

— Vous en semblez convaincue. Pourquoi ? Parce que ces histoires sont… hum… déplaisantes ?

— La plupart des gens diraient que ce ne sont que des contes de fées et qu'il ne faut pas y croire, que ce n'est donc pas grave s'ils contiennent des éléments horribles, expliqua Antonia. Mais il y a toujours une part de vérité dans chaque histoire. Celles-là ne contiennent pas seulement des éléments cauchemardesques, elles sont aussi très tristes. (Elle croisa son regard.) Et votre père les aurait trouvées d'autant plus déplaisantes, car elles lui auraient fait penser à son père.

— Dans quelle mesure, mignonne ?

— On retrouve votre grand-père dans ces contes de fées, sous de nombreuses apparences terrifiantes.

— Dans ce cas, il faut que nous rangions les histoires de madame d'Aulnoy dans la bibliothèque, où elles pourront prendre la poussière.

Antonia ne put s'empêcher de glousser derrière sa main.

— Pardonnez-moi, monseigneur. Cela ne va pas vous plaire, mais c'est là que Jean-Luc a trouvé ce livre. Au milieu de la poussière !

Roxton feignit la stupeur.

— Mon Dieu, il y a de la *poussière* dans ma bibliothèque ?

— La poussière vous horrifie plus que ces contes de fées ?

— Mais bien sûr, ma vie.

Sa bouche tressaillit, mais il ajouta d'un ton parfaitement sérieux :

— Mon grand-père était un monstre, mais même lui, il avait des…

hum… principes. Ah ! Il est maintenant temps pour mon héritier de retourner à la nursery, ajouta-t-il d'une voix entièrement différente et en anglais quand il remarqua qu'une nourrice et l'une des nurses attendaient discrètement près de la portière en tapisserie. Et pour ses parents d'avoir un peu de temps pour eux – enfin.

# TRENTE

Ils terminèrent leur café dans un silence chaleureux et Antonia dit en reposant sa tasse vide :

— Avec votre permission, j'aimerais que Jean-Luc vienne à Paris avec nous.

— Souhaitez-vous qu'il soit présent pour une raison particulière ?

— Cela lui permettrait de passer un peu plus de temps avec les nourrices et leurs enfants. Ils l'aiment tous beaucoup et il apprécie leur compagnie. Il fait la lecture aux enfants. Et il est impatient de ranger tous les livres que nous avons apportés avec nous et d'accomplir toutes les tâches que notre bibliothécaire pourrait lui confier. Je pense que l'abandonner ici, tout seul dans une maison vide et silencieuse, ne lui ferait pas de bien.

— Alors il faut qu'il rentre avec vous.

— Merci, monseigneur. Cela fera plaisir à… oh ! tout le monde !

— Martin vous raccompagnera également à l'hôtel, vous et Estée, pendant que Vallentine et moi serons absents.

— Je suis heureuse que Lucian vienne avec vous, mais madame sera mécontente de son absence.

— C'est un euphémisme, ma fée. Elle ne cessera de pleurer entre ici et le pont Neuf. C'est la raison pour laquelle vous voyagerez dans deux carrosses distincts. J'ai également ordonné qu'ils soient séparés dans le convoi par les chariots transportant les meubles et bagages et le carrosse des domestiques.

Antonia sourit.

— C'était très prévenant de votre part. Martin et moi ferons peut-être un voyage agréable, après tout. (Elle poussa un profond soupir.) Mais pour tout vous dire, je pense que je ne remarquerai même pas les hurlements de madame, car je serai trop occupée à m'inquiéter pour vous.

— Approchez, ma belle, la pria le duc.

Elle se décala sur la méridienne pour rejoindre son étreinte, et il dit alors doucement :

— Je ne peux pas vous demander de ne pas vous inquiéter. Bien sûr que vous serez inquiète. Tout ce que je vous demande, c'est de ne pas laisser votre esprit s'égarer vers des idées saugrenues dignes des histoires de madame d'Aulnoy. Je reviendrai, sain et sauf, auprès de vous et Julian. Je vous en donne ma parole. Et je tiens toujours ma parole, n'est-ce pas ?

— Au fond de mon cœur, je sais que vous nous reviendrez. Mais rien n'est jamais clair avec Salvan. Il est comme ces êtres mythiques et maléfiques que l'on retrouve dans les pages des *Contes des fées*. Il est capable de faire beaucoup de mal. Et c'est ce qui m'inquiète. Puisque nous parlons de lui, j'ai quelque chose pour vous.

Quand elle s'agita dans ses bras, il la libéra et elle récupéra le livre sur la table basse. Elle en sortit ce qui servait de marque-page, une petite note cachetée qu'elle lui tendit.

— Je l'ai trouvée dans la boîte avec les mouchoirs que tante Victoire m'avait envoyés pour mon anniversaire. Je n'ai pas brisé le sceau quand je l'ai reconnu. Au début, je ne savais pas quoi en faire, je l'ai donc laissée dans la boîte et j'ai essayé d'oublier son existence. (Elle esquissa un sourire tremblotant.) Mais quand nous nous sommes promis de n'avoir aucun secret l'un pour l'autre, je me suis souvenue que je l'avais encore, je vous la donne donc maintenant pour que vous puissiez en faire ce que vous voulez. Pas de secrets entre nous, mon mari bien-aimé.

Le duc fit tourner la note entre ses doigts. Le sceau de la maison Salvan avait été pressé dans la cire rouge. Il serra la mâchoire. Il se dit tout d'abord qu'il était impatient de croiser le fer avec son cousin afin de mettre enfin un terme à son intrusion insidieuse dans sa vie. Mais il réprima rapidement sa colère ; il ne laisserait pas sa rage envers Salvan s'immiscer dans le temps on ne peut plus précieux qu'il passait avec sa femme. Et il n'accorderait pas une seule autre pensée à son cousin tant qu'il n'était pas temps de partir pour Limoges.

Il se leva donc, et tendit la main.

Ils s'approchèrent de la cheminée et le duc jeta la note au feu sans la lire. Ils observèrent les plis du parchemin noircir, se replier sur eux-mêmes et prendre feu. Quand il ne resta plus que des cendres, ce fut Antonia qui rompit le silence. Elle posa les mains contre l'avant de la robe de chambre en soie du duc et leva les yeux vers lui. Ce qu'elle dit le surprit, car c'était la dernière chose qu'il avait en tête.

— Renard, je ne pense pas que vous trouverez d'espion au sein de notre personnel, car il ne s'agit pas d'un espion au sens strict du terme.

Le duc réfléchit à cela, puis il dit :

— Si ce n'est pas un espion, à votre avis, qui envoie des rapports sur notre vie non seulement à mes vieilles tantes, mais également à votre grand-mère ?

Elle lui adressa un sourire rayonnant, le prit par la main et le ramena sur la méridienne.

— Je savais que vous comprendriez immédiatement !

Elle se lova sur les coussins en face de lui et continua, toujours aussi animée :

— Je ne le sais pas, mais je suis certaine que vous, si ! La plupart de nos domestiques, si ce n'est tous, sont les frères, sœurs, oncles ou tantes – il existe en tout cas un lien de parenté ou un autre – d'autres domestiques dans d'autres grandes maisons. Je savais que votre ancien cocher, Baptiste, était le beau-frère de notre majordome, Duvalier, mais je n'aurais jamais pu imaginer à quel point les relations entre les domestiques employés par la noblesse française s'entrecroisent de façon complexe. Ce doit être pareil en Angleterre, non ? Oh ! et cela ne concerne pas seulement la noblesse, mais aussi les maisons des fermiers généraux. (Elle écarquilla les yeux.) C'est ce que j'ai découvert quand Gabrielle m'a dit que *toutes* ses sœurs sont bonnes dans des grandes maisons ici et à Paris ! C'est incroyable, non ?

— Gabrielle ? Combien de sœurs votre femme de chambre a-t-elle qui sont en service ?

— Trois. Yvette est l'aînée. C'est la femme de chambre d'Estée. La deuxième, Giselle, est la bonne d'Élisabeth-Louise Salvan Gondi Touraine… oh ! qui est à présent madame Montbelliard. Rose est la bonne de Michelle, madame Haudry, la sœur d'Élisabeth-Louise. Enfin, il y a ma Gabrielle, la benjamine. Gabrielle m'a dit que ce n'était pas une coïncidence si Michelle Haudry habite la villa voisine de la nôtre, que c'est elle qui a dit à Rose, la femme de chambre de madame Haudry, que la maison était à louer.

Le duc réfléchit à tout cela un instant, puis il dit :

— Estée a probablement demandé conseil à sa femme de chambre quand je l'ai chargée d'en recruter une pour vous la première fois que je vous ai ramenée à l'hôtel…

— Et Yvette a recommandé sa propre sœur Gabrielle à ce poste ! s'exclama Antonia d'un air satisfait. Et voilà ! C'est ainsi que tout s'est mis en place.

Son enthousiasme le fit sourire. Il prit sa main pour embrasser sa paume et lui dit par-dessus le bout de ses doigts :

— Alors, dites-moi comment vous pensez que ces sœurs sont impliquées dans le compte rendu de nos vies à autrui.

Antonia fronça les sourcils en y réfléchissant.

— Renard, je ne pense pas que cela ait été fait avec la moindre malveillance, ou même délibérément. C'est simplement ainsi que les commérages passent d'une bouche à l'autre. (Elle haussa les épaules.) Elles sont sœurs. Je n'en ai jamais eu, mais je sais que les sœurs parlent entre elles. Les choses sont facilitées pour Yvette et Gabrielle, qui vivent sous le même toit. Elles doivent manger ensemble dans les quartiers des domestiques et se croiser dans les escaliers, non ?

» Par ailleurs, elles ont toutes les deux l'opportunité de voir Rose plus souvent, car elle habite juste à côté, avec la famille Haudry. Mais elles ne doivent pas voir Giselle très souvent. Je l'ai rencontrée chez tante Philippa, quand vous m'avez trouvée en train de donner le sein au pauvre bébé de la comtesse. Elle est circonspecte ; on ne peut pas en dire autant de sa maîtresse, Élisabeth-Louise !

— On peut donc considérer que Giselle n'est pas la sœur qui répand des… hum… commérages à notre propos ?

— Tout à fait ! Mais je n'ai jamais rencontré Rose, je ne saurais donc faire de commentaire sur sa place dans ce petit mystère.

Le duc sourit mentalement, mais il garda une expression neutre de crainte qu'elle ne pense qu'il manquait de sincérité et ne prenait pas ses réflexions au sérieux. En réalité, il était impressionné, car il était fort possible qu'elle ait vu juste dans son hypothèse quant à l'identité de l'espionne parmi eux.

— Puisque Giselle et Rose ne vivent pas sous notre toit, elles pourraient seulement recevoir ces commérages…

— Mais ne pourraient-elles pas alors les transmettre ?

— Si, en effet. Néanmoins, Giselle est circonspecte et Rose travaille pour madame Haudry, elle ne côtoie donc pas les mêmes cercles que ses sœurs employées dans de nobles maisons, je pense que nous pouvons donc les écarter toutes les deux. Il nous reste donc deux sœurs : la femme de chambre d'Estée… Yvette ?

Quand Antonia hocha la tête, il continua :

— Yvette, et votre Gabrielle. Mais laquelle des deux est une… hum… espionne involontaire ? À moins qu'elles ne le soient toutes les deux ?

— Monseigneur, je ne connais pas non plus Yvette, mais Gabrielle, elle, je la connais. Elle est jeune et naïve, mais ce n'est pas une espionne.

— Quel est votre raisonnement, mignonne ? demanda-t-il d'un ton léger, ne pouvant cette fois-ci dissimuler son immense sourire, car la femme de chambre d'Antonia avait quelques années de plus qu'elle.

Elle sembla lire dans ses pensées, car elle dit avec une moue, feignant l'indignation :

— Je n'oublie pas que Gabrielle est plus vieille que moi. Mais elle a peu d'expérience du monde en dehors de chez elle et de nos maisons en France et en Angleterre. (Sa moue disparut et ses yeux s'illuminèrent.) Quant à moi, je dois mon expérience de… oh ! de presque tout à monsieur le duc de Roxton.

— Et à votre estimé père, qui a cultivé votre intelligence, votre curiosité insatiable et votre délicieux franc-parler…

— Toutes ces choses que monsieur le duc apprécie énormément, répondit-elle gaiement. Peut-être ma curiosité plus que tout.

— Vous croyez ?

Antonia lui lança un regard en coin.

— C'est assurément ce que vous préférez chez moi… dans la chambre à coucher.

Roxton prit une inspiration, faisant semblant d'être choqué, puis il l'attira dans ses bras.

— Et toute autre pièce de votre choix, murmura-t-il avant de l'embrasser.

— Je suis très curieuse à propos de la pièce dans laquelle nous nous trouvons actuellement…

— Diablesse.

Elle gloussa et il rit avec elle tandis qu'ils s'enfonçaient plus profondément dans les coussins de la méridienne.

## TRENTE-ET-UN

QUAND ILS REPRIRENT enfin leur respiration, décoiffés et comblés, le duc était étalé de tout son long sur la méridienne, une main sous la tête, et Antonia était blottie contre lui. Elle releva la tête de son torse et revint au sujet des espionnes :

— Renard, quand nous discutons en privé, nous utilisons souvent l'anglais ou l'italien, Gabrielle et nos autres domestiques doivent donc à peine comprendre de quoi nous parlons.

— Je pense que votre bonne se moque totalement de savoir dans quelle langue nous parlons des Julio-Claudiens, des éléments déclencheurs de la guerre du Péloponnèse ou du camp dans lequel nous nous rangerions dans le conflit qui a opposé Scipion l'Africain à Hannibal. Ce qui les intéresse, ce sont nos vies quotidiennes et nos... hum... nos interactions. Et je pense savoir comment tout cela se passe...

— Je m'en doutais ! s'exclama joyeusement Antonia en se blottissant derechef contre lui. Je vous en prie, expliquez-moi tout.

— Nous savons que nos vies – et je parle de la noblesse de manière générale – offrent une surabondance de commérages à ceux qui nous servent. Ils échangent ces commérages avec leurs semblables, par pure titillation surtout, ce qui ne fait de mal à personne s'ils restent entre eux. Mais il y a ceux qui sont moins loyaux et plus intéressés, et qui cherchent à obtenir une rémunération en partageant ces informations fascinantes avec autrui. Ils les vendent à des acheteurs de commérages, qui ont leurs propres raisons de nous vouloir du mal.

— Pour grand-mère, c'est parce qu'elle est malveillante et jalouse. Quant aux Salvan, ils veulent vous punir d'avoir envoyé leur chef de famille en exil en blessant votre arrogance ô combien grande, n'est-ce pas ?

— Tout à fait, mignonne… Et d'autres m'en veulent uniquement parce que je suis un confident du roi. Des courtisans ambitieux ont souvent cherché à m'humilier en espérant me faire perdre les faveurs de Louis…

— Mais vous n'avez jamais accordé d'importance à l'opinion des autres, alors comment pourraient-ils vous humilier ?

— En effet, mais ce qui m'importe, c'est que vous, vous ne vous retrouviez pas mêlée à leurs complots répugnants. Ces mêmes méthodes indésirables sont maintenant utilisées contre la maîtresse de Louis. Pompadour semble fragile…

— Elle est très belle et délicate, déclara Antonia.

— Elle n'est pas aussi belle que vous, ma fée, et elle n'a pas votre esprit…

— Ah, j'aime vous entendre dire cela, mon amour. Sa beauté et sa fragilité doivent désemparer ses ennemis, qui la pensent également fragile d'esprit, c'est bien cela ?

— Ils comprendront rapidement, à leur détriment, que son apparente fragilité cache des nerfs taillés dans le marbre. La marquise devra faire appel à son intelligence et à sa perspicacité pour damer le pion à ses adversaires, mais elle finira par les vaincre.

Antonia fronça les sourcils.

— Mais, Renard, assurément, aucune de nos femmes de chambre ne nous trahirait, si ?

— Ce qui est certain, c'est que je les paye assez pour leur loyauté, lança malicieusement le duc.

— Madame vous réprimanderait, elle vous dirait que vous réfléchissez comme un marchand, le taquina-t-elle. Les marchands payent pour qu'on leur soit loyal, mais les ducs ont du sang noble, et cela devrait suffire pour que n'importe quel homme veuille vous servir.

— Mes semblables dans la noblesse, qui vivent à crédit en utilisant leur bonne réputation et leur titre comme caution, s'attendent à ce que ceux qui les servent et les marchands qui veulent les voir devenir des clients soient reconnaissants de bénéficier de leur patronage. La dernière chose qui leur vient à l'esprit, c'est de régler leurs comptes, et ce sont souvent leurs héritiers qui récupèrent leurs énormes dettes. Je ne laisserai pas une telle chose arriver à nos enfants…

— Car vous êtes un bon maître et un bon père, déclara Antonia. Et un mari absolument merveilleux.

Le duc sourit et la serra dans ses bras.

— Merci de m'accorder votre confiance, ma vie. À vrai dire, j'ai toujours été pragmatique. Je refuse d'être redevable à qui que ce soit. J'ai toujours bien payé et payé à temps en échange d'un service exceptionnel. Je m'assure ainsi que ce service soit prompt et bien exécuté : la loyauté est une considération secondaire, même s'il s'agit également de quelque chose que j'attends.

— Vous êtes trop sévère envers vous-même, monseigneur. Vos domestiques vous sont loyaux car vous êtes un maître bienveillant, comme votre père avant vous. Après notre mariage, je me suis renseignée à son propos et j'ai découvert qu'ici à la villa et à l'hôtel, nous avons des domestiques qui l'ont servi, et ils parlent tous de Lord Alston avec beaucoup d'affection.

— Il était l'antithèse de son père à lui, voilà qui est sûr.

— Je suis heureuse que nous ayons nommé notre fils en sa mémoire, et ils en sont heureux aussi. Ils disent que c'est un signe qu'en tant que maître, il sera bon comme son grand-père et bienveillant comme son père.

— Cela revient au même, ma chérie.

Antonia se redressa avec un sourire éclatant et l'embrassa.

— Oui. Et vous êtes aussi bon que bienveillant, alors ne me contredisez pas !

— Je n'oserais pas !

Une fois qu'ils furent réinstallés l'un en face de l'autre sur la méridienne pour être plus à l'aise, le duc revint à la question de l'espionne parmi eux.

— Je crois que vous avez raison à propos des sœurs. Nos vies quotidiennes sont indirectement relatées par le biais de leurs commérages… Et je crois bien que c'est ma propre sœur qui…

— Estée ? s'exclama Antonia. Vraiment ?

— … relie toutes les sœurs entre elles.

Antonia écarquilla ses yeux verts.

— Oh là là ! Mais bien sûr ! Vous êtes très intelligent. J'aurais dû y penser.

— Je fais face à ses méthodes depuis bien plus longtemps que vous, mignonne. Quand elle est… hum… contrariée, elle partage ses opinions de façon excessivement insouciante et sans se préoccuper le moins du monde de savoir qui peut l'entendre.

— C'est vrai, répondit Antonia d'un air sombre. Je pense qu'elle ne remarque ses domestiques que quand elle a besoin d'eux. Et vous avez raison, elle exprime toujours ce qu'elle pense sans jamais s'en inquiéter. Monseigneur ! ajouta-t-elle précipitamment en pensant soudain à quelque chose. Yvette a peut-être ressenti le besoin de se plaindre auprès de ses sœurs à propos de madame et de son compor…

— De ses accès de colère ? Car c'est de cela qu'il s'agit. Oui. Qui ne voudrait pas d'un peu de compassion de la part d'une sœur après une invective particulièrement vive d'Estée ?

Antonia, pensive, se rappuya contre les coussins en fronçant les sourcils et en jouant inconsciemment avec le bout de sa longue tresse.

— Même si Yvette apprenait certaines choses à notre propos par le biais de madame et en parlait à Gabrielle, comment ces commérages arriveraient-ils jusqu'aux oreilles de l'une des vieilles tantes ? Je ne pense pas que Gabrielle les répéterait. Et si Giselle est circonspecte, elle n'en dirait pas un mot…

Le duc fit la grimace en haussant les épaules, comme s'il était tout aussi perplexe qu'elle. Mais Antonia n'était pas dupe. Elle voyait bien l'étincelle dans ses yeux noirs et l'ombre d'un sourire au coin de sa bouche. Elle revint rapidement se blottir contre lui.

— Je crois bien que vous me menez en bateau ! le réprimanda-t-elle d'un ton taquin. Vous êtes peut-être d'avis que les sœurs aiment partager des commérages et parlent de nous, et que madame exprime ses opinions de façon imprudente quand elle est d'humeur belliqueuse, mais vous ne pensez pas que c'est par ce biais que vos vieilles tantes ou ma grand-mère ont découvert des détails intimes à notre propos ! Vous savez tout, n'est-ce pas, monseigneur, vous savez tout depuis le début, mais vous vous prêtiez seulement à mon jeu ! Dites-le-moi ! Je veux jeter l'ancre !

— Oh ? Pourtant, quel beau voyage nous avons fait dans cet océan de possibilités, mon adorable petite fée. Il nous a permis d'oublier, ne serait-ce qu'un instant, ce qui nous attend tous les deux dans les jours qui viennent. (Il tira sur sa tresse d'un air joueur.) Le voyage est terminé pour aujourd'hui. Pour être tout à fait honnête, je n'ai jamais envisagé que l'un de mes domestiques puisse nous trahir. Je suis directement parti du principe qu'un domestique chez un Salvan avait dû s'insinuer dans les bonnes grâces de notre personnel. Et mes tantes ont ensuite transmis ce qu'elles ont appris à votre grand-mère. (Il l'embrassa délicatement sur le front.) Mais vous m'avez montré que l'explication la plus simple est souvent la bonne. Il semble sensé que les sœurs partagent des commérages, qui pourraient souvent être entendus par d'autres personnes qui auraient emporté ces commérages hors de chez nous. Mais même dans ce cas, je ne pense pas qu'il faille les mettre en cause.

— Si vous voulez une explication encore plus simple, je pense que c'est madame qui partage ces commérages avec vos vieilles tantes…

— … et dans sa correspondance avec Augusta, dit le duc, terminant sa phrase. Et vous auriez raison. Votre grand-mère a un don pour soutirer les détails les plus infimes de ses correspondants, je suis donc persuadé qu'Estée lui a involontairement dit tout ce qu'elle voulait savoir.

— Merci de me le dire, répondit doucement Antonia. Moi aussi, j'ai aimé naviguer et explorer cet océan de possibilités avec vous. Ceci étant dit, ajouta-t-elle avec un tendre sourire, je pourrais demeurer en votre compagnie en silence toute la journée et j'en serais satisfaite.

— Et si nous faisions cela jusqu'au dîner ?

Oh, cela me plairait énormément, répondit elle, le surprenant néanmoins quand elle se releva d'un bond et enfila ses mules. Il faut d'abord qu'on me sèche les cheveux et qu'on me les coiffe, s'excusa-t-elle.

Roxton lança un regard furtif en direction de la porte. Il aperçut Gabrielle dans l'ombre et distingua deux femmes de chambre derrière la portière. Il se leva et resserra sa robe de chambre en soie sur ses larges épaules, puis il attira Antonia contre lui.

— Je vais rassembler nos livres, lui dit-il en faisant courir sa main le long de sa tresse, jusqu'à l'épais ruban, enroulant ensuite ses cheveux autour de son poignet. Qu'elles vous sèchent les cheveux, je vous en prie, mais apportez-moi votre brosse…

Elle sourit et hocha la tête, et après l'échange d'un baiser, il la relâcha. Il ne la quitta pas une seule fois du regard quand elle se dirigea vers la portière. Mais elle ne disparut pas immédiatement derrière, discutant à voix basse avec Gabrielle, il patienta donc.

Antonia revint rapidement vers lui, un pli entre les sourcils. Elle leva les yeux vers lui, troublée.

— Renard, madame Haudry est là. Elle dit qu'elle doit vous parler. Que c'est très important et que cela ne peut pas attendre.

# TRENTE-DEUX

L E DUC REGARDA Gabrielle par-dessus la tête d'Antonia.

— Madame Haudry pourra venir me voir après-demain à l'aube, avant mon départ pour Limoges.

Gabrielle fit la révérence et disparut derrière la portière. Antonia voulut la suivre, mais un vacarme retentit dans la pièce adjacente. Une porte vint heurter la tapisserie, puis un crescendo de paroles et autres bruits étouffés se fit entendre, comme si une rixe avait éclaté. Enfin, une voix grave pénétra le chaos et le calme revint, mais pendant un instant seulement.

Le duc et la duchesse se tournèrent l'un vers l'autre avant de regarder derechef en direction de la portière. Le duc entoura Antonia de son bras et ils attendirent tous les deux, silencieux et curieux. Aucun d'eux ne fut surpris quand le rideau en tapisserie ondula, avant d'être brusquement écarté. Le valet du duc, George Geraghty, entra et s'inclina. Il était suivi par Gabrielle, puis un valet de pied à l'air paniqué. Mais ce fut la personne qui était encore derrière eux qui fit serrer les dents au duc.

— Roxton ! Antonia ! Oh, Dieu soit loué ! Mon Dieu ! Quelle nouvelle ! Quel choc ! J'ai du mal à y croire !

C'était Estée, et elle était suivie de près par Lord Vallentine.

— Du calme, chérie, lui ordonna Sa Seigneurie d'une voix apaisante. Je vous ai dit qu'il valait mieux que je m'en occupe. Ça peut pas être bon pour le bébé que vous vous mettiez dans un état pareil. Et si vous commenciez le travail… ?

— Ne soyez pas ridicule, Lucian ! Il me reste encore des semaines – des *mois* – avant l'arrivée du bébé ! Je ne sais pas comment vous pouvez vous attendre à ce que je reste calme après avoir reçu la nouvelle que tante Victoire m'a envoyée !

Elle brandit une unique feuille de papier, se précipita vers son frère et lui dit :

— Roxton ! Lisez ceci ! Vous n'allez pas y croire !

— Vous pouvez nous laisser, dit calmement le duc à son valet, parcourant du regard les autres domestiques qui restaient dans la pièce et dont les yeux écarquillés se baissèrent quand leur maître regarda dans leur direction.

Les domestiques avaient à peine quitté la pièce et le rideau en tapisserie venait de retomber en place quand Vallentine dit d'un ton penaud :

— Désolé de faire irruption ainsi. Mais nous ne pouvions pas faire autrement.

— Faut-il que j'installe des gardes armés aux portes dans ma propre maison ? s'enquit le duc avec une politesse glaciale. Faut-il que je les arme de pistolets pour vous arrêter ?

Sa Seigneurie haussa les épaules.

— Il faudrait au moins cela. Et que les gardes aient l'ordre de tuer, car Estée me forcerait à les affronter dans une lutte sanglante s'ils dégainaient une épée…

— … et pour elle, vous les abattriez tous, Lucian, l'interrompit Antonia avec un sourire.

— En effet – pour elle, madame la duchesse, répondit-il docilement.

— Oh, Lucian ! Je ne connais pas d'homme plus courageux, plus merveilleux ! lâcha Estée en se jetant dans ses bras et en éclatant en sanglots.

— Voyons, voyons, c'est inutile, l'apaisa Sa Seigneurie. Je sais pourquoi vous êtes à bout de nerfs, mais il faut que nous gardions notre sang-froid pour expliquer à votre frère et à Antonia pourquoi nous avons osé les interrompre si impoliment.

Il regarda par-dessus la tête de sa femme, qu'elle avait enfouie contre son torse, et leva les yeux au ciel avant de les baisser sur la duchesse. Il le regretta instantanément, car elle était en déshabillé, vêtue d'une robe de chambre en soie avec peu de choses en dessous, ses cheveux rassemblés en une longue tresse. Il s'empourpra, la rougeur de ses joues s'accentuant quand il remarqua que son meilleur ami était dans le même état. Le duc ne portait pas de cravate et le ruban qui retenait habituellement ses longues boucles noires était relâché, ses cheveux retombant sur son front et ses épaules.

Vallentine parcourut la pièce du regard, leva les yeux vers le plafond et fit un commentaire anodin :

— Je pense pas avoir déjà visité cette partie de la maison…

— Et cela n'arrivera plus, lança malicieusement le duc avant de pousser un soupir las. Que se passe-t-il de si… hum… capital que vous osiez me désobéir ?

Estée détourna son visage du gilet de son époux pour regarder son frère. Elle lui tendit la lettre.

— Lisez-la, Roxton. Tante Victoire dit… elle dit que notre cousin est… qu'il est… *mort.*

Le duc s'avança, la gorge soudain serrée.

— Notre cousin ? Pas Alphonse… ?

— Alphonse ? répéta Estée en fronçant les sourcils et en secouant la tête. Non ! Non ! Ce n'est pas Alphonse, dit-elle en glissant la lettre dans la main de son frère.

— Dieu soit loué, murmura le duc.

Quand il s'approcha de la cheminée pour lire la lettre, Antonia, Vallentine et Estée patientèrent en l'observant. Mais sa sœur ne put rester silencieuse longtemps. Elle s'adressa à la duchesse dans un murmure que tous pouvaient entendre :

— C'est la raison pour laquelle il fallait que nous venions, pour laquelle j'ai poussé Lucian à forcer le passage. J'en suis désolée, mais cette lettre change *tout.*

— Je ne comprends pas, madame, répondit Antonia. Que change-t-elle ? Qui est mort ?

Le duc se tourna pour leur faire face. Il avait le visage pâle. Il demanda à voix basse :

— Madame Haudry est-elle encore là ?

— Elle est ici ? Pourquoi donc ? s'enquit Estée.

C'était une surprise pour elle, mais aussi pour Vallentine, qui haussa les épaules.

— Merci de m'avoir apporté ceci, dit Roxton. Nous parlerons ce soir, au dîner…

— Vous mettez un terme à votre isolement pour rejoindre votre famille ? s'enquit Sa Seigneurie.

— Après avoir reçu cette nouvelle, il le faut. Veuillez faire venir un valet de pied.

— Je ne comprends pas ! Pourquoi nous congédiez-vous ? Je vous ai apporté la lettre ! J'ai besoin d'en parler avec vous dès maintenant. Nous ne pouvons pas partir. Nous…

— Allons, chérie, l'apaisa Sa Seigneurie en passant un bras autour des épaules de sa femme pour la guider lentement hors de la pièce. Vous avez entendu votre frère. Il a dit que nous en parlerions plus tard, au dîner. Pour l'instant, il a besoin de temps pour digérer la nouvelle et vérifier si c'est bien vrai…

— Tante Victoire ne mentirait jamais à propos de quelque chose d'aussi important ! riposta Estée. Ne comprenez-vous pas que c'est un péché mortel… ?

— Oh, ce que je comprends c'est que nous avons commis un péché mortel en faisant irruption ici !

Avant qu'elle ne comprenne où elle était, Vallentine guida sa femme jusqu'au rideau, le leva et la poussa dans la pièce voisine, lui parlant et débattant toujours avec elle, laissant le duc et la duchesse de nouveau seuls, mais pour un moment seulement. Un valet de pied apparut dans l'embrasure de la porte.

— Je dois rencontrer madame Haudry. Si elle est rentrée chez elle, allez la chercher. Faites-la attendre dans la bibliothèque. Je l'y rejoindrai.

Roxton se tourna ensuite vers sa duchesse et lui donna la lettre.

— C'est Salvan. Il est mort.

MADAME HAUDRY buvait une deuxième tasse de café quand le couple ducal la rejoignit enfin dans la bibliothèque.

Ils avaient tous les deux enfilé une tenue qui témoignait de leur haut rang.

Le duc portait un ensemble noir du plus doux des velours, avec un gilet parsemé de sequins argentés et des chaussures en cuir noires à petit talon parées d'une large boucle incrustée de diamants. Une broche en or avait été fixée dans les plis de sa cravate en lin blanche et ses cheveux de jais étaient dégagés de son beau visage austère et rassemblés en une longue tresse retenue par deux épais rubans en soie blancs, l'un sur sa nuque et l'autre qui retenait le bout de la tresse, au milieu de son dos.

La robe volante que la duchesse portait était tout aussi somptueuse ; elle était faite de soie dans des tons mauve pâle et argentés, avec de délicates engageantes en dentelle qui retombaient en cascade de ses coudes à ses poignets. Le profond décolleté en V de son corsage, qui était agrémenté d'une pièce d'estomac parsemée de sequins argentés assortis à ceux du gilet de son mari, mettait parfaitement en valeur son impressionnante poitrine. Elle ne portait aucun bijou. Sa beauté était rayonnante, elle n'en avait donc pas besoin.

Michelle Haudry attendait depuis plus d'une heure, et cela n'avait rien d'étonnant. À l'évidence, en s'habillant avec autant de soin et dans des tissus aussi opulents, le couple ducal accordait à cette occasion la solennité formelle qu'elle méritait.

Elle reposa sa tasse et sa soucoupe, se leva de la méridienne et se baissa en une révérence marquée avec toute la grâce requise de la nouvelle dame d'honneur de la reine.

— Je suis désolée d'empiéter sur votre temps, monsieur le duc. Mais cela ne pouvait pas attendre.

— Est-ce vrai ? s'enquit le duc en lui indiquant de se rasseoir face à eux.

Il attendit qu'Antonia ait disposé correctement ses volumineux jupons avant de relever les basques de sa redingote pour s'asseoir à côté d'elle. Il leva ses yeux noirs vers leur invitée et lui demanda :

— Le comte de Salvan est mort ?

Michelle Haudry soutint son regard et lui répondit d'une voix stable :

— Je suis venue vous dire, monsieur le duc et madame la duchesse, que Jean-Honoré Louis Gabriel de Salvan, le comte de Salvan, est mort. Il-il…

Elle bafouilla et s'interrompit quand la duchesse soupira et s'affaissa contre le bras du duc.

Antonia se reprit rapidement néanmoins et présenta ses excuses à voix basse. Le duc lui murmura quelque chose que Michelle Haudry ne distingua pas avant de reporter son attention sur leur visiteuse :

— Comment le savez-vous, madame ?

— Un représentant de mon beau-père était à Limoges…

— … et s'est par hasard trouvé là à l'exact moment du trépas de monsieur le comte ? Quelle chance.

— Je vous demande pardon, monsieur le duc, mais cette rencontre avait été prévue à l'avance et avait pour objectif d'informer le comte de l'apport financier que mon beau-père a prévu pour le chevalier Montbelliard et ma sœur. Il s'est dit qu'il valait mieux que le comte soit au courant de ces dispositions, dit-elle avec un sourire réservé.

— Monsieur Haudry est toujours aussi avisé, commenta le duc, lui indiquant de continuer d'un hochement de tête.

— Quand son représentant est arrivé au château le jour prévu et à l'heure décidée, il a trouvé le personnel du comte dans un état de grande agitation. Il a utilisé le mot « tumulte ». Leur maître s'était enfermé dans ses appartements trois jours plus tôt et personne dans le château, pas même les bonnes qui s'occupent des cheminées, n'avait pu accéder à ces pièces depuis.

— Ce… hum… représentant a-t-il découvert la raison pour laquelle Salvan s'était enfermé ?

— Personne n'a pu lui donner de réponse définitive, répondit Michelle Haudry. Le valet du comte a confié au représentant qu'il n'était pas inhabituel que son maître ait des épisodes de bouderie, pendant lesquels il refusait de boire et de manger jusqu'à ce que son valet ou son médecin parvienne à le convaincre de déverrouiller la porte. Ces épisodes duraient rarement une journée entière, et même quand il refusait de voir qui que ce soit, il donnait ses ordres en criant à travers la porte. Ainsi, quand après trois jours, ils n'avaient toujours entendu aucun bruit dans les appartements du comte, le médecin a ordonné aux domestiques d'enfoncer la porte à coups de bélier.

— Que c'est médiéval ! Et quelle était la raison de cet… hum… épisode particulier ?

— Le valet a postulé que c'était à cause de plusieurs lettres et paquets arrivés de Paris et de Versailles lui souhaitant un joyeux anniversaire, que son maître détestait qu'on lui rappelle qu'une année de plus le séparait du jour de sa naissance.

— Bouder à cause de son anniversaire, cela ressemble bien à Salvan !

— Mais, monseigneur, bouder n'a pas pu le tuer, répliqua Antonia. Le représentant sait-il ce qui se trouvait dans les lettres et paquets ? demanda-t-elle à Michelle Haudry.

— Une excellente question, ma vie.

Le duc et la duchesse se tournèrent vers leur invitée, silencieux en attendant sa réponse.

— Une seule lettre ainsi qu'une boîte en bois avaient été ouvertes. Les deux étaient de la part de ma grand-mère.

Michelle Haudry lança un coup d'œil à la duchesse, qui l'écoutait attentivement, les mains sur les genoux, avant de continuer :

— Le valet a confié la lettre de ma grand-mère au représentant, et c'est à présent mon beau-père qui l'a en sa possession…

— Il n'a pas pensé à me la transmettre. Après tout, vous et lui le savez très bien, j'ai interdit à votre grand-mère de correspondre avec Salvan, cette lettre prouve donc sa perfidie…

— Oui et non, monsieur le duc. Je m'explique : vous lui avez interdit tout contact avec son neveu, et en effet, elle lui a écrit après vous avoir donné sa parole. Mais pour la défendre, elle lui a écrit pour le prévenir qu'il s'agissait de la dernière fois qu'elle aurait le moindre contact avec lui. La boîte en bois était un cadeau d'adieu.

— Et qu'y avait-il dans la boîte ?

— Deux bocaux de figues marinées emballés dans de la paille. Le comte l'a ouverte le soir et le lendemain, il s'est enfermé dans ses appartements. Le valet s'en souvient tout particulièrement, car quand il s'est occupé de son maître juste avant qu'il ne se retire pour la nuit, il a vu les deux bocaux sur la coiffeuse.

— Avaient-ils été ouverts ?

— Pas encore, non, répondit Michelle Haudry, la curiosité la poussant à demander : Puis-je savoir pourquoi vous posez cette question, monsieur le duc ?

— Puisque le valet a tenu à informer le représentant de monsieur Haudry qu'il se souvenait des figues, que ce représentant le lui en a ensuite parlé, et que maintenant c'est vous qui me rapportez ces propos, il semblerait que ces figues aient joué un rôle capital dans la mort de Salvan.

Antonia prit une soudaine inspiration.

— Monseigneur ! Vous pensez que ce sont les figues qui l'ont tué ?

Le duc ne put retenir un petit éclat de rire.

— Pas au sens littéral…

Antonia plaqua une main sur sa bouche pour réprimer un gloussement, puis chuchota :

— Vous dites n'importe quoi ! Merci. Je me sens mieux.

— Tout le plaisir est pour moi, ma fée, répondit-il avant de reporter son regard sur leur invitée, retrouvant toute sa solennité. Nous sommes arrivés au moment où vous devez nous dire – sans l'exagération de ce représentant – exactement comment le comte de Salvan a trouvé la mort.

— Très bien, monsieur le duc. Selon son médecin, le comte est mort d'une crise cardiaque liée à une surconsommation de figues.

— Une crise cardiaque ? répéta le duc, qui ne semblait pas convaincu. A-t-il mangé les deux bocaux, ou un seul ?

Michelle Haudry répondit d'un air toujours interrogateur :

— Un seul bocal était ouvert, et le représentant a trouvé étrange qu'il soit encore à moitié plein, ce qui signifie que le comte n'avait mangé qu'une petite quantité de cette spécialité, mais le diagnostic du médecin était formel.

— A-t-il évoqué la possibilité que les figues aient pu être empoisonnées, et que c'est ce poison qui aurait provoqué une crise cardiaque ?

Antonia se redressa.

— Si les figues étaient empoisonnées et qu'elles lui avaient été offertes par tante Philippa…

Horrifiée, elle se tourna vers Michelle Haudry et ajouta :

— Pardonnez-moi, madame, je ne devrais pas supposer que c'est votre grand-mère qui a mis du poison dans le bocal de figues.

— Inutile de me présenter des excuses, madame la duchesse, l'interrompit Michelle Haudry. Je sais bien de quoi ma grand-mère est capable, et je ne serais pas surprise d'apprendre qu'elle a empoisonné ces figues.

Elle soupira comme pour rassembler ses forces avant de poursuivre :

— Mon beau-père est d'avis – et je suis d'accord avec lui – que ma grand-mère savait déjà que le comte était mort – ou le serait bientôt – quand elle a assisté au repas de mariage du chevalier et de ma sœur. Cela expliquerait sa gaieté et le fait qu'elle ait demandé aux jeunes mariés de rester un peu plus longtemps à Versailles. Ce qui suggère également sa possible culpabilité.

— En empoisonnant l'un de ses neveux, la marquise de Touraine-Brissac a privé son autre neveu de la satisfaction de défendre son honneur. Je ne l'en remercie pas.

— Vous pensez que c'était également quelque chose de délibéré de sa part, monseigneur ? s'enquit Antonia.

Le duc fit la moue.

— Elle tirerait une certaine satisfaction de savoir qu'elle nous a damé le pion à tous les deux. La mort de Salvan est un immense soulagement. Et cela m'épargne le désagrément du voyage jusqu'à Limoges.

Mais non, je ne pense pas qu'il s'agissait de la motivation première de ma tante quand elle a offert des figues empoisonnées à Salvan.

— Alors pourquoi l'a-t-elle fait ? s'enquit Antonia, qui restait perplexe, avant de répondre à sa propre question : Pour que Montbelliard puisse hériter du titre et que sa petite-fille devienne comtesse de Salvan bien plus tôt que prévu.

— Cela signifie que les membres de la famille Salvan vont retrouver leurs postes à la cour, madame la duchesse, dit Michelle Haudry.

— C'est une motivation suffisante pour commettre un meurtre, dit le duc d'une voix traînante.

Antonia n'était pas convaincue. Elle fronça les sourcils.

— Mais elle aurait atteint le même but si elle avait laissé monsieur le duc affronter Salvan à l'épée. Et que faites-vous du risque que son crime soit découvert ? Commettre un meurtre est un péché dont elle ne pourra jamais se relever, son prêtre le lui dira.

— Ce ne serait pas la première fois qu'elle pèche, ma fée. Et même elle serait d'accord pour dire qu'enfreindre le cinquième commandement et ajouter cette infraction à sa longue liste de péchés pourrait difficilement noircir son âme déjà bien sombre. (Il inclina la tête en direction de leur visiteuse.) Je vous demande pardon si cette vérité vous fait souffrir, madame.

Michelle Haudry était de nature philosophe.

— C'est inutile, monsieur le duc J'ai appris à ignorer cette douleur il y a bien longtemps. Mon père m'a confié l'ironie de la chose : sa mère justifie n'importe quel péché s'il est commis pour faire progresser l'honneur de la famille. L'honneur ! Ce serait risible si ce n'était pas aussi perturbant.

Elle sortit une lettre d'une poche cachée et la tendit au duc en lui disant :

— Elle contient peut-être les réponses que vous cherchez tous les deux à propos de la mort de Salvan.

La lettre était scellée, avec l'empreinte du cimier des Salvan dans la cire rouge, et un mot était inscrit de l'autre côté : Roxton. C'était l'écriture de Salvan.

Le duc dut faire appel à toute sa volonté pour récupérer la lettre, et il s'exécuta comme s'il était obligé de toucher quelque chose d'absolument ment répugnant. Il la glissa immédiatement dans une poche profonde de sa redingote, puis il plia et déplia les doigts, comme pour les débarrasser de toute contamination.

— Elle a été découverte sur lui, leur dit Michelle Haudry. Son représentant l'a transmise à mon beau-père et lui a assuré que personne n'était au courant de l'existence de cette lettre, à l'exception du médecin, qui a été généreusement payé pour l'oublier.

— Monsieur Haudry sait-il ce qu'elle contient ?

— Non, monsieur le duc. Et je vous en prie, avant que vous ne posiez la question, vous savez aussi bien que moi qu'il aurait été très facile de l'ouvrir, la lire et la resceller. Mais mon beau-père est un homme d'honneur. Il n'a pas touché au cachet, et il voulait que je vous l'assure. Vous transmettre cette lettre est une façon pour lui de prouver sa loyauté – envers vous, monsieur le duc –, et aussi de vous remercier de m'avoir accordé votre confiance.

— Sa loyauté est fortement appréciée, et la vôtre aussi. C'est d'ailleurs pour cela que la duchesse et moi vous invitons, avec votre beau-père et votre famille, à dîner à l'hôtel quand nous serons de retour à Paris.

— Ce serait un honneur de partager votre table, monsieur le duc.

— Nous rentrons demain, ajouta la duchesse en adressant un sourire au duc. Nous pouvons maintenant tous rentrer en famille, ce qui me fait énormément plaisir.

— Mon beau-père propose aussi que son représentant vienne vous rencontrer quand cela vous arrangera, monsieur le duc. Il pourra ainsi vous raconter directement sa visite au château d'Ambert. Nous espérions vous mettre au courant avant qui que ce soit d'autre, mais je crains que ma grand-mère n'ait reçu la nouvelle par un messager plus rapide et que la famille ait appris la mort du comte plus tôt ce matin…

— Ce qui explique que ma sœur l'ait appris par tante Victoire, l'interrompit le duc, agacé. Peu importe. D'ici la tombée de la nuit, tout le palais ne parlera que de cela, et au matin, ce sera le seul sujet de conversation dans tous les salons parisiens.

Michelle Haudry se leva et fit une révérence.

— Je dois retourner à mes obligations au palais, et puisque je ne peux rien vous apporter de plus, je vous souhaite un bon après-midi, monsieur le duc et madame la duchesse.

# TRENTE-QUATRE

À peine Michelle Haudry était-elle sortie de la pièce qu'Antonia se jeta dans les bras du duc.

— Je suis si heureuse que vous ne me quittiez pas pour aller à Limoges ! Et madame sera très satisfaite que Vallentine revienne à Paris avec nous. (Elle fronça les sourcils en pensant à quelque chose.) Mais je pense qu'il aurait peut-être apprécié de passer quelques jours en votre seule compagnie.

Le duc arbora un large sourire.

— Indubitablement, car à présent, il va devoir passer tout le trajet sur la route de Versailles avec des échantillons de tissu et de papier peint jusqu'au cou.

Ils se mirent à rire tous les deux.

Antonia le regarda entre ses cils, ses joues de porcelaine s'empourprant légèrement et son sourire s'évaporant quand elle avoua :

— Monseigneur, c'est égoïste de ma part, mais je suis immensément soulagée que vous n'ayez plus besoin de croiser le fer avec Salvan. Je sais que votre souhait le plus cher était que justice soit faite, mais maintenant nous allons pouvoir poursuivre nos vies avec la certitude qu'il ne pourra plus nous faire de mal.

— Mignonne, il n'était qu'une tache, une contrariété, rien de plus. Savoir qu'il ne pourra plus interférer dans votre bonheur est un grand soulagement. La seule conséquence satisfaisante au fait de ne pas l'avoir tué dans un duel est de savoir que sa fin disgracieuse l'a privé d'une mort honorable.

— Mais vous n'êtes pas entièrement satisfait. Je le vois bien. Quelque chose dans la mort de Salvan vous trouble encore, et je pense que c'est en lien avec ces figues.

— Pour être plus précis, je me demande pourquoi ma tante s'est sentie obligée de… hum… précipiter le trépas de Salvan.

— La lettre que madame Haudry vous a donnée contient peut-être la réponse à cette question ?

Roxton était réticent à avoir la moindre interaction avec cette lettre. Ce qu'elle contenait pourrait être informatif, ou bien provoquer plus d'angoisse chez lui. Il voulait la jeter au feu sans la décacheter. Mais alors, il ne saurait jamais ce qu'elle contenait. Il sortit donc l'unique parchemin plié de sa poche et en brisa le cachet.

En dépliant la feuille, il découvrit avec surprise qu'elle contenait une deuxième note pliée. Il la sortit, la plaça au dos de la première feuille et lut ce que le comte avait écrit. Puis il ouvrit la note pliée, qui était écrite d'une autre main, et la lut également. Quand il reprit son souffle, il tendit les deux feuilles de papier à Antonia.


CE QUE LE comte avait écrit à Roxton :

*Mon cousin,*

*Toute ma famille m'a abandonné sur vos ordres. Félicitations ! Vous avez réduit le pauvre Salvan à une vie de cafard pris au piège.*

*Vous trouverez une missive jointe, que cette vieille buse de tante Philippa voulait que je brûle. Pourquoi donc ? Pensait-elle réellement que je ne comprendrais pas que les deux bocaux contiennent du poison ? Ah ! Mais c'est une vraie Salvan ! La fierté passe avant toute autre chose. Mais je pense qu'elle se moque de savoir qui est au courant de sa trahison. Ce qui l'inquiète, c'est qu'on découvre qu'elle possède bel et bien un cœur qui bat ! Je suis étonné ! Et vous l'êtes aussi.*

*Ma seule consolation au moment de quitter cette terre est de savoir que j'ai rendu votre femme angélique heureuse, et que quand l'heure sera venue pour elle de monter au paradis, elle sera séparée de vous pour l'éternité.*

*Je vous attends en enfer.*

CE QUE TANTE Philippa avait écrit à Salvan :

*JoJoyeux anniversaire, mon neveu !*

*Un cadeau d'adieu. Deux bocaux de figues marinées, vos préférées. À vous de choisir lequel vous ouvrirez. Mais avant, laissez-moi vous dire que je ne permettrai pas, même si cette possibilité est mince, que la tragédie familiale qui a frappé ma sœur Madeleine-Julie se répète. Elle était trop jeune, trop bonne, trop gentille, trop belle et trop amoureuse de son époux pour devenir veuve avant l'heure. Il en va de même pour Antonia Roxton.*

*Vous pourriez affronter votre cousin en duel et mourir d'une mort honorable, car Roxton vous tuera certainement, ou vous pourriez choisir le bocal qui vous permettra de tomber sans souffrir dans un sommeil éternel en sachant que vous aurez enfin agi avec noblesse en permettant à cette douce jeune femme de profiter de nombreuses autres années de mariage.*

*Brûlez cette note, sinon le monde verra ce que nous voyons – un lâche pleurnichard. Vous déshonorez votre lignée, et personne ne pleurera votre mort. Je sais quel bocal vous choisirez. Savourez-en chaque bouchée. Quel que soit votre choix, il vous mènera droit en enfer.*

*Adieu à vous pour toujours.*

# TRENTE-CINQ

LA FAMILLE SE RÉUNIT pour le dîner plus tard ce jour-là, tous vêtus pour l'occasion de leurs plus beaux vêtements de soie et de satin. Ils étaient d'une humeur inhabituelle – songeuse suite à la mort du comte de Salvan, mais aussi joyeuse et satisfaite –, leur séjour à la villa touchant à sa fin maintenant qu'Antonia avait été présentée à la cour et avait dîné avec le roi, deux occasions couronnées d'un franc succès. Il n'était plus utile d'habiter à Versailles. Ils étaient tous impatients de retourner à Paris et de retrouver leur vie dans la grandeur et l'opulence de l'Hôtel Roxton.

Du bout de la table, le duc observait sa famille. La duchesse et Martin discutaient, le sujet de leur conversation étant assis sur les genoux de Martin. Une nurse approcha, récupéra le petit lord et l'installa dans sa chaise haute, qui fut placée entre sa mère et son parrain. Les Vallentine étaient assis en face d'eux, leurs têtes rapprochées, en pleine discussion à propos de papier peint.

Le duc mit un terme à toutes les conversations avant l'arrivée du premier service de plats couverts et de soupières en signalant au majordome qu'il pouvait servir le vin. Tandis qu'on remplissait les verres en cristal, il annonça calmement :

— Je me suis dit qu'il valait mieux que vous restiez à la villa pendant quelques semaines.

Les Vallentine se regardèrent, puis ils se tournèrent vers le duc. Ils étaient tous les deux tellement étonnés qu'aucun d'eux ne dit rien.

Le duc prit son verre de vin, sa bouche tressautant.

— Je suis content de ne recevoir aucune opposition d'aucun de vous…

— Attendez un peu ! Vous ne nous avez pas dit pourquoi.

— Cela ferait-il une différence ?

— Non. Mais…

— Bien sûr que cela ferait une différence ! riposta madame.

— Dans ce cas, la duchesse va tout vous expliquer, répondit doucement le duc en adressant un clin d'œil à sa femme.

— Monseigneur, vous les taquinez inutilement, se plaignit Antonia sans animosité.

— Oui, dit le duc avec un sourire.

— Hé ! Ce n'est pas juste ! se plaignit Vallentine.

— Je crois que monsieur le duc est d'une humeur anormalement joviale, tenta d'expliquer Martin. Et c'est pour cette raison qu'il vous taquine.

— Exactement, Martin, approuva Antonia.

Les Vallentine se tournèrent l'un vers l'autre et Estée haussa les épaules pour indiquer qu'elle acceptait cette explication. Vallentine leva une main au ciel et s'empara de son verre de vin.

— Très bien. La nouvelle que nous avons reçue ce matin de la mort de *celui dont on ne prononcera pas le nom* nous a tous mis de bonne humeur, je suis donc prêt à recevoir tout ce que vous voudrez bien me lancer – nous lancer ! Pourquoi devons-nous rester ici ?

— Je vais vous le dire, annonça Antonia. C'était entièrement mon idée, et monseigneur a dit qu'il aurait aimé y penser. Vous allez rester ici et profiter de quelques semaines de repos et de rétablissement pendant la rénovation de vos appartements à l'hôtel. Naturellement, vous pourrez venir en visite pour constater l'avancement des travaux, mais avec tous ces ouvriers qui grouilleront dans vos appartements, il y aura beaucoup de bruit, de vapeurs de peinture et de colle, et assez d'agitation pour vous donner la migraine à tous les deux. Ce sera insupportable…

— Dame ! C'est une excellente idée, madame la duchesse ! s'exclama Vallentine. Dans votre condition délicate, dit-il à sa femme, la dernière chose dont vous avez besoin, chérie, c'est de bruit et de désordre !

— Et pendant que madame se reposera la journée, expliqua Antonia, Vallentine, vous pourrez continuer à vous rendre à la Grande Écurie avec le chevalier Montbelliard – oh ! pardonnez-moi, le comte de Salvan. (Elle se tourna vers le duc avec un sourire.) Nous devons tous nous habituer à dire ce nom sans amertume, car il est désormais associé à un jeune homme qui, selon Vallentine, est de réputation irréprochable.

— Épatante idée ! annonça Vallentine avec enthousiasme, ajoutant à voix basse quand il vit sa femme faire la moue : Je ne voudrais pas être dans vos pattes toute la journée. Et si cela vous tente, je pourrais inviter Montbel… *Salvan* à dîner avec son épouse…

Il s'interrompit, se tourna vers le duc et lui dit :

— Seulement si nous avons votre permission de les inviter à dîner, bien sûr.

— Lucian, vous pouvez inviter qui vous voulez à votre table, et cela inclut le nouveau comte et la nouvelle comtesse de Salvan. À vrai dire, j'insiste pour que vous fassiez leur rencontre. Si vous vous sentez assez forte pour cela, dit-il à sa sœur, j'apprécierais que vous représentiez la famille aux obsèques de notre cousin.

— Bien sûr, répondit Estée. Et nous organiserons une petite réception ici pour nos cousins et les jeunes mariés, maintenant qu'ils ont leur nouveau titre. (Elle sourit à Antonia.) Merci d'avoir pensé à nous, très chère. Votre idée me plaît excessivement. Mais… commença-t-elle avant de pousser un soupir en essayant de prendre un air désintéressé. Y aura-t-il assez de place pour tous nous accueillir ici ? Je ne souhaite déranger personne.

Son mari sursauta, Martin réprima un sourire et le duc leva les yeux au ciel.

Antonia sut aussi immédiatement à quoi sa belle-sœur faisait allusion : Martin resterait-il ici, et qu'en était-il des domestiques qui avaient toujours vécu à la villa ? Elle échangea un sourire entendu avec le duc.

— Il n'est question d'aucun dérangement, répondit joyeusement Antonia. Seuls vos domestiques seront là, et naturellement, tous les membres du personnel de la villa de monseigneur dont vous avez besoin pour assurer votre confort. Tous les autres – et cela inclut Jean-Luc – viendront avec nous à l'hôtel. Oh ! sauf Martin. Mais je vais le laisser vous parler de ses projets de voyage.

— Comment ? demanda Vallentine, instantanément contrarié. Vous ne nous quittez pas trop longtemps, Ellicott, si ?

— Pendant quelques mois seulement, répondit Martin, visiblement touché par la déception de Sa Seigneurie. J'ai prévu de passer un mois chez ma mère à Alston, puis de me rendre à Bath pour voir où en sont les rénovations de Moran Hall. J'ai également quelques courses à faire à Londres pour Leurs Grâces…

— Serez-vous rentré à temps pour la naissance ? s'enquit Vallentine, inquiet.

Il regarda sa femme pour l'impliquer dans la suite de ses propos :

— Nous voulons que vous soyez présent. Il le faut, n'est-ce pas, Roxton ?

— Bien sûr, le rassura Martin. Je ne raterais cette grande occasion pour rien au monde.

— Dans ce cas, c'est réglé, déclara le duc.

— Et au printemps, dit joyeusement Antonia, monseigneur et moi retournerons à Treat, car c'est là que devrait naître notre deuxième fils…

— Je le savais ! laissa échapper Estée avec un air satisfait et suffisant. Vous êtes bien enceinte !

Antonia prit un air pensif.

— Madame, je ne crois pas… dit-elle avec un sourire mystérieux. Mais cela ne veut pas dire que je ne le serai pas le moment venu. Et il y a de nombreuses bonnes raisons de passer la belle saison à Treat.

Elle regarda son fils avec de grands yeux, attrapa son poing, avec lequel il tapait sur le plateau de la chaise, y déposa un baiser bruyant et s'adressa derechef au reste de sa famille :

— L'une de ces raisons étant que quand Martin sera de retour parmi nous, il pourra présenter son filleul à sa mère…

— … et après ces présentations, l'interrompit le duc, pas du tout dupé, en regardant la duchesse par-dessus le bord de son verre en cristal, vous mangerez une part de gâteau avec Mrs. Ellicott en parlant de la pluie et du beau temps… ?

Martin semblait mal à l'aise, mais une étincelle de malice éclairait les yeux verts d'Antonia.

— Monseigneur, je serais bien impolie si, en mangeant du gâteau avec Mrs. Ellicott, je ne lui posais aucune question sur son ancien travail d'intendante à Treat…

— Menteuse, lança tendrement le duc. Ce que vous voulez le plus de sa part, c'est découvrir tout ce qu'il y a à savoir sur mon enfance passée en captivité sous le toit de mon grand-père tyrannique.

— Monsieur le duc, vous êtes très intelligent !

— Et vous, madame la duchesse, vous êtes une canaille !

Le couple ducal était pris dans une bataille d'esprit bon enfant que les Vallentine trouvaient déconcertante. Mais rien ne pouvait détourner l'attention de Sa Seigneurie des valets de pied qui attendaient autour d'eux, les bras chargés de plats couverts, attendant le signal du major-dome pour les poser sur la table.

— Y a-t-il d'autres raisons, très chère ? s'enquit Estée, intriguée mais toujours perplexe.

Quand Antonia et Martin échangèrent un sourire entendu, le duc dit :

— S'il y en a, je vous suggère de toutes les avouer, ma vie, afin que je puisse donner le signal, sinon la faim pourrait faire tourner Lucian de l'œil.

Antonia fit semblant de tergiverser, puis elle rit.

— Très bien, s'il faut sauver Lucian. Naturellement, leur dit-elle à tous, ma première motivation pour rendre visite à Mrs. Ellicott serait qu'elle fasse la rencontre de Julian. Mais quand elle m'aura tout raconté à propos de l'époque où monseigneur vivait sous le toit de son grand-père, je compte célébrer les Lémuries. Ainsi, l'esprit maléfique du quatrième duc sera chassé de la maison à jamais.

— En tant que chef de la maison, vous attendez de moi que je participe aux rites de ces fêtes romaines en marchant… hum… pieds nus à minuit ? intervint le duc en feignant l'agacement. Que je jette des fèves noires par-dessus mon épaule en répétant l'incantation « *haec ego mitto ; his redimo meque mosque fabis* » ?

— « Je jette ces fèves et avec elles je rachète moi et les miens » ? lâcha Vallentine, traduisant le latin avec une grimace. Quel baragouin !

— Et vous pensez que lancer des fèves noires dans tous les sens est moins absurde ? fulmina sa femme.

— Je suis très impressionnée que vous parliez si bien latin, Lucian, le complimenta Antonia.

— J'ai peut-être l'air d'un niquedouille, dit dédaigneusement Sa Seigneurie en levant le menton, mais j'ai réussi à retenir certaines des balivernes qu'on nous apprenait à Eton.

— Les cours de latin étaient juste avant le dîner, expliqua le duc. Et c'est quand il a faim que Lucian est le plus alerte.

Il indiqua à son majordome de commencer à servir le dîner et dit à son meilleur ami :

— Je suis navré d'avoir fait attendre votre estomac.

— J'accepte vos excuses, dit Sa Seigneurie, son regard ne quittant pas un instant le centre de la table, où les valets de pied déchargeaient des plats couverts de tailles variées. Si vous voulez mon avis, ces fêtes des Lému-je-sais-pas-quoi…

— Les fêtes des Lémuries, le corrigea Roxton.

— Les fêtes des Lémuries, ça, là, continua Vallentine en versant de la soupe à la crème aux champignons dans son bol, c'est peut-être exactement ce dont a besoin ce sinistre monolithe en marbre. Je suis favorable à tout ce qui pourrait débarrasser Treat de l'esprit menaçant du quatrième duc.

— C'est surtout à la fête que vous êtes favorable, Lucian, déclara Estée, ce qui fit rire tout le monde.

— Oui, aussi ! dit Vallentine avec un immense sourire. Mais pas aux fèves…

— Ce qui est sage, car je suis persuadée que les fèves auraient le même effet sur vous que le nougat aux amandes, déclara Antonia d'un ton neutre.

D'autres éclats de rire retentirent autour de la table.

— Je vais pas faire attention à vous, gamine, et boire ma soupe !

— Madame la duchesse, puis-je vous demander combien de fois monsieur le duc devra répéter cette incantation en lançant des… hum… fèves par-dessus son épaule ?

— Martin, ne l'encouragez pas, l'avertit doucement le duc.

— Neuf fois ! Et Martin doit m'encourager, monseigneur, car lui aussi il veut vous voir procéder à cette cérémonie pour bannir l'esprit de votre grand-père.

— Tout à fait, madame la duchesse, approuva Martin en évitant le regard du duc. Je suis certain que ma mère – et tous ceux qui ont servi le quatrième duc – apprécierait également ce geste.

— Et pourquoi ne pas lui demander – et d'ailleurs, à tous les anciens domestiques – de se joindre à nous ? dit le duc d'une voix traînante. Je suis sûr que madame la duchesse s'assurera qu'il y ait assez de… hum… fèves pour tout le monde !

— Quelle excellente idée, monseigneur, répondit Antonia avec douceur, ignorant son sarcasme évident et échangeant un sourire avec Martin Ellicott. C'est exactement ce que je ferai !

Elle parcourut ensuite sa famille du regard autour de la table – tous étaient occupés à empiler de la nourriture dans leurs bols et assiettes –, puis elle regarda son bébé, qui agitait joyeusement les bras et gazouillait. Avec un soupir satisfait, elle reporta son attention sur le duc.

— Et puisque Vallentine, madame et leur bébé nous rejoindront à Treat, le reste de votre famille pourra également participer à la cérémonie. Vous ne pouvez donc pas vous y opposer et dire que vous serez tout seul, pieds nus, à jeter des fèves, argumenta-t-elle d'un ton effronté avant de parcourir une nouvelle fois la table du regard. Tandis que monsieur le duc lancera des fèves dans les pièces en répétant cette incantation, expliqua-t-elle, nous le suivrons, pieds nus nous aussi, en frappant tous ensemble des pots en bronze et en répétant… oh ! je vais vous le dire en français pour que nous comprenions tous : « Mânes de mes pères, sortez ! »

Le fracas du métal heurtant la porcelaine se fit entendre quand les Vallentine firent tomber leurs couverts et la dévisagèrent d'un air horrifié.

— Monseigneur, ai-je correctement traduit la phrase ?

Le duc hocha la tête en appuyant sa serviette contre sa bouche pour se retenir de rire. Il avait perdu toute retenue en s'imaginant, avec sa famille, accomplir ce rite d'exorcisme romain, pendant lequel il jetterait des fèves par-dessus son épaule et en lancerait malencontreusement sur sa famille au passage.

— Tu vois, Juju ! dit Antonia à son fils en embrassant son poing, puis sa joue rebondie. Ton père et ta famille sont déjà bien plus heureux à l'idée de débarrasser notre maison du fantôme de ton arrière-grand-père !

Elle se redressa et dit au duc :

— Je suis déterminée à faire de Treat un foyer heureux pour nous tous !

Le duc, qui avait encore les yeux humides après avoir tant ri, leva son verre en direction de sa femme – les autres l'imitèrent – et dit tendrement :

— De cela, mignonne, je suis entièrement convaincu. À madame la duchesse !

— À madame la duchesse !

*Explorez les personnes réelles, les lieux et les objets mentionnés dans l'histoire sur le tableau Pinterest de Lucinda Brant dédié à la saga de la fondation des Roxton.*